MACHINE DE GUERRE

Du même auteur

Spectacle vivant à l'épreuve de l'itinérance, essai, 2016, Éditions L'Harmattan (Univers théâtral)

Sous le pseudonyme d'Elio Taccidi

Nœud Magnétique, roman, 2022, N&B Éditions

Stéphane Labarriere

MACHINE DE GUERRE

Éditions rue *f*romentin
Paris

À mon père

Si les nomades ont formé la machine de guerre c'est en inventant la vitesse absolue, en étant « synonyme » de vitesse. Et chaque fois qu'il y a opération contre l'État, indiscipline, émeute, guérilla ou révolution comme acte, on dirait qu'une machine de guerre ressuscite, qu'un nouveau potentiel nomadique apparaît avec reconstitution d'un espace lisse.

Gilles Deleuze et Félix Guattari,
Mille Plateaux

Le soleil n'est jamais si beau qu'un jour où l'on se met en route.

Jean Giono,
Les Grands Chemins

Plus tard, on t'avait expliqué pour les deux portes : « Impossible de sortir, vous comprenez ? Cas classique, surtout avec les anciens modèles de verrouillage, remarquez c'est pas sûr qu'ils étaient encore conscients après le choc, vous comprenez ? »

Agathe était au volant. Elle aimait la vitesse. Elle n'en faisait qu'à sa tête. Agathe jouait toujours avec le feu. Ou comme avec cet abîme duquel, un jour, elle s'était approchée si près ? Gouffre sans autre limite verticale qu'un lac, hypnotisant point de mire, au loin d'une profondeur vertigineuse. Et au bout, ce lac. Bleu.

Impavide, Agathe l'était, à huit ans. Un pas, ce jour-là, et elle disparaissait à jamais. Toujours aussi intrépide, à seize. Elle conduisait. Christophe à ses côtés. Conduite accompagnée.

Agathe aurait vingt-cinq ans. Aujourd'hui. Au début, tu lui en as voulu, à lui. À lui, son père ? oui, tu lui en as voulu. Et puis moins. Et puis plus du tout. Comment lui en vouloir ?

Deux sacs noirs à fermeture Éclair alignés au sol, sur des civières.

Rond n'est pas cercle,
N'est pas cercle amarré à un centre.
Rond n'a pas de centre.

Du rond naît la spirale,
Et je dérive, nomade,
Par le cours excentrique de ma vie.

Le Massey vous mène chez Fabrice qui t'offre un café, te règle deux journées de tonte et la révision complète de son McCormick – du liquide en billets cornés – et comme vous passez par le village, tu vas garer l'attelage au bord de la rivière, laisser là Horko, t'en aller seule à pied par les ruelles montantes, et t'arrêter prendre une miche, chez Arnaud et Justine. Cette portion de pain que tu détaches au couteau, écrasée, elle fondra salée dans ta bouche. Le jour papillonne et toi avec, qui redescends en pente douce vers la place. Jour de marché. Ton panier est vide, mais tes poches sont pleines. De quoi rouler des sourires à tout, et ça tombe bien quand tu croises Georges, Jacqueline, Mathieu, tous à la manœuvre de leurs stands, et liants.

Mais laisse-les là, eux, car au fond, en marge des allées marchandes, un éclat de voix t'attire. Bien en vue, perchée sur les premières marches du monument aux morts : une gamine, entre vingt-cinq et trente. Plutôt vingt-cinq. Un attroupement la ceinture. Son buste dépasse. Tout en elle semble nerveux d'une force rentrée, avec ces gestes précis qui partent de ses épaules et de ses bras tressés de muscles secs, car dans sa main forte, elle tient ce fouet. Il claque, rageusement. Une attraction ? Et comme cette fille pleine de gouaille déclame va savoir quoi, tu vas devoir t'approcher, et c'est son souhait, qu'on s'approche, n'est-ce pas ?

Au milieu des paroles jetées, un prénom revient, prénom désuet – Arsule – que la gamine balance en cadence, et qu'elle adresse, mais vers qui ? Plus bas, derrière le mur des gens. Sans doute une complice rivée au sol ; rires et regards plongent. Tu arrives à point pour passer la tête par un écart du cercle.

Une pie. Arsule est une pie. Au-devant de la banquiste, elle piète, fringante, ornée d'un minuscule collier de perles en ras-de-cou. Sur le pavé s'étale tout un désordre d'objets, couverts, peluches miniatures, fanion tendu par une tige de bois, photo de la fille en portrait grimaçant, fleurs en plastique, et d'autres, le tout là, en vrac. Le bec de l'oiseau saisit au hasard, pose ou reprend. Cette pie, Arsule, choisit ! Une cuillère. Elle la présente à l'assistance, tenue haut. Et voici donc le jeu, puisque le fouet de la fille frappe net. Et avec quelle précision il chasse le couvert du bec de la partenaire ! C'est sûr, tu vas rester là un moment pour voir se répéter l'exploit. Quelques spectateurs abandonnent une ou deux pièces de monnaie ; elles trébuchent sur le sol ; la pie s'interrompt, les ramasse et les dépose au creux d'une large casquette, près de la fille qui remercie. La recette paraît maigre. Tu sors de ta poche la liasse de billets de dix et de vingt – on peut montrer l'exemple, non ? Tu en jettes un à la vue de l'animal qui te toise, étonné. Ça hésite un temps : « Et quoi ? Tu ne connais pas les billets ? » Puis ça se décide à saisir le rectangle plié pour le rapporter dans la réserve de tissu.

La fille a tout vu. Elle te pose un clin d'œil ; tu

réponds d'un sourire, mais cette complicité soudaine te gêne. Oui, tu ne sais pas pourquoi, mais ça te gêne, c'est tout, cette gamine, ce regard, cette expression : un air de déjà-vu, et oui, ça te gêne. Autant te retirer, et commencer d'alourdir ton panier ? On était là pour ça. Vois : ces tomates sur l'étal voisin, et un melon, des oignons rouges.

Comme tu rejoins ton attelage laissé sous la garde d'Horko, tu y trouves deux curieux qui méditent devant, deux qui devaient sortir de la supérette avec leurs sacs. « Il est à vous ce…

— Faut croire », réponds-tu.

Le premier paraît naïf ; l'autre te scrute avec une moue sceptique. Des zouaves, et des zouaves qui voudront tout savoir : « En dépannage ? Ah non ? Dites, c'est pas banal une caravane tirée par un tracteur. » Et puis les deux du jour se décideront pour le grand sujet de la mécanique : « Le Massey, c'est le modèle 145, pas vrai ? » La nouvelle peinture pouvait pourtant dérouter. « Belle machine, mais question entretien, un bon mécano sous la main, c'est préférable…

— C'est moi, le mécano. »

Vissés sur le bitume, les deux zouaves se regardent. « L'heure tourne », ajoutes-tu, même si tu avais tout ton temps. Ève et Jérôme ne t'attendent que pour le soir et trente kilomètres te séparent de leur ferme. Tes curieux vous salueront à regret.

Vous entamez votre sortie de bourg et ça s'agglutine derrière ton attelage, mais tu as l'habitude de ces bagnoles, camions à la file, en petit train collé au cul de la Baillou, tous rongeant leurs freins. Pourtant, personne ne pourra dire ! Et à l'arrière de la caravane, la pancarte informe :

Campine Baillou tractée par Massey Ferguson 1971
Vitesse de croisière : 4,5 nœuds
Longueur du convoi : 33 pieds
Patience, ou doublez.

Malgré le vernis marin, le bois du panneau est presque pourri, la peinture s'écaille, mais le message reste lisible alors tant pis si ça klaxonne. Une BMW remonte la file, du fond de l'avenue, poussant à bloc première, seconde et troisième. Le gars au volant trouve le loisir de te toiser en doublant, avec sa mine crispée. Toi ? Tu souris. Le sourire radieux de la femme oisive à l'homme pressé. Tu aimes faire honneur à la lenteur. Un vice, dirait-on, mais pas seulement, on le sait. Tu y trouves du réconfort. Dans la langueur des paysages qui glissent mollement, des croisières semées de regards croisés, de paroles qui s'échangent – facile, à quatre nœuds, huit kilomètres-heure, une allure de marine à voile, de traction animale. Et avec cette lenteur, c'est tout repos, jusqu'à l'œil qui ne se fatigue plus, se prélasse sur tout et n'importe quoi. Vois, ce chat. Qui pourrait grimper sur ton attelage qui passe. Et ce chien. Sans problème ce chien peut te suivre en trottinant, et lorsque cet enfant te devance à vélo, lui peut zigzaguer, détailler, te faire des signes. Et il s'en voit d'autres, comme tu défiles. Compagnies de fortune. Haie d'honneur. Parlons-en, tiens, de ces braves fruitiers qui recourbent leurs branches jusque près du volant :

plus qu'à lever le pied, tendre le bras et ouvrir la main, grappiller ; des prunes, celles que tu préfères, des pêches, pas mûres, des mûres, trop sèches, dommage.

À quatre nœuds, les virages n'existent plus. Courbes dissoutes dans l'allure poussive. À quatre nœuds, les virages se redressent aux dépens de leur volonté, même pour les plus retors, pas le choix.

Horko dort dans sa caisse, derrière toi ; il ne sautera de là que pour renifler l'étape, mais l'étape est encore loin alors ton chien dort, et toi tu rêves. À conduire l'air de rien, assise sur le dos du vieux Massey qui ronronne un ton au-dessus du ralenti moteur, tu rêves. Et tu traînes. Parce qu'on y va bien assez vite avec ce soleil qui te caresse un temps les épaules, mais le fort dénivelé finira par révéler le point faible de ton baudet mécanique, alors tu ouvres les gaz et Horko son œil gauche, et tu jubiles. Tu jubiles, car tu te souviens du coin, de ce long couloir, de ces falaises vers le torrent qui annoncent l'autre morceau. Du causse. Karstique à perte de vue.

Avec le jour qui monte, la chaleur.

Cheminer jusqu'aux rives en rideaux d'arbres,
D'arbres courts et drus.
Déjeuner à l'ombre de trois noyers.
Sieste dans la torpeur, puis
Me dégourdir, chantonner, guitare.
Reprendre la route,
Sans heurt (et surtout pas).

Remontée.

Plateau brûlant de murets de pierre, bitume usé, troué,
De l'herbe y perce.
Route communale et nids de poule, va sans dire.

Dans la descente : ombre
Fraîche de chênes, de buis, de pierre à mousse,
Mais timorée, la pauvre, car lui seul, soleil haut, décide.

Dès l'atterrissage dans la vallée, le torrent te hèle. C'est son heure. Tu choisis de l'ignorer, mais il continue, t'étourdit de ses bêtises et comme il fait alliance avec la route, cette finaude te force à longer la rive, te donne à voir l'onde vibrante. Provocante. Horko tour à tour te toise, jette un œil sur le cours agité. Toi, assommée, tu dis : « Après tout, pourquoi pas, Horko ? » Point d'urgence, non, et même un rien qui vous pousserait : depuis quelques jours, ton corps marque le pas. La tonte d'avant-hier signifiait la fin de la saison. Glorieuse tournée de printemps qui t'octroie une longue plage de requinque et de paresse. Heure d'été. Ne restera que le troupeau d'Ève et Jérôme – qui ne compte pas vraiment – et celui de Dorian – qui ne compte pas non plus puisque chez lui, il faudra tondre aux forces. Tondre aux forces une quarantaine de toisons relève presque du loisir. D'ailleurs viendra le jour où tu n'officieras plus qu'ainsi. Comparées aux bruyantes tondeuses électriques, les forces, comme ciseaux de tonte, sont des outils civilisés.

Dans la ligne droite, c'est le soleil qui insiste comme un lourdaud, à te coller dans le dos d'un peu trop près. Tu bous sous ton chapeau. Tu évalues les possibilités, une porte de verdure se propose, passage qui vous engagerait sur un pré, plat occulté de la route par une longue haie de ronces, haute. L'attelage stoppera face à la descente. Sentier caché vers le torrent. Seuls deux corbeaux planent haut en longeant la falaise, mur de calcaire bordant la rive sud d'un bout à l'autre. Se devine, tout contre, une belle profondeur, de quoi plonger peut-être. À coup sûr de quoi nager. Les branchages bas et touffus masquant la route t'invitent : tu commences à te désaper et tu mesures alors ta vulnérabilité, mais décidément le rideau vert épais derrière toi t'encourage, tout comme Horko, alors tu clos le débat et jettes ta culotte au vent pour te risquer, à pas choisis, entre les galets et rejoindre les fonds d'en face. La fraîcheur du torrent éteint ton corps qui remercie d'un souffle long. Assez avancée pour, tu plonges droit vers le creux d'eau qui t'attendait dans son repli calme, à l'écart du flot méridien. Au bord, Horko se trempe à peine, s'ébroue et décide de rester sur le sable ; il bade devant sa baigneuse. Tu flottes un long moment, la tête vide, à contempler la cime des arbres et le ciel. Dans cette eau vive, tes bras, tes jambes, ton ventre se rechargent comme batterie, jusqu'au cœur des os.

Puis tu ressors. Trouves un rocher plat et long pour t'oublier là, étendue, le temps de sécher et de sentir la brise douce, la même qui caresse et passe à cloche-pied sur la face vibrante du torrent. De quoi conserver le goût de ne pas encore enfiler tes vêtements. Et puis si, car le soleil insiste.

Malgré le plomb de l'air avec ce bitume qui rayonne, le trajet t'épargne.

Peu à peu, les rayons obliquent sans remords.

Dernier croisement.

Et là, au fond du pré grillé, on aperçoit Jérôme, tout à la réfection d'une barrière fixée entre deux pierres debout. À grands coups de merlin, il tente d'enfoncer un piquet d'acacia. Le sol résiste tant qu'il peut. Jérôme s'interrompt en entendant le Massey. Tu t'arrêtes à même la voie pour descendre le rejoindre. Horko te suit gaiement pour avoir flairé la compagnie amicale : au fond de leur pâturage ceint de murets de pierres sèches, les trois cents brebis broutent. Toutes mûres pour leur coupe annuelle. « Il était temps que tu arrives, lance Jérôme, goguenard.

— Chic, un troupeau rastafari... »

Des rastas, des chevelues, tu en tonds durant toute la saison. Tu tailles, tailles, et leur laine à toutes s'entasse dans de grands sacs qui embarquent en cargo pour la Chine, ou restent abandonnés plusieurs années dans un fond de hangar. Point de filière en France, plus rien à tirer de cette merveilleuse matière. La majorité des consommateurs préfère les pulls importés d'Inde ou du Pakistan et n'isole sa maison qu'avec les sous-produits du verre et du pétrole. Mais pas chez Ève et Jérôme, car autour d'eux, une bande de cardeurs amateurs se régale à démêler, laver et employer ce que tu couperas à grands pans, grandes toisons détachées de sur le dos des bêlantes Caussenardes.

« Sept heures, Sarah ! » Jérôme t'invite à vous poser à l'ombre. Il te précède pour rejoindre l'attelage : « Tu me remontes ? » Sans attendre, il se cale sur le marchepied du Massey, alors tu démarres ; Horko décide de rester à terre pour trottiner avec Djinn. Les deux border savent que ce n'est qu'une affaire de quelques pas, un saut qui vous mènera devant la ferme, derrière la bosse d'arbres.

Dans la cuisine, Jérôme s'attelle d'emblée à la préparation d'une *cecina* – farine de pois chiche, sel, eau et huile d'olive. Il te dit qu'Ève reviendra du marché d'ici peu. Tu vas t'occuper de la salade, prendre ce qui t'est nécessaire de là où tu sais (tu connais leurs placards presque comme les tiens). Et puis on s'enquiert un peu du travail, des ventes. « Pas mirobolant, mais suffisant », dit Jérôme, même si la tournée ne rapporte pas assez, les foires complètent. En plus des tommes d'hiver et des fromages d'été, ils ont diversifié : yaourts, bouchées d'apéritif aux épices ou aux herbes. « Mais tu sais, Sarah, quoi qu'on dise, les gens ne viennent pas à nous en courant. La majorité préfère pousser les caddies. Circuits courts, mon œil ! » Pourtant Jérôme s'interrompt très vite dans sa complainte pour admettre l'évidence : leur situation est enviable, comparée à certains de leurs voisins, criblés de dettes, tenus serrés par les grossistes et les industriels, poussés parfois au désespoir. En comparaison de ces turpitudes, Ève et Jérôme n'ont que des soucis mineurs. « Tout irait bien, s'il n'y avait que ça. » Ton ami te fixe soudainement, comme surpris de ses propres mots. Et il se tait maintenant, alors tu ne parleras pas non plus, tu continues à découper tes tomates, tu ne parles pas pour lui laisser toute la place, et tu attends. « L'eau, lâche-t-il.

— Quoi, l'eau ?

— Non… rien.

— …

— Je te montrerai demain. »

Demain. Car Ève vient de se garer devant l'entrée. Ève est là et sa joie entraîne la vôtre. Elle t'embrasse, détache un morceau de pain frais qu'elle trempe dans l'assaisonnement de la salade et se retourne vers le vaisselier, pour en tirer trois grands verres à pied. Sans rien demander à personne – inutile –, elle sort du réfrigérateur une bouteille de bière des Faucheurs, qu'elle ouvre et partage en trois, dans les verres à pied posés devant vous. En trinquant, elle t'apprend que Julie, ta cousine, les a appelés la semaine d'avant. Il faut vraiment que tu songes à t'équiper d'un portable, ajoute Ève. Sans doute agacée de ne pouvoir te joindre, Julie a décidé de venir. « Elle arrive demain soir, précise Jérôme.

— Demain soir ? Ici ? »

Julie ne passe jamais où tu es, tout comme tu ne mets plus un pied chez elle depuis bien longtemps. Depuis l'accident. Elle et toi, ça ne se croise plus qu'au petit bonheur des trilogies familiales : baptême, mariage, enterrement, mais pas à chaque tour de roue puisque tu évites – et que ça arrange tout le monde. Pas vue depuis combien ? Trois, quatre ans, les noces de Nicolas et Clarisse. Tu étais passée en coup de vent pour les embrasser à la sortie de la mairie et en ignorant les autres (ça vaut mieux et ils font de même). Alors, pour quelle impérieuse raison, Julie peut-elle venir te voir ? Ève n'en sait pas plus. Julie est restée évasive et distante, elle l'est toujours avec Ève. « Elle m'a demandé la date de ton prochain passage chez nous, c'est comme ça qu'elle s'est décidée… Je n'aurais pas dû ? »

À la nuit, Ève et Jérôme t'aident à dételer la Baillou pour la ranger sous le châtaignier. Plus qu'à rouler trois cigarettes et les griller ensemble sous la vertigineuse voûte et ses étoiles. Voie lactée pleins feux. Horko dort profondément à côté du marchepied de la Baillou. « Ce matin, j'ai vu une fille, au bourg, qui amusait le monde au beau milieu du marché, une attraction.

— Une attraction ? reprend Ève.

— Avec une pie et un fouet.

— Pardon ?

— Oui, avec une pie et un fouet ! La pie ramassait des objets dans son bec, les tendait haut, et la fille les chassait avec son fouet.

— ...

— Cette fille ressemblait à Agathe.

— Agathe ?

— Oui. Agathe.

— ...

— Agathe, adulte. »

Agathe, adulte. C'est absurde, tu le sais. Agathe, adulte. D'ailleurs Ève et Jérôme te regardent, gentiment comme il faut bien en ces cas-là, et sans comprendre. Tu ne comprends pas non plus, remarque, ou bien on se dira plutôt qu'il n'y a rien à comprendre, si ce n'est qu'Agathe aurait eu vingt-cinq ans, cette semaine.

Ève et Jérôme resteront là un moment, devant chez toi. Pas le choix pour eux, tant tu es casanière.

Car le nomade est casanier.
Très casanier.
Le nomade est plus casanier que n'importe qui, m'affirma Pierrot, un jour,
Devant sa roulotte.
Plus casanier que l'indigène, le sédentaire,
Qui part souvent loin de chez lui. En voyage.
Le nomade, lui, ne part pas en voyage,
Le nomade est casanier *stricto sensu* (a ajouté Pierrot),
Car son chez-soi reste à sa vue.

Sur un ordre bref de Jérôme, Djinn s'élance vers les brebis (Horko regarde sagement). Le troupeau se tient de plein pré, dans le creux qui prend toute l'ombre large du matin. Sous les aboiements du border, les brebis se résignent, elles avancent pour rallier la bergerie. Djinn se démène en bonds mesurés dans cette chienlit de pattes, de grelots, de bêlements. Derrière la dernière bête, Jérôme ferme ; tu calfeutres les autres ouvertures du bâtiment de pierre sèche. À les tenir dans le chaud et leur sueur de lanoline, pas plus d'une heure et ta tondeuse glissera à merveille dans les toisons. Elles apprécieront.

Jérôme s'occupera de préparer seul la zone de travail. Tu pars à pied avec Horko, rejoindre Ève. Tu seras plus utile en l'aidant, elle, à rassembler l'autre partie du troupeau laissée à pâturer sur une prairie derrière le bois, à l'est de la ferme. Ton plateau de tonte, tu l'as déjà déplié, assemblé, et la tondeuse est en place, avec ses premiers couteaux et sa rallonge. Les lames de rechange sont posées, alignées à portée. Quand vous reviendrez avec les dernières brebis, Jérôme aura agencé à sa manière son circuit de barrières de bois pour guider l'écoulement des bêtes, une à une vers ton poste ; une tâche qu'il préfère mener seul.

Sur le sentier passant derrière la bergerie, Horko te devance, il se détourne comme pour inspecter. L'ancien lavoir. Il passe devant l'appentis de lauzes, zigzague entre les deux socles massifs, ces pierres taillées en trapèze pour le battage, et d'un saut oblique, descend dans le bassin. À sec, le bassin. Sauf cette flaque d'eau mourante, en fin de pente vaseuse, recueillie comme au creux d'une main. Tu repenses à ce mot de Jérôme, hier soir. Tu repenses à ce mot, et à ce début d'été où partout la même angoisse latente règne, des pluies trop pauvres depuis des semaines, un retard remontant à la sécheresse de l'été dernier, un retard que l'hiver n'a pas comblé, malgré les épisodes cévenols, et depuis avril, les mêmes litanies sont dans toutes les bouches. Tu les écoutes tous, tes indigènes. Au début, tu as essayé de les réconforter, de leur dire que tout n'est pas perdu, que tout reste ouvert et qu'il est certainement possible de trouver les parades.

En sortant du bois de chênes, on aperçoit Ève dans le coin bas de cette pelouse sèche, tout en long. Les brebis vont au-devant d'elle, au bord de la doline. Elles s'abreuvent. Un cercle parfait délimitant le cône d'eau. Un rang serré de laine et de pattes, infranchissable. Quelques-unes, restées derrière, sur la plage dallée de calcaire très blanc, piétinent, s'impatientent, bêlent, poussent du front l'arrière-train de leurs consœurs pour se frayer un accès. Horko court au-devant de Rufus, le père de Djinn, un autre border, mais trapu et à l'œil dur. Ève te fait signe de la rejoindre. Aux abords de la doline, quelques chênes de trente ans – autant dire menus – ont trouvé havre et semblent encore se plaire. De près, masquée en partie par les bêtes, cette réserve d'eau paraît dérisoire. « Elle l'est, répond Ève. Son niveau n'a jamais été aussi bas à la même date.

— J'ai vu le lavoir derrière la bergerie.

— Le puits-source ne va pas mieux. »

Peu à peu, les brebis se détachent les unes des autres et se dispersent sur le pré. Une lande d'herbe clairsemée jaune, ponctuée de genévriers noueux et secs comme de vieilles vignes. « Tu as entendu parler des stations de pompage sabotées, la semaine dernière ? » lance Ève, d'un air soucieux. Comment ne pas être au courant ? Le quotidien régional en a fait son gros titre du dimanche. Dans la vallée : une dizaine d'installations de captation d'eau dédiées à l'arrosage du maïs, toutes mises hors service, et toutes basculées dans la rivière. En une nuit. Une opération préparée, organisée. « Certains sont à bout, ajoute Ève.

— Tu dis ça comme si tu savais qui a fait le coup.

— Non, non. Je ne sais pas.

— …

— Non, Sarah ! Je ne sais pas. Mais une chose est sûre : des sabotages, il y en aura d'autres. Tant qu'il n'y aura pas de règles équitables pour partager. »

Réponse ambiguë. On ne serait pas étonné qu'elle entretienne quelques relations avec ses anciens réseaux militants. Elle n'en dira pas plus ; tu n'insisteras pas.

D'un mot glissé, elle commande à Rufus de japper le rappel pour descendre vers la bergerie. Horko lui emboîte le pas, sans oser donner de la voix, timide, emprunté ; motif de moquerie de la part d'Ève ; Horko est un chien de berger sans troupeau.

Jérôme : vous le retrouvez, fin prêt, impatient d'en découdre avec ses rastafaris. Ne reste plus qu'à trier jeunes et vieilles avant de vous lancer dans le grand ballet. Tu te gardes les agnelles de l'année pour demain, quant aux béliers, ils attendent déjà dans un enclos à l'écart. Tu les passeras en fin de matinée, après le gros des troupes, inutile de se faire mal, d'entrée. Et alors tout s'enchaîne sans discuter plus avant des rôles ; une routine vous gouverne depuis des années : Ève mènera les cohortes à travers le parcours de barrières jusqu'à l'aire de tonte, Jérôme, en attrapeur, saisira les candidates et collectera les toisons qu'Ève triera ensuite sur une longue table. Le reste, elle le collera dans un grand sac, et pour ce faire, elle devra se hisser au-dessus de l'amas de laine, se tenir au cadre en acier et fouler comme on foule du haut d'un fouloir de vendange.

Et te voici plongée dans la transe.

La tondresse est un derviche tourneur.

Elle danse.
Danse avec les brebis,
Tourne avec elles, autour d'elles,
Dans la concentrique rengaine.
Au pas du sabot,
Sabot de tonte,
Outil mécanique,
Prolongement contondant de son bras,
Se succèdent les brebis débonnaires,
Régulières ;
Passent, brebis, des mains de l'attrapeur
Aux siennes.
Transe.

La tondresse est un derviche tourneur.

Passé les premières tontes, tes muscles échauffés ne se plaignent plus, ils réclament. Ton corps devient machine, ronflante comme moteur réglé au centième. Un régal de croisière. D'infimes temps morts te laissent revoir le décor, les scènes voisines. Ève et son geste. Ample et sûr. Elle projette de ses deux bras, au-devant d'elle ; la toison se gonfle, flotte déployée, voile de laine qui se pose, tel un drap, d'une seule pièce étalée sur la table de tri – et plus qu'à débarder les flancs sales ou corrompus. Sur son côté, Jérôme tend ce crochet recourbé vers une patte arrière, celle de la brebis suivante. Sans heurt, il la force à reculer sur ses trois appuis libres ; il l'attire à lui. En une impulsion conjuguée – prise de judo tête-croupe –, la bête bascule sur un flanc, dans la paille, sabots en l'air ; Jérôme saisit les deux antérieurs et te présente la candidate : coupe d'été, bien court sur les côtés, dégagé autour des oreilles.

Le temps s'empile, sans savoir, jusqu'au sommet de la grande matinée ; et puis il en ira de même jusqu'après le déjeuner, avec les béliers, après quoi d'une commune lassitude, vous statuez pour la trêve. Comme dit, les agnelles attendront demain. Rouler une cigarette pour Jérôme, une autre pour Ève, et toi donc. Tu prendras une douche froide en suivant, dans la Baillou – une renaissance et de quoi te départir de toute lanoline. Rien de plus, car l'après-midi vous livre son plus fort de torpeur et d'air immobile, propice à palabres tranquilles à l'ombre grasse des châtaigniers, jusqu'au soir, déjà – roublard.

Au loin, des bruits de roues sur le chemin, mais sans le ronron d'un moteur, et puis cette voiture gris métallisé, pare-brise teinté, débouche de la petite bosse des arbres pour rouler droit vers la ferme. Le véhicule propre sur lui – électrique – stoppe au beau milieu de la cour, sans complexes. Une blonde bien mise, talons hauts, entrouvre la portière en terminant une conversation au téléphone. Elle sort lentement. Sans ôter ses lunettes noires, elle jette un regard panoramique et blasé sur son lieu d'atterrissage. Elle se fixe enfin sur vous trois, encore là devant la Baillou. « Bonjour, vous ! » Horko s'avance vers Julie, lui tourne autour, ne la bouscule pas, mais la flaire d'assez près pour infléchir le trajet qu'elle comptait faire vers vous, juchée sur ses talons hauts. Ses chevilles se tordent à chaque pas sur le sol caillouteux. « Sarah, c'est ton chien ? Tu pourrais le tenir, s'il te plaît ?

— Toujours amie des bêtes, à ce que je vois.

— …

— Tu viens pour nous filer un coup de main ?

— Ève ! lance Julie, sans faire cas de ta question oiseuse. Jérôme ! Tu ne changes pas ! Comment allez-vous ? Vous avez bonne mine, Jérôme surtout. Toi aussi, Ève, mais tu m'as l'air un peu fatiguée. Pas facile de te joindre, Sarah, tu pourrais te soucier un peu des autres, t'équiper d'un téléphone, par exemple. »

Tu vas lui répondre qu'on peut t'écrire. Poste restante à

une belle dizaine d'adresses. « Tu veux la liste ? » Julie ne s'attardera pas, ne jouera pas. Maintenant qu'elle ôte ses lunettes, on voit ses yeux de cinquantenaire fardée. Jérôme propose de boire un verre. Julie décline. Chambre d'hôte réservée au bourg, n'a que peu de temps, doit repartir tôt demain matin, le boulot, l'agenda, tout un lot d'excuses et d'obligations dont tu ne retiens pas la moitié ; Julie ne change pas, toujours sur la brèche. « Mais alors tu ne restes pas, cette nuit ? » demande Ève avec cette déception toute fausse. Nul n'est dupe, mais l'intéressée répond de manière tout aussi hypocrite : « Désolée, Ève, impossible. » Personne n'est désolé. Julie surjoue, Jérôme s'en fout, Ève cache sa joie, et pour toi ? C'est relâche toute proche du théâtre des apparences. « Et tu dînes avec nous ? » Si personne ne s'y oppose, Julie préférerait ne dîner qu'avec toi. « En tête à tête ? » Ton privilège de cousine, sans doute.

Tu consacreras le huis clos proposé en refermant derrière vous le battant bas de la Baillou – le battant haut restant ouvert, barré d'un voilage. Un thé ? proposé tel un poncif nomade. On peut s'amuser un peu. Julie sait-elle que dans les déserts marocains, libyens et mongols, sur les plaines de Bohème et le plateau du causse, partout, le chasseur-cueilleur se doit d'accueillir l'humain de passage ? Julie rejette pourtant le thé (et ta potache dérision), te dit préférer un verre de vin si tu peux, mais oui, cousine, tu peux et décides même d'y aller fort et d'ouvrir ton dernier bourgogne aligoté, de ceux qu'on t'avait offerts en extra lors d'une tonte de mars ; à chaque instant scabreux de l'existence, à chaque moment crucial, un conseil d'ami : transcende et compense. Et Julie y vient, au crucial. Malgré ton geste pour trinquer – elle procède, mais du bout du verre – et dès la première gorgée évaluée, elle te jette ce qui l'a menée ici : « Françoise est en France. » Ta mère s'appelle Françoise et vous la nommez ainsi, Julie et toi. En boomeuse soixante-huitarde conformiste (l'anticonformisme est un conformisme), Françoise n'a jamais voulu que tu l'appelles maman.

« Elle ne va pas bien depuis quelque temps, dit Julie. Sa hanche, ses genoux. Elle a subi une opération, il y a trois mois. » On apprend aussi qu'elle a quitté Haïti définitivement. Des années qu'elle n'avait pas remis les pieds en France, mais ta cousine a toujours su garder un lien avec sa tante. « Elle ne peut plus vivre seule », précise Julie avec la contrition qui sied, alors d'emblée, tu vas exprimer cette surprise de sincérité, car oui, en quoi peut-elle devenir si incapable ? Julie te rabroue sèchement comme si la réponse allait de soi, mais non, tu ne comprends pas. Peut-être parce que tu vois encore Françoise comme il y a longtemps, quand elle donnait ses cours à Nanterre, flirtant avec ses étudiants de troisième année, prenant certains d'entre eux comme amants, s'enlisant dans ses éternelles dettes de jeu. Ses virées dans les casinos. Françoise dans son cabriolet BMW rouge, démarrant en trombe pour Cabourg ou Deauville.

Avant de quitter la France, elle venait de passer les soixante. Ça faisait plus de cinq ans que tu ne l'avais pas revue. Depuis l'accident. Depuis la veille de l'accident. Quelques heures avant, elle avait sombré dans un coma, soi-disant éthylique. Raison suffisante pour te trouver là auprès d'elle plutôt qu'ici. Simple et banal concours de circonstances. Au chevet de ta mère, dans cette chambre de CHU, pendant qu'Agathe, avec Christophe, ratait ce virage de route familière, si familière route que

Christophe connaissait par cœur, mais pas Agathe. Oui, plutôt qu'ici, tu t'es trouvée là, au chevet de la joueuse ivrogne, plutôt qu'avec les tiens. Rien d'autre à dire.

Julie tend son téléphone avec un cliché de Françoise en pied, pris la semaine dernière. Rides, cheveux, mains, mais surtout cette lassitude dans la posture. Ta mère aux portes du quatrième âge, avant l'heure, rattrapée. Les trains de whisky et les nuits blanches au black jack comptent double. Mais à mieux détailler, le principal demeure, immuable : son regard. « Javier est avec elle ?

— Javier est mort, l'année dernière », répond Julie.

Cancer du pancréas. Il venait de prendre sa retraite de cuisinier de croisière. Quelle injustice ! Javier a toujours eu dix ans de moins que Françoise. « Mais tu sais, ils n'étaient plus ensemble depuis longtemps. » Après une année sabbatique sur le paquebot où travaillait Javier, Françoise trouva un poste à l'université d'État de Port-au-Prince. Javier, régulièrement absent, engagé sur son paquebot, Françoise avait repris ses vieilles habitudes, alcool et jeu d'argent (un duo bien rodé). Javier avait fini par se lasser. « Elle a demandé à se faire interdire de casino, il y a quelques mois, conclut Julie.

— Elle ne joue plus ?

— Plus vraiment. Sauf au turf, une marotte. Chaque dimanche. »

Julie décrit, mais rien à faire, tu l'imagines mal, la flambeuse repentie. Rangée des casinos ? Assise dans un coin de bistrot ? Et sirotant quoi ? Un tango, un blanc limé ? Un soda zéro pour cent, qui sait ? Non. « Si, je t'assure ! » Elle joue encore, mais se contente de mises symboliques, quelques euros de fond de poche.

Françoise, les yeux fixes, devant les courses de chevaux qui défilent sur l'écran plasma de la salle du PMU.

En écoutant ta cousine, tu prépares une omelette : pommes de terre, tomates, ail, persil, Cantal coupé fin.

Julie s'engage alors dans une description bienveillante du retour de sa tante, rééducation en maison de repos, hébergée ensuite chez eux, avec les enfants, et Bertrand qui ne la supportait pas, « mais elle n'a personne d'autre que nous, tu ne te rends pas compte, Sarah. » Viennent ces quelques détails sur une mémoire qui flanche, des rendez-vous manqués, casserole oubliée sur la plaque de cuisson – presque trop cliché, ces petites anecdotes. Je gérais toute seule ! insiste-t-elle. Mais pourquoi parle-t-elle au passé ? Et puis « Accompagnement au vieillissement, maintien de l'autonomie, assistance à distance, ça existe !

— Tu as toujours si bien parlé, Sarah... »

Il paraît, oui. Mais inutile de commencer à s'exciter, car toi aussi, tu pourrais déterrer quelques dossiers, mais ça ne se fait pas. En lieu confiné, il est contre-indiqué de s'écharper entre cousines. Mieux vaut remettre vos ballons de bourgogne à niveau, et les laisser vous ramollir.

L'omelette est prête. Couper la cuisson et couvrir la poêle pour garder le tout au chaud. Une salade verte ? Tu vas laver quelques feuilles. « Un choix s'imposait », t'annonce Julie. Nous y voilà. La voilà, sa raison de parler au passé. De quoi te risquer en conjectures : un choix ? Tu le connais, va, son choix. On parie ? En cinq lettres... « L'EHPAD est la seule solution, conclut-elle, prévisible et docte.

— La solution finale, en somme. »

Julie éclate. Ras le bol de ta dérision, de ce foutage de gueule permanent pour tout et tous. « Prends tes responsabilités ! Deviens adulte, il serait temps, et c'est ta mère à toi, ne l'oublie pas. » Comment l'oublier ? Mais les mots de Julie glissent sur toi. Trop longtemps que tu ne subis plus sa condescendance de fille équilibrée, rationnelle, posée et responsable. Crânement tu insistes en justifiant ton penchant pour une « distanciation brechtienne appliquée au grand théâtre de la vie », et ne récoltes qu'une grimace avec un regard noir. « Tu ne changeras jamais, Sarah, crache-t-elle.

— Toi non plus, Julie. Toujours les mêmes refrains. Bientôt tu vas dérailler… Comme Françoise.

— Regarde plutôt ce que tu deviens.

— Ce que je deviens ?

— Tu avais tout pour réussir, bien plus que moi », réplique-t-elle. Sa réponse remonte le temps. Julie en est presque émue. L'évocation lui rappelle sans doute de beaux souvenirs, et de cette amitié qui vous portait. Elle et toi, ce n'était pas rien, on en convient. Mais cela ne l'empêchera pas d'enchaîner sur ton gâchis, comme elle le nomme : centralienne, premier poste en Nouvelle-Calédonie, et puis ce mariage programmé ? Avec Arnaud, jeune et fringant maître de conf' : annulé ! (Arnaud plaisait beaucoup à Julie.) Annuler, tout bazarder, du jour au lendemain, et pour quoi ? Deux ans de fuite en Afrique. Christophe. Naissance d'Agathe, sur fond de Sahel et de mines d'uranium. Dynamite et TNT. Et pour quoi, tout au bout ? Cette vie d'errante. Il faut voir où tu vis. Cette caravane. Ce travail. Un travail, vraiment ? Les mains dans le cambouis ou dans la merde de mouton, et avec rien devant soi. « Je te plains », dit-elle.

Elle te plaint. Julie te plaint. Julie qui te plaint alors qu'elle ne voit rien, rien au-delà de ses préjugés. Julie.

Enserrée dans sa vie étriquée. On l'imagine si facilement, avec ses crédits, ses impôts, ses locataires d'appartements à bons rapports, sa voiture électrique, sa villa en banlieue bordelaise, ses actions et obligations, sa résidence secondaire à Annecy, ses coups de cœur fringues « pas raisonnables, mais ça fait tellement de bien de se faire plaisir », ses amis de circonstances, tous dans le même moule. Son mari ? Depuis toujours accroc aux minettes de vingt ans (il y a trente ans, ça l'avantageait, Julie). Ses enfants ? Égoïstes et ingrats, étudiants dorés. Et elle, Julie, elle qui s'accroche à son poste… Rêvait-elle de ça à la fac ? Cadre dirigeante. Un travail difficile à résumer sur un dessin d'enfant. Pas facile non plus de dormir sans somnifères, les soirs de plans sociaux ou de restructuration des entités non rentables, car on leur demande, à elle et à ses collègues de la direction générale, de les réduire ces entités non rentables, et à petit feu, ou à coups de sabre, tout dépend. Oui, on sait, il en faut des bras, pour les besognes sales. Tu as connu ça, toi aussi… « Mais pourquoi ris-tu, Sarah ? » À quoi bon lui répondre ? Au fond, elle ne te fait pas rire.

Entre-temps, ta cousine s'est allumé une clope, comme un jalon pour revenir à ce qui l'amène ici. Françoise et son devenir incertain. « Alors ? demande-t-elle.

— Ne compte pas sur moi pour la convaincre.

— Besoin de rien, Sarah. Elle s'est débrouillée toute seule. »

Tu pourrais être surprise, mais non. Un parfum hypocrite agaçait tes narines depuis l'arrivée de sa voiture électrique dans la cour, depuis ses premiers pas en talons sur le gravier. Fait accompli. « Mais alors pourquoi tu es venue, Julie ?

— Pour te tenir au courant. »

Pour se dédouaner, oui. Car comment croire que Françoise ait pu décider, seule, d'aller se terrer dans un hospice ? « Pas un hospice, Sarah, et elle est très bien entourée, crois-moi. » On la croit. « Elle voudrait te revoir, relance-t-elle.

— Me revoir ? »

Depuis sa fuite en paquebot, plus rien. Julie doit le savoir : contrairement à ce que tout le monde pense, non, tu n'as pas coupé les ponts avec ta mère. Un océan vous a séparées, placé là entre vous deux, mais par Françoise seule. « N'empêche qu'elle veut te revoir, insiste Julie.

— Pas de souci, ma porte est ouverte.

— Quoi ? T'es pas sérieuse ? »

Bien sûr que si. Très sérieuse tu es, et ta cousine le sait, qui se lance pourtant dans le déroulé prévisible : Françoise est peu mobile, a perdu tant d'autonomie qu'il devient difficile pour elle de se déplacer sur de longues distances. « Qu'elle se rassure, elle peut prendre tout son temps, elle peut même faire toutes les étapes qu'elle voudra, dis-tu mielleusement.

— On ne peut pas discuter avec toi. »

Tu lui proposes un dessert improvisé, quelques fruits coupés, nappés de chocolat fondu. « Une tuerie, tu verras. » Julie décline et ça t'arrange. Elle se lève, mais pleine d'une hésitation de regrets : cadre dirigeante échouant dans son objectif. « Je vais te laisser l'adresse de…

— De son hospice trois étoiles ? »

Julie restera imperméable à ta dernière pique. Elle prendra d'elle-même sur l'étagère haute près de la porte, carnet, stylo, de quoi écrire un nom très fleuri comme il se doit – *La Verte Prairie*. Entre conformisme lexical et poésie marketing. Julie pose l'adresse et le numéro de téléphone de l'EHPAD sur la table en y plaquant le stylo dessus, puis elle fait le geste de t'embrasser. Malgré elle et malgré son rictus feint, une amertume se lit sur son visage de comédienne du quotidien.

Elle ne semble plus voguer qu'entre deux hypocrisies, deux sourires de façade, deux mensonges ou boniments ordinaires. Une seconde nature a gommé l'initiale. Élevées ensemble, elle et toi, vous étiez les presque-sœurs. La gamine avec qui tu chipais des bonbecs à la boulangerie Lagarde, rue Carnot, l'orpheline recueillie un temps, la camarade étudiante qui t'aidait à réviser tes oraux, celle que tu avais tirée d'un mauvais pas en fin de soirée médecine, décalquant pour elle et d'un uppercut sec, ce gars trop collant – vice-championne de France boxe anglaise poids léger, tu fus et demeures – cette fille avec qui tu as vécu tant de moments, authentiques exploits, petites hontes, rires et déveines, cette amie, cette sœur, où est-elle ? Effacée, évanouie par les cours divergents de vos vies. Tu vois tout cela, mais tu n'en voudras pas à Julie. Tout change, rien ne persiste. « Au moins, promets-moi que tu appelleras Françoise, risque-t-elle.

— Tu sais, le téléphone et moi…

— Oui, je sais. »

La voiture électrique de Julie démarre en silence, comme fantomatique, dans le seul craquement de ses roues écrasant la caillasse du chemin. Machinalement, tu rentres dans ta caravane. Besoin d'une autre douche. D'un passage rapide sous le petit pommeau. Simple besoin de cette eau froide sur ta tête, visage, épaules, dos, jusqu'à tes pieds.

Plus tard, le sommeil tardera à t'envelopper. Trois heures du matin. L'heure qui broie du noir.

Vieille femme écrouée volontaire à La Verte Prairie
Et puis cette autre, la gamine à la pie.
Le tout m'exaspère
Patiemment,
M'exaspère.

Mais au lever, bien au large, l'horizon
De causse et de brume nous gâte, moi
Et mes yeux qui se perdront,
À l'heure où le café se boit
Debout sous le ciel.

En sortant de la caravane, plein soleil, ton regard se porte à l'infini de sa mer d'arbres. La Baillou est un navire au mouillage.

Tu refermes la porte, te débarbouilles, t'habilles, prends un petit déjeuner simplifié : les agnelles vous attendent. Horko bâille et s'étire pour t'escorter chez les bergers. Volets déjà ouverts chez Ève et Jérôme. Tu entres par la grande porte qui donne sur la cuisine, seulement parce que tu es sûre de les trouver là. « Tu as mangé ? » demande Ève, mais connaissant la réponse, elle enchaîne : « Tu prendras quand même un café ? » Assise au bout de la table, elle désigne le mug qui t'attendait. Tu te sers dans la cafetière filtre encore brûlante et t'assois face à Jérôme, immobile derrière son bol. Dès ta première gorgée, Ève, pourtant très appliquée dans le beurrage de sa tartine, t'interroge sur la soirée passée. Trois mots de réponse évasive. La radio déverse son flot d'actualités navrantes, mais personne n'écoute, et tes trois mots ne suffiront pas à contenter ton amie. Goûter le café. Trop chaud. Te forcer à dire trois mots de plus. « Tu vas aller voir ta mère ? s'enquiert Ève, impatiente.

— Non, pourquoi ? »

Jérôme feint la neutralité, mais son sourire te conforte. Horko aussi se met de ton côté, les yeux levés, sans reproches, la bienveillance faite chien. Ève baisse les bras, se rabat sur la météo et d'autres banalités. Sept heures. Tu leur proposes finalement d'attendre un peu ; dans une heure, il fera plus chaud et les agnelles gagnent toujours à suer avant la coupe des laines.

La toison d'une agnelle est un tapis souple et mousseux. Bien que craintives, ignorantes, les jeunes bêtes se laissent faire ; leur gabarit de danseuses te repose des brebis mères, lourdes et toniques, aux muscles aguerris, et que dire des vieilles sèches et raides, aux articulations rouillées et aux postures douloureuses. Les membres et les nerfs des agnelles sont tendres, leur souplesse grande, et leur volonté timide. Matinée sinécure, et pourtant... Sans doute épuisée par la journée d'hier (cette fatigue te dit ton âge), tu te sens sombrer, et après votre déjeuner à rallonge – le rosé aide aussi pour ça – tu plonges dans une sieste abyssale.

Au sortir, personne à la ferme, à part Djinn. Soleil encore haut au-dessus des chênes, mais calé à l'ouest, au coin de l'étable longue. Ève et Jérôme doivent déjà être en bas, au village ; ils avaient des clients à livrer avant d'obliquer vers *Le Bon Cœur* où tu dois les retrouver. Seule, tu attelles la Baillou – pour cela, il suffit d'un peu de méthode. À portée de voix, le troupeau, frais de tonte, profite de l'ombre étirée des chênes. Malgré cette sieste rallongée, tes bras pèsent de toutes ces passes de tondeuses dans les laines hirsutes. Pense à ces tondeurs espagnols qui dorment le bras ballant, plongé dans une bassine d'eau froide, pour détendre leurs tendons endoloris. Depuis quelques saisons, tes facultés de récupération s'émoussent.

Ève et Jérôme t'attendaient sur la terrasse de leur troquet d'élection, appareillés de deux verres de vin. Tu vas suivre d'un demi-panaché (la soif te dicte). Trinquons ! Mais pas à la saison de tonte qui s'achève, non, tu garderas ce relâchement pour toi, manière de respect, car tes éleveurs ne goûteront pas au même répit. Chaque année, l'été sonne pour eux comme une épreuve de marathon.

Un couple pas banal passe devant vous et s'assoit à une table opposée à la vôtre. Entre eux et vous, sur le trottoir qui fait terrasse, ce chapelet de chaises occupées par des habitués et des touristes, autour des guéridons à parasols. La fille, tu l'aurais reconnue n'importe où, n'importe quand, même si elle n'a plus son fouet, et même si la pie Arsule ne l'accompagne pas. Étrange gamine. Qui ressemble à Agathe. Pas physiquement, non, autre chose. Un tout. « C'est elle, dis-tu à voix basse en la désignant discrètement.

— Qui "elle" ? » répond Jérôme.

Tu leur rappelles l'anecdote de la fille à la pie, et tu insistes. Tu insistes pour qu'Ève et lui regardent, mais eux ne remarquent rien, ne voient pas ce que tu vois, car toi, rien à faire : à travers cette gamine, tu continues de voir Agathe. Une sorte d'Agathe qui aurait pu vieillir. Et eux ? Non. Rien. Presque à dire que tu dérailles.

Le gars qui l'accompagne ressemble à un chien errant, mal rasé et les yeux vagues, son regard se perd à balayer le décor de la rue, comme s'il portait quelque chose d'une crainte ou d'une haine qui ne se dit pas. Drôle de tandem. Et drôle de silence entre eux. Tu en perds le fil des échanges avec tes amis. Hypnotisée par le théâtre que te joue cette gamine. Son mépris latent pour ce gars. Dans la dégaine de celui-ci s'attache une résignation, on y devine la pulsion de disparaître, l'envie de se fondre dans l'univers pour de bon. La fille a commandé deux demis pression et ils attendent, mâchoires fermées, avant de commencer à boire, sans entrain, dans ce face-à-face sans rien dire. Toi ? Il faut vraiment croire que tu ne trouves rien d'autre à faire que de les observer, et difficile ainsi de participer à la conversation portée par Ève et Jérôme ; pour donner un semblant de change, comme eux, tu pioches dans les amuse-gueules.

Cette fille et ce gars, rivés à leurs verres, les vident par lampées économes et tristes ; ils finiront immobiles devant leur tournée presque vide. Quand la fille se lève, ça sort le gars comme d'un somme les yeux grand ouverts. Elle règle au comptoir et s'en va, sans un regard pour l'autre, resté assis. À l'évidence, voici une rupture, et à n'en pas douter, cette gamine sait ce qu'elle veut dans la vie. Et ce qu'elle ne veut pas.

Ève et Jérôme t'invitent à poursuivre par un dîner, toujours au *Bon Cœur*. De temps à autre, ton attention se portera encore sur le gars ; esseulé, comme il se trouve, il se révèle à toi, et c'est certain maintenant : il est un de ces habitués, assidus des manifs locales – crise climatique, slogans et merguez. Isolé de ses acolytes, il était difficile de le reconnaître, mais oui, c'est bien un de ces zouaves qui piétine pour le climat, et qui en fait peut-être un peu plus dans les coulisses. Il restera là, assis sans plus d'idée et puis, va savoir quand, sa chaise se trouvera vide.

En quittant la place pour rejoindre ton attelage, tu l'aperçois – elle – la gamine, avec sa pie. Rien qui puisse vraiment t'arranger, c'est dit. L'oiseau s'accroche à son épaule en poussant des piaillements brefs. Horko revient sur ses pas puisque tu t'es assise sur le muret, à bonne distance, avec une clope allumée par prétexte, pour te donner contenance. Au loin, le duo fille-oiseau tourne autour d'un camion bariolé garé à l'écart. Un tel outil informe sur la propriétaire : la gamine vit sur la route, au moins en partie.

Elle vérifie quelques attaches, et finit par monter pour prendre le volant du vieux MB 100, cabossé et qu'on devine vivant de routes passées, présentes et futures, et qui te rappelle celui que vous aviez trouvé et habité, Christophe et toi, après la naissance d'Agathe. Le bahut peine à démarrer. Tu pourrais te rendre utile ; l'idée te traverse d'aller l'aider, mais va savoir pourquoi, un rien te retient, alors tu restes là, le cul sur ton muret, et tu n'entends que ce foutu râle de moteur impuissant à s'animer. Classique problème d'allumage sur ces modèles. Le moulin se lance enfin, mais en crachant blanc à l'échappement. Peut-être une faiblesse du joint de culasse.

Le camion disparaîtra au virage de l'avenue, te laissant dans ta nuit. Sans doute la dernière fois que tu les voyais, elle et sa pie, et cette conclusion, ce sera juste assez pour te le donner, ce curieux regret – regret de quoi, d'ailleurs ?

Ton Massey décide au matin bien avancé de vous faire passer par la rue principale, et on se dit qu'il était temps de reprendre la route, pour Dorian et ses quarante brebis de montagne sur son Haut Plateau – les quarante dernières toisons de ta saison – et pour tout ce qui vous attend au Lavoir, toutes ces raisons futiles mais nécessaires de musique et de bringues, et d'autres plus utilitaires, de réparation et de dépannage. Pour ces dernières on fera aussi, mais à rythme tout doux.

Devant le *Bon Cœur*, tu stoppes ton brave tracteur et lui fais son plein. Carburant gratuit qui vous donnera de quoi voir quelques bons kilomètres ; Serge, le patron du troquet, filtre pour toi son huile de friture, car il préfère voir ton Massey griller ce déchet liquide, plutôt qu'il soit détruit, ou bien pire : recyclé en biokérosène d'aviation par Total ou Exxon – « On n'arrête pas l'innovation, Sarah ! »

Dans le passage étroit qui grimpe raide après ce bourg commerçant, tu croises quelques voitures qui acceptent de se serrer (on repère de loin l'attelage sur des lacets à découvert). Tu remercies le monde. Au sein de ce défilé passe un fourgon : des gendarmes avec un air de pas le temps et qui te saluent à peine. Rare de les croiser si affairés. Le Massey s'engage dans la côte qui s'affirme. Il souffre. Tu épargnes la bête en réduisant les gaz. De là, se rejoint paisiblement le premier hameau du plateau. Amas horizontal de bâtis de pierre sèche et de tuiles plates mêlées de lauzes formant fermes modestes, granges, bergeries, au creux d'une coupelle de prés à moutons.

Une fumée. Maigre fumée. Noire.

Quelques personnes alentour. Toutes à regarder dans la même direction, vers cette petite place derrière la grande baraque avec ses cèdres serrés. Curieux manège de ces gens, avec certains qui vont et viennent. La fumée dépasse de l'enclave aveugle. Elle flotte sans erre, comme une fin de flambée, mais de quoi ? Impossible de deviner à cette distance. La portion de route se fait plate. Impatiente, tu pousses les gaz. À l'entrée du hameau, deux voitures sont garées en désordre. Un tracteur, gros gabarit, est laissé quasiment au milieu de la voie ; tu te ranges au plus près, sautes du siège et t'avances. Horko te devance de quelques pas, trottinant vers le fond de cette place coincée entre deux grappes de bâtisses de pierre. Tu le suis. Pour savoir. Pour avoir confirmation, car tu devines maintenant. Un accident. Un incendie. Et tu croises ces regards. De certains qui arrivent comme toi et aussi de ceux qui retournent. Ceux-là ont des têtes de déterrés. Tu ne demanderas rien à personne, tu veux voir. Voir, jusqu'au coin du renfoncement, le camion. Son camion. Le MB 100 de la gamine à la pie. Calciné. Squelette de ferraille, recroquevillé dans ses cendres comme un arbre, foudroyé.

Où est-elle ? Tu avances, mais pourquoi ? Tu avances,

c'est tout, et on n'y peut rien, et tu marches avec ce qui revient. Neuf ans. Même carcasse, bouffée, noire.

Plus tard, oui, on le sait, plus tard, quelqu'un t'avait expliqué pour les deux portes : « Vous comprenez ? » Agathe était au volant. Elle conduisait. Elle était avec son père. Deux sacs noirs à fermeture Éclair alignés au sol, sur des civières. Oui, on le sait tout ça, mais tu ne devrais pas t'approcher aussi près du camion de cette fille. Depuis trois jours, tu réveilles les fantômes. Un. Fantôme. Tu ne devrais pas. Laisse. Tes jambes flageolent, elles te tiennent, elles avancent, mais tu ne devrais pas. T'approcher. Tu ne devrais pas t'approcher. Tu ferais mieux de retourner. Tu risques. Tu risques de flancher.

Les gens sont remontés dans leurs voitures. Tous s'en vont. Tu aurais pu leur demander, à eux. Tu pourrais encore. Mais là maintenant, remarque, ce n'est plus la peine de demander, car on la voit, la gamine. Tu ne l'avais pas vue, n'est-ce pas ? Au pied de la croix, plus loin derrière son camion. Tu ne l'avais pas vue cette croix non plus, ni la fille. Alors ! Tu devrais te ressaisir : elle est vivante. Elle est assise. La fille avec sa pie. Trois indigènes l'entourent. La pie s'agite sur son épaule. Elle s'en détache d'ailleurs de cette épaule, pour se percher au sommet de la vieille croix de fer qui marque le carrefour des deux chemins de terre. La fille reste assise sur les marches. Elle laisse faire la pie, car elle s'occupe surtout de baisser la tête, et rien d'autre. Mais elle est vivante. Sans blessure, ni même de traces de suie, pas de sueur. Aucune lutte, aucun péril évité, c'est visible, on comprend ça. Les trois indigènes lui parlent avec des mots qu'on devine apaisants, ou la regardent seulement.

Elle est vivante. Pas de sac à fermeture Éclair.

Tu la salues de loin et te rapproches. Tout va beaucoup mieux quand on parle avec d'autres gens. À elle, tu dis : « J'ai croisé les gendarmes en montant.

— Oui, les flics sont déjà passés, répond-elle, et vite repartis. »

Ils ont regardé, parlé, noté ce qu'ils voulaient pour leur rapport, sans traîner. L'enquête sera courte. Ils ont conclu à un court-circuit, sans même attendre l'avis de l'expert. Tu expliques : oui, c'est connu, le feu vient souvent de l'électricité, comme dans les maisons finalement, mais à savoir d'où précisément ? On ne saura peut-être jamais, un faisceau, une connexion moteur… La fille coupe court, pas que le sujet l'ennuie, mais pour te dire qu'elle n'adhère pas à ces hypothèses de flics. Elle ne dit pas ce qu'elle pense d'autre, elle répète seulement qu'elle n'y croit pas ; elle n'était pas là certes, puisqu'elle est arrivée après la flambée, mais cette histoire de court-jus ? Une connerie, ou alors si, peut-être, mais avec un peu d'aide, tu vois ? Tu peux voir, oui. Mais tu t'en fiches un peu, c'est bête : elle est vivante, alors le reste.

Son téléphone sonne. Elle décroche et engage une conversation utilitaire – sans doute un employé des assurances – au sujet de l'épave fumeuse. Le camion sera chargé, demain, et transporté à la casse la plus proche.

Plus rien à faire là.

Un gars sur le départ abaisse la vitre de sa voiture en passant ; il lui propose de la déposer au bourg d'en bas. « Non merci », répond-elle. Il est gentil, mais elle prévoit d'aller dans l'autre sens, pour rejoindre la ville. La ville ? Direction dans laquelle tu vas, toi ! Tu peux la rapprocher, si elle veut. Elle te regarde (te jauge) et finit par répondre « Pourquoi pas ? », même si elle garde son air de s'en ficher de tout (et on la comprend). Tout de suite, et puisque vous allez faire un bout de route ensemble, tu dis « Sarah », elle dit « Adèle » sans quitter sa mine sombre. Immobile. « On y va ? » Pour seule réponse, elle se lève pour te suivre et sa pie saute de la croix sur son épaule. « Tu n'as pas d'affaires à prendre ? » Elle te fixe, perplexe, alors tu la vois, ta question idiote ! Tout était dans le camion. Elle vide ses poches : rien sur elle que sa carte bleue, son permis de conduire, ses clopes et son téléphone. De quoi partir légère.

À vos pas vers l'attelage, une mémé vous salue en remontant lentement l'escalier de sa maison de ferme. Le hameau va retrouver son ennui.

Devant la Baillou attelée au Massey, la gamine s'étonne : « Tu es sur la route, toi aussi ? » Ton clin d'œil de réponse lui tire un sourire presque en entier. Elle souligne qu'avec un tel bolide, elle ne rejoindra pas la ville avant la soirée. Tu confirmes et te risques à lui laisser le choix, c'est vrai, elle pourrait trouver quelqu'un d'autre pour l'emmener ! Elle te fera remarquer qu'elle n'a pas d'obligation particulière depuis peu, et ça vous fait rire plus large. Tu lui désignes à l'arrière du Massey la place attitrée des passagers, un espace collé à la caisse d'Horko ; « On y est pas trop mal, tu verras » ; en appuyant les pieds ici on se cale, là on se tient à la barre fixée d'un côté à l'autre, et l'on peut s'asseoir presque tout confort sur le rebord large.

En roulant, tout s'allège.

Toujours.

Ainsi va le nomade, avec sa vie et son chez-lui.

Le voyageur, qui part là-bas, laisse sa vie ici,
Mais le nomade, en s'en allant, ne laisse rien derrière lui,
Et où qu'il soit, et où qu'il aille, suivra, certain et régulier,
Le fumet de son café.

La passagère en arrive à penser à voix haute – « Personne n'a rien vu ! Ça me tue ! » Dans le hameau ? Personne. Descendue au village à pied, à son retour, elle l'a aperçue, cette colonne de fumée, pourtant pourquoi aurait-elle pensé au camion ? Non, elle n'a pas pensé au camion. Quand elle a enfin compris, elle a couru. Il ne restait que ce tas de ferraille collé de plastique carbonisé. Que compte-t-elle faire ? Elle ne sait pas. Elle songe à des amis, oui, des amis dans l'Est, de bons potes pas vus depuis des plombes mais qui pourraient sans doute l'héberger. Tu ne poseras pas plus de questions, à quoi bon ? Et cela ne te regarde pas. Tends-lui plutôt ton tabac et tes feuilles ; Adèle vous roule une clope pour chacune – l'avantage de disposer d'une coéquipière.

Pour traverser l'immense dalle aride du plateau, lande sèche inondée de soleil, tu choisis la route qui longe le camp militaire, non par plaisir, mais pour trancher au plus droit. En cette saison, peu de chance de croiser un escadron ; jeeps, camions et blindés bardés de munitions sont remisés pour attendre la saison froide et ses manœuvres. Dans l'immobilité de l'été émergent parfois de ces sonorités sourdes, étouffées – essais d'explosifs ou tests en balistique. Le causse désertifié accorde ce privilège aux armées, et cela n'inquiète plus personne. Les riverains se sont habitués à ces jeux de pétards. « Nos impôts, on sait où ils vont, nos impôts ! » disent-ils, moitié goguenards, moitié fatalistes. Ces salves, qui résonnent comme dans le fond sonore d'un vieux film de guerre, restent lointaines et inoffensives. S'il arrive que de ces coups parvenus étouffés se répandent de faiblardes vibrations dans les pierres ou le verre de leurs maisons, fermes, granges, ils se disent : « Rien de méchant. » Dans un coin de tête persiste une vague crainte, mais rien de têtu, et rien qui puisse remettre en cause l'état de fait : « les autres » en treillis sont là, un peu comme des hôtes discrets, finalement, et qui ne feront pas n'importe quoi, et qu'on tolère ; à la vérité, plus personne ne s'en soucie.

L'horizon, loin porté comme une mer, pousse ta passagère à t'en apprendre plus sur elle, sa vie. Elle ne connaît pas le pays. Elle a débarqué là le mois dernier à cause de Boris (le gars qu'on lourde sans un mot en terrasse de café). Avant, elle a bossé en Savoie, saisonnière dans la restauration, elle a testé un peu de tonte aussi – tiens –, mais pas à la coupe ni au tri bien sûr, trop technique, reconnaît-elle, attrapeuse seulement. Et puis son fort à elle, c'est le métal. Elle a tout appris en Normandie, sur un chantier naval à Cherbourg : chaudronnerie, soudure. Son agence d'intérim lui avait ensuite proposé une mission à la centrale de Flamanville. « Pas le choix, il n'y a plus que ça dans ce coin. » Et tout s'est enchaîné : nomade du nucléaire. Toute une tribu d'ouvriers et de techniciens qui courent par la France des centrales, en camping-car, caravane ou camion, vont de site en site, au gré des arrêts de tranches et des travaux de maintenance lourde. Pour ça, les intérimaires fournissent la main-d'œuvre idéale :

« On se coltine le sale boulot, au plus près des sources de radioactivité. » De la viande à *rems* – pour rayonnements électromagnétiques – c'est le surnom qu'on leur donnait. Un jour, elle en a eu marre ; elle a tout plaqué.

Tout d'un coup, en te regardant une fois de plus, mais plus fort, elle dit : « Ça y est ! » Elle dit : « Oui ! Je me souviens ! Je sais où je t'ai croisée. » Elle précise, le marché, l'attraction avec Arsule, alors tu confirmes, tu en profites pour la complimenter sur son numéro de foire, son fouet, sa pie. « C'est Arsule qui fait tout, corrige-t-elle. Mais pas de quoi vivre, ces choses-là, juste une prime sur le quotidien, vite gagnée. »

Finalement, ça devise pas mal, la passagère et toi. Sur la vie itinérante, ses subtilités. Les détails de la subsistance, eau, électricité, carburant, les bons emplacements ici ou là, et les mauvais aussi, les petites astuces et les bons tuyaux, les indigènes avec leurs travers et leurs bons côtés, les opportunités de revenus, etc.

Et puis le flot se tarit, la faim sans doute, alors va savoir, dans un de ces creux sans paroles, on pense parfois bien faire, tu lui demandes ce qu'elle sous-entendait quant à l'incendie de son camion. Sans mystère, elle te confie ce qu'elle croit fermement : pas d'accident, un acte volontaire. « Volontaire ? Mais de qui ? » Alors elle se penche vers toi et te ferre, là, avec ce sourire en coin qui semble l'accompagner souvent, et sans se presser elle finit par vendre sa mèche : les stations de pompage agricole sabotées dans la vallée. Plutôt flou comme révélation, mais elle va préciser. Les pompes appartenaient à un groupement d'exploitations. « Agro-industrie, monoculture intensive », jette-t-elle, en vrac avec le reste, alors tu saisis. Tu saisis qu'elle voudra t'entraîner sur un terrain connu, militantisme naïf et discours vains sur : accaparement des cours d'eau, culture de denrées bradées à l'élevage industriel, filières bien organisées qui ruinent la vie dans les vallées. Oui, et alors ? Veut-elle savoir ce que tu en penses ? Le causse n'est pas touché. Pas assez d'eau et trop peu de terres arables. Trop de cailloux. Le caillou préserve le causse de la faillite écologique des riches terres. Te laissant à ces remarques égoïstes, elle va bouder un peu, puis finir par te lâcher plus précis sur elle et son bahut cramé, car l'une des victimes du sabotage, exploitant céréalier, l'a croisée il y a deux jours au *Bon Cœur*. Bien à part, il lui a parlé de son camion, repéré le soir des faits aux abords de la rivière, tout près de l'une des pompes. En était-elle ? Faisait-elle partie du groupe qui a dézingué les stations ? Tu repenses aussi à ce type perdu, Boris, participant tout désigné à ce genre d'opération hasardeuse. En était-il lui aussi ? Tu te poses toutes ces questions, mais sans rien partager. La gamine suit son cap entre conviction et colère – « Ces pourris ont brûlé mon Mercedes ! »

Le climat s'alourdit et tu laisses faire. Pas vraiment le cœur à la contrarier sur un sujet qui froisse et cabosse toujours. Un camion, ce n'est pas rien. Envie de lui dire que si le toit d'un nomade est fragile, s'il lui arrive de le perdre pour un oui ou pour un non, il ne s'écoule jamais long avant d'en retrouver un, aussi sec – tu sais de quoi tu parles.

Cette bergerie repérée en haut d'une butte, entourée de quelques arbres, un chemin y mène. Halte de mi-journée ? Horko semble parfaitement satisfait lui aussi, alors tu stoppes l'attelage sans regret. Avant de te coller à la préparation du repas, tu montres à Adèle le nécessaire pour dresser. Petite table, deux chaises qu'elle installe à l'ombre. Prenant les assiettes, elle demande à sa pie de s'occuper des couverts. De quoi voir un vrai cirque croirait-on mais non, l'oiseau répartit couteau, fourchette et cuillère sans heurt et sans erreur, puis se perche fièrement sur une branche basse du premier chêne ; elle contemple son œuvre. Très à l'aise, la pie Arsule finit même par toiser le chien Horko, lequel ne lève pas un œil sur elle.

Adèle s'est éloignée de quelques pas pour téléphoner, sans doute pour la suite : nomade sans toit recherche havre provisoire. Mais elle parle en te tournant le dos. Difficile de savoir. Elle laisse un message sur une boîte vocale, compose un autre numéro, cette fois avec quelqu'un au bout du fil ; elle sourit en parlant, c'est bon signe ça, peut-être les amis dont elle te parlait tantôt, mais la conversation ne dure pas, et son sourire s'éteint dès qu'elle raccroche. Son visage se ferme pour rechercher un autre contact dans son téléphone, mais elle finit par soupirer, rengainer dans sa poche, et sortir son paquet de cigarettes.

Par la porte de la Baillou, tu lui fais passer une salade presque grecque – tomates, oignons rouges, concombres, olives noires, fromage (les petits frais d'Ève et Jérôme), tu ajoutes pot de tapenade, quelques tranches de pain, des quartiers de melon, et deux canettes de bière conservées dans le compartiment rempli de sable. « Presque fraîches », dis-tu en t'excusant. Sur ce détail, gênée, tu t'étales un peu : la Baillou dispose d'un minuscule réfrigérateur réservé aux aliments périssables. Ton hôte te fait comprendre qu'il n'y a rien à justifier ; vous êtes du même monde.

Alors tu te dis que tout va bien.

Sauf qu'Adèle boit et mange sans y penser, le regard fixe. Tu te risques, lui demandes si elle a pu joindre ses amis. « Non », répond-elle, du bout des lèvres. Mensonge bien sûr, mais à la réflexion, pourquoi s'en soucier ? Rien ne t'y oblige, à part cet insignifiant petit détail, cet air familier que tu lui trouves, un air qui te donne envie de faire durer, portée par cette lancinante impression de la connaître, cette gamine. On le sait : tu lui donnes peu ou prou l'âge qu'aurait eu Agathe, et d'autres bêtises du même genre te reprennent. On n'y peut rien quand on met en rapport des coïncidences, c'est stupide, bien sûr, mais on peut comprendre. Tu te lances : signaler où tu vas, présenter le Lavoir, te surprendre à faire l'article du campement, de ses installations, des gens qui y tournent, qui arrivent et qui partent, vendre les atouts (autogestion, entraide et bon vivre). Ce disant, tu tentes de lui dégager l'opportunité d'un répit, et là, tu en rajoutes avec cette petite caravane, une Pilote, celle de Fred, près du petit bois, laissée libre pour le voyageur sans toit. Elle fait mine de ne pas comprendre, alors tu précises, tu ajoutes qu'on peut sans peine se renseigner, on connaît Fred, alors oui, on peut voir pour cette petite caravane. Elle sirote maintenant son café sans en montrer plus. Et puis son téléphone vibre. Un SMS : l'ancien employeur, près de Chambéry, qui répond à son message vocal. Sourire de soulagement d'Adèle : ce sera la Savoie. En suivant, elle cherche les horaires et les correspondances – « Tu crois que tu pourras me laisser à la gare ? »

Route d'après-midi, comme une longue descente en pente douce qui vous détache du causse, de la pierre, de la lande, des chênes et des moutons. Tout un univers civilisé s'efface, peu à peu, et finit par s'évanouir, englouti par l'anti-lieu périurbain, pavillons monotones, voitures neuves, jardins étriqués. Évocation divagante qui te porte vers Julie. Ce matin, au bourg, le patron du tabac t'a fait lire son message ; elle te donne le numéro de Françoise et te prie de l'appeler – il faudrait qu'elle te lâche avec ça.

Pour vous, la ville s'annonce.

À cette vitesse de caboteur, on pouvait pourtant espérer étirer le temps, trouver de quoi s'acclimater, mais pas le choix, elle vous arrive et vous prend tout à elle, et on la subit, depuis sa pittoresque entrée, ses ronds-points, toute cette belle laideur enrobante de zones d'activités, panneaux publicitaires et bitumes de parking, aménagements, mobilier urbain, espaces verts, façades commerciales, et puis ça s'empile encore : parkings, espaces verts, parkings, façades, rond-point... On se répète, on rabâche.

La gare.

La voici, celle-là, au bout de l'avenue maussade qui longe le quartier industriel désaffecté et la maison d'arrêt. La gare, avec ses murs sales, ses trottoirs sales, avec son monde et son bruit, son sale bruit. « Je suis en avance », dit Adèle. Et toi ? Pas en retard puisque tu n'as pas d'heure. Plus que cette dernière tonte chez Dorian après-demain, avant de monter vers le Lavoir et sa saison des cigales.

Alors direction le buffet, rempli de gens qui vont se séparer. Au serveur, Adèle demande un diabolo menthe. Tu doubles la commande en te souvenant – tiens, c'est vrai – qu'Agathe préférait les Indiens, Orangina et sirop de grenadine. Mais, allons savoir ce qui t'ennuie le plus dans cette situation ? D'être empêtrée dans une idée fixe, ou bien ces comparaisons idiotes ? Tu vas te lancer à nouveau. Balancer à Adèle : « On ne se connaît pas, et je n'ai rien à te conseiller » – et d'autres bêtises vides. Tu tournes autour du pot sans rien dire vraiment, et puis tant pis, tu finis par envoyer franco : elle pourrait se refaire si elle venait avec toi au Lavoir. Ne serait-ce que pour le nécessaire, les fringues, et le reste. « Tu trouverais du taf, aussi. » Adèle te fixe, sidérée peut-être. Hésite-t-elle ? On aimerait savoir, mince ! Alors ? « Alors, quoi ? répond-elle.

— Tu n'as pas grand-chose à perdre. »

Et tu ajoutes même qu'elle a déjà tout perdu dans son camion cramé, alors ça se regarde, et un rire de gourdes vous tombe dessus, il fait du bien celui-ci, et ça rit, là, toutes les deux, devant vos deux verres de diabolo menthe. « Et tu es sûre que je pourrai la louer, cette caravane ? demande Adèle.

— La louer ? Pourquoi la louer ? Fred ne loue pas. Il prête. »

Le haut-parleur annonce l'entrée en gare – « Ton train. » Un couple se lève d'une table voisine ; la femme tire une valise ; ils sortent par la porte qui donne sur le quai. Quai sur lequel les voyageurs les plus impatients piétinent. « Il me la prêterait, vraiment, cette caravane ? Mais pour combien de temps ? » Deux semaines, un mois, autant qu'il le faudra ; cette petite Pilote ? Elle ne lui sert plus à rien, à Fred, il la garde pour les souvenirs. Mais rappelons à Adèle que son train va se pointer sur le quai d'en face. « Tu vas le rater. » Elle sourit. Elle va devoir demander le remboursement de son billet. « Ah oui ? » Et tu souris aussi, c'est bête. Vous attendent trois jours de route sur le causse, et cette légèreté qui vous emplit déjà.

Le nomade va léger et serein.
Thepsis sur son chariot, Pierrot dans sa roulotte.
Sa légèreté porte sa force
Et si l'indigène s'entoure, s'étoffe, se répand,
Le nomade s'allège, se dépense, se disperse.
Impérieuse lourdeur indigène.
Nécessaire légèreté nomade.
Bonheurs ennemis, précarités sœurs.

Les quarante de Dorian sont des brebis de montagne, race indéterminée, bâtarde. Dorian y veille dans sa conduite de cheptel. N'y figurent que des bêtes agiles et vives, hautes sur pattes et sèches, en muscles. Leurs sabots à corne souple adhèrent sans peine aux terrains piégeux, et c'est utile, sur ce coin de plateau où l'hiver est rude, et tout bon pour Dorian qui mène chaque année son troupeau en estive, en deux semaines de transhumance.

Adèle observe et commente : têtes busquées et cornes striées, enroulées, confèrent à toutes un air farouche, mais sachons-le, ce n'est qu'apparence. Comme le troupeau vient de se resserrer sur lui-même, s'accolent et se comparent les toisons : les blanches dominent, mais s'y mêlent toutes ces variantes de marrons, de la beige à la brune, et même trois têtes noires aux museaux très blancs. Il est bon d'avoir quelques moutons noirs, n'est-ce pas ? « Ça enrichit le troupeau », rit-elle.

Adèle et Dorian te regardent déballer le matériel : deux paires de forces, une pierre à huile, une sangle et ce sera tout. Peu de choses sont nécessaires quand on ne sort pas la tondeuse, pourtant tu ne tonds plus guère ainsi, ou seulement pour le plaisir et lorsqu'un troupeau ne compte qu'une poignée de bêtes. Partout la tondeuse électrique a supplanté l'outil manuel qui devient folklore, sauf chez Dorian et quelques autres qui préfèrent éviter à leurs bêtes le bruit des machines et préserver la qualité de leur laine – l'anxiété la rendrait, paraît-il, plus raide et cassante.

Dorian saisit la première. D'un coup de poignet ferme, il ramène vers lui l'un des antérieurs, pris dans sa poignée de crochetage. Comme on offre, il te confie cette brebis de trois ans qui se montrera aussi sage qu'un agneau de lait. Dorian savait quelle candidate choisir pour débuter. La suite sera sereine. De mémoire, ce troupeau a toujours eu bon esprit, mais qui s'en étonnerait ? La cause est qu'il est heureux. Pas de grand secret là-dessous, seulement quelques principes, dont un, déterminant : ovins sur pâtures et le moins possible en bergerie. Moins de rendement, mais plus de félicité. Dorian soutient par là une philosophie de pasteur-éleveur, une sagesse néolithique.

Depuis le début, Adèle observe ; on devine l'attrait dans ses yeux ; tu vas lui proposer d'essayer. Dorian vous jette un regard amusé. Il anticipe, lui, ce que l'on sait d'une initiation à la tonte : des gestes empruntés de coupes timides et saccadées, pour un résultat plutôt consternant. Tu dis à Adèle : « Passe d'abord ta main dans la sangle.

— Comme ça ?

— Oui. Et veille à caler ton pouce pour régler ta hauteur de coupe. Vas-y, commence, n'aie pas peur... Et non... Attends, je vais te montrer... »

Il faut qu'elle comprenne qu'on procède en glissant légèrement vers le bas, pour tendre la peau. Tu lui rends les forces, pour voir. Adèle s'applique. Elle est loin d'être ridicule, et comme tu restes contre la brebis pour assurer sa contention, la trajectoire de coupe devient correcte. Elle s'amuse. Agathe aimait, elle aussi. « Ne te précipite pas ! La vitesse, ce sera pour plus tard, après cinq ou six mille brebis derrière toi », ajoutes-tu. Dorian se moque, mais il finit par avouer qu'il n'a jamais réussi à prendre le tour de main. « J'ai peur de la blesser avec le bout des lames, te confie Adèle.

— Tu ne risques rien de grave. Regarde ! »

Et tu lui montres les pointes, émoussées à la meule de pierre. C'est décidé : durant toute cette matinée débordante, tu lui laisseras terminer le plus large, les dos, avant de prendre le relais pour les passages délicats – croupe, encolure, ventre, voisinage des mamelles. À la dernière que tu empoignes, on entend Dorian déboucher une bouteille. « Blanc sec, ça ira, Sarah ? » Tout peut aller, après quarante chevelues tondues aux forces.

Dorian vit dans la partie supérieure de son buron ; au-dessous s'affine son fromage, une tomme. De sa production, il vit chichement, mais il s'arroge un superflu grâce à ses dons de sourcier, reconnus alentour. En cela, il ne demande jamais rien, mais personne ne le laisse repartir sans l'offrande au bienfaiteur. Certains lui doivent beaucoup, gros élevages en tête, et même s'il récuse leurs méthodes hors-sol et cette propension à entasser en lieux clos toutes espèces d'animaux broutards, il n'a jamais pu dire non à un exploitant désemparé. D'ailleurs, comment rester insensible à un troupeau exsangue de soif ? « Certes, Sarah, mais le jour viendra où je ne pourrai plus rien pour personne. Ils ne se rendent pas compte.

— Ne se rendent pas compte de quoi ?

— Ils font comme si tout allait continuer, comme si une source n'allait jamais s'éteindre vraiment, comme si une autre veine pourrait toujours remplacer l'ancienne.

— Pas neuf, tout ça...

— Pas neuf, non, répond Dorian, mais aujourd'hui, ce n'est plus possible. En dix ans, les profondeurs de forages ont doublé. Les débits régressent et des veines se tarissent du jour au lendemain, malgré les pluies diluviennes des automnes et des printemps.

— Bah... Il faudra bien qu'ils réagissent, d'une manière ou d'une autre.

— Sarah, voyons ! Tu le sais comme moi : au lieu de réduire la taille des troupeaux pour l'adapter à la ressource, ils agrandissent leurs bergeries et leurs hangars à bétail. Ils ne savent pas ce qu'ils font.

— Si ! Ils creusent leur tombe », intervient Adèle.

Tu sais qu'ils ont raison. Tous les deux. Mais les constats définitifs et les anathèmes ne mènent à rien. Ces paysans qui ont versé dans l'élevage à grande échelle ont tous cru bien faire. Ils n'ont fait que répondre à une injonction sociale : entrer dans la modernité, une modernité planifiée sans eux et finalement, contre eux. Les immenses bergeries, hangars à bétail, les abattoirs industriels et leurs lots d'aberrations et de souffrance te désespèrent, ils te font peur, mais tu préfères penser à ces quelques nouveaux pasteurs-éleveurs – Jérôme, Ève, Dorian, d'autres. Cette minorité montre une autre voie, voie que d'aucuns, de plus en plus nombreux, finiront par prendre. « Belles paroles et vœux pieux », t'oppose Dorian.

Le débat d'idées en rond vous mène loin après le

café, dans l'après-midi immobile. D'un air conspirateur et parce qu'il est en confiance, Dorian vous parlera de ce groupe d'activistes dont il fait partie depuis peu. Abasourdie, tu vas répéter après lui : « Sangliers du Causse ? » Et il sera difficile pour toi de réfréner un sarcasme devant un nom aussi loufoque, mais cela ne perturbera pas le militant, d'autant qu'Adèle lui accorde toute sa vive attention, alors qu'on se le dise : ce collectif n'a pas pour vocation de faire de la figuration, il fera parler de lui très bientôt, pour des actions marquantes, contre tous ces projets égoïstes, destructeurs, écocides… Tout en écoutant d'une oreille le laïus de Dorian, tu t'accroches malgré toi à ces quarante, ces indolentes brebis qui paissent en paix sur la vaste prairie derrière le buron. Horko les regarde lui aussi, couché près de toi, las de vos palabres. Quarante brebis, cela paraît dérisoire, comparé aux cheptels de plusieurs centaines, milliers de têtes des fermes intensives, mais quarante brebis sont un nombre suffisant pour qui fabrique son fromage et le vend, en direct, à ceux qui le mangeront – projet modeste, mais pérenne.

Peu à peu, les sujets polémiques s'étiolent. S'avance le moment du départ ; il se pointe, celui-ci, lorsque chacun laisse émerger en soi un très immédiat et très personnel avenir, ou de banales préoccupations. Adèle et Dorian s'échangent leurs numéros de téléphone, se promettant d'explorer plus avant les actions à mener, avec les Sangliers du Causse. Toi ? Tu ponctues en riant, et qu'on ne t'en demande pas plus. Tu attelles la Baillou qui dormait à l'abri sous les frênes. Adèle, Arsule, Horko grimpent sur le Massey. Dorian insiste pour que tu emportes une demi-tomme vieille, alors qu'il t'a déjà payée. Soit ! On lui *contre-donne* deux pots de cette confiture de prunes d'ente, belles prunes bleues glanées par toi, et cuites dans le confiturier de Jérôme.

L'attelage dépasse la crête.

Le pasteur-éleveur retourne à sa solitude de vent.

Dans la montée, maintes bifurcations se proposent, dont ce chemin qui vous promet l'emplacement des plus rêvés pour la halte de fin de journée, mais tu vas ignorer les attirants ordinaires. Pas d'étape. En contradiction totale avec tes habitudes, vous pousserez la route jusqu'au soir avancé, à seule fin de rallier enfin, le Lavoir.

Vous y parvenez à la nuit.

Le glorieux campement se dessine sous les étoiles, en pointillé de loupiotes, de feux et de guirlandes flottant entre les ombres des habitats mobiles. Dans l'obscurité vibrante, le Lavoir livre sa flottille bigarrée : engins à quatre roues, motorisés ou non, mais tous assignés comme logis permanents d'itinérances chroniques – *trochospito*, maison sur roues. Caravanes, carrioles, camions, roulottes. La frêle armada stationne au-dessus de sa lande, comme amarrée à d'autres, ces constructions légères, baraques de bois, yourtes, chapiteaux. Ta passagère roule des yeux comme des cerises.

Toi, tu songes à l'invisible, gardé secret à l'arrière du campement. Après le bois de frênes, de bouleaux et d'aulnes, ton lac.

Durant votre approche pour atterrir grandit l'aura des foyers d'ancienne, actuelle et future veillée, éternels flambeaux du plein été des cigales – cigales bipèdes – et

malgré la nuit, celles-ci chantent, avec, on les distingue, guitare, *cajón*, accordéon. Romane est là, pas de doute. Tu repères les phrasés qu'elle impose à son vieux sax cabossé. Peu vous sépare du moment où tu pourras t'y mêler. Un fumet de grillades te réveille les narines. Tu stoppes l'attelage où tu peux – demain verra – et en descendant du Massey, s'accrochent à vous quelques regards connus. Des enfants, une petite grappe, qui passent, frôlent l'attelage, très affairés. L'un d'eux te hèle – Salut Sarah ! Salut Milo ! Ce gamin a encore sa bouille ronde comme une pomme, la vie est simple. D'autres saluts rieurs, de loin, et puis Romane qui pose son sax pour venir à vous. Guillaume a pris de l'avance, il fond sur toi à grands pas et bras ouverts. Tout un processus d'amitiés se met en branle, et pas le choix, tu vas tout prendre. Adèle te regarde d'un air qui dit pas de regrets, qui dit oublié le repli en Savoie (on la comprend). Guillaume, lui, semble très heureux de faire connaissance avec ta passagère ; tomberait-il sous le charme de la fille à la pie ? Et Adèle qui ne voit rien…
« Fred est là ?
— Fred ? répond Guillaume, avec l'hésitation du trouble, Fred, répète-t-il, oui, Sarah, Fred est là, tu le trouveras dans sa Carabane. »

La Carabane de Fred, c'est cet objet roulant non identifié. Forme hybride. Issue du croisement entre une vieille caravane Erdé et la cabane d'Huckleberry Finn. Pour habiller la carcasse de tôle s'imbriquent des clins d'épicéa récupérés sur une ruine de grange ; Fred les a méticuleusement redécoupés et poncés. À l'intérieur de son ouvrage se mélangent les attributs d'une *cam-*

pine et d'une verdine. Le poids résultant de ces ingénieux agréments ampute l'agilité de l'invention, mais ne contrarie pas son propriétaire puisque dorénavant, Fred ne pratique plus que le voyage immobile. Plus de trois ans écoulés depuis son échouage au Lavoir. Devant l'entrée, plein sud en hiver, plein est en été, une pergola délimite le carré formé d'une table, quatre chaises et deux chiliennes.

Vous trouvez Fred attablé avec l'amie Marylou. Une discussion engagée que votre arrivée interrompt sans remords. « Sarah ! Te voilà !

— On t'attendait pour demain au plus tôt », ajoute Marylou, ravie. Embrassades, présentations, résumé de la situation d'Adèle, mais à grands traits, et comme prévu, Fred se lève, prend la clé de sa Pilote, la tend sans façon à Adèle et se rassoit. « Karl vient de partir. Il l'a remise en ordre. Des draps propres sont rangés dans la penderie. Pour la cuisine, la bouteille de gaz est pleine, Karl l'a remplacée. Le frigo fonctionne avec un panneau sur le toit, mais fais gaffe, la batterie est quasi morte. Tu peux l'occuper le temps qu'il faudra », dit-il à Adèle qui le remercie et se renseigne sur le prix de la location (on se doutait qu'elle essaierait). Fred la dévisage, se tourne vers toi, et dévale dans son rire. En cette affaire, Fred considère que, sauf à être vendu, un toit n'est pas monnayable pour un droit à la petite semaine – autrement dit, point de location.

Tu mèneras Adèle à la Pilote, vous y trouverez les draps, installerez le lit. Tu proposes de rejoindre la veillée, à l'autre bout du camp. Romane, Guillaume et les autres. Elle décline.

En la laissant là, tu vas bougonner, mais pas longtemps, parce que mince, si je possède un camion, un camion avec toute ma vie dedans, et que ce camion brûle avec tout ce qu'il contient, alors oui, à l'heure où je retrouverai un semblant de chez soi, je n'aspirerai qu'à dormir.

Même si pour toi, non. Non. Un camion calciné ne te donnera jamais l'envie de dormir. Plutôt une chose à se laisser emporter par la nuit, elle, avec sa clameur et son refrain d'été des cigales, et toi, portée vers l'oubli, la joie, et la joie de l'oubli, ainsi soit-il.

Tu descendras au matin tôt par la sente à travers les arbres.

Impatientes
Retrouvailles
Sacrées
Avec lui :
Lac longiligne de petite montagne,
Discret, taiseux.
Charmant bonhomme
Qui m'accueille avec l'amabilité du forestier solitaire,
Sans manière,
Tout de bonne volonté.

Fidèle à ton plan, tu rejoins son ponton de bois, pour avancer vers lui, jusqu'au bout, car il t'attend, tu le sais, il t'attend et tu le veux toi aussi, tu te désapes sans façon, on se connaît assez, entre vous deux plus de mystère, et tu plonges. Maintenant, il te coule dans ses bras et tu fermes les yeux, et que c'est bon ! Le soleil vous mate, mais tu t'en balances, il peut tout voir, rien à cacher, tu profites, on a qu'une vie. Le vent fait frissonner vos deux peaux.

En remontant, à l'orée du bois : Adèle qui sort de la Pilote. Comme elle vient vers toi, tu infléchis ton chemin.

En parlant et cogitant sur la suite pour elle, tu repenses à ce Mercedes 408 qui mérite mieux que de croupir sous ce hangar, près de l'atelier de mécanique, à deux pas derrière le chapiteau. On l'a toujours vu là, ce camion.

Ni une ni deux, en le découvrant, ce vieux coucou rouge et blanc, Adèle se colle à ton avis, et puis, on le croyait parfaitement abandonné, mais non. Guillaume qui passe s'intéresse – le contraire eût étonné. Ses regards appuyés vers Adèle confirment le trouble de la veille. Il vous apprend que le camion appartient à Seb, lequel ne reviendra qu'en octobre. Mais il peut l'appeler si on veut, et Adèle veut bien, remercie Guillaume, qui rougit – Adèle ne remarque rien, tant mieux ou tant pis pour Guillaume. Adèle ne voit que le Mercedes 408 bicolore, elle lui tourne autour, se colle aux vitres pour évaluer l'espace intérieur, son aménagement – « C'est carrément du luxe ! » Il est vrai que le gabarit dépasse de loin celui de son MB 100. « Deux couchettes ! Je pourrais même recevoir ! » D'évidence, cette fille prend les choses par le bon bout.

Seb répond à l'appel de Guillaume. Il confirme la logique voulant qu'il cède son bahut à bon prix, et vite jaugé, dans les moyens d'Adèle. Un bon point pour le nouveau prétendant : Adèle saute de joie et dans les bras de Guillaume. Mais attention, pas de précipitation, il faut voir, et tout peser. La clé ? Dans la boîte à gants. Impossible de démarrer : batterie à plat. Coup d'œil sous le capot. La mécanique n'exhibe rien de mirobolant, mais tout paraît capable. Tu te portes au Massey dételé, le démarres, le sors de sa place et manœuvres pour venir au chevet du vieux Mercedes. Pendant que tu branches les câbles entre tracteur valide et bahut comateux, Adèle vide un jerrican de gasoil dans le réservoir. Tour de clé. Le circuit s'allume grâce au pontage électrique. On aura toujours ça. Actionner. Le démarreur accroche cette fois, mais le moteur reste muet, il renâcle. Il a soif ? Pomper pour amorcer. Le moteur frotte et broute crescendo, tu insistes et obtiens ce roulement rageur – il ne demandait que ça, mais le ralenti ne tient pas. Simple détail de réglage, remarque et le reste devrait suivre ; on avisera plus tard pour embrayage, échappement, pompe, courroies, cardans… « Adèle, je t'aide à le renflouer ce rafiot, et en échange tu me dépannes sur quelques travaux de soudure.

— De soudure ? Mais Sarah, tu ne sais même pas comment je travaille ! »

Ton rire pour seule réponse, alors elle te fixe avec ses billes si rondes, brillantes, et de ces yeux surgit fort comme une balle, un bonheur. Simple comme un vieux camion qui démarre. Et toi, son sourire de gamine, il te transperce.

Précisons pour les jours qui suivent : tu troques avec Adèle la retape complète de son camion contre la rénovation du châssis de la Baillou. Elle insiste ensuite pour te fabriquer une plateforme et une galerie à fixer à l'arrière, tu dis non, mais elle parvient à ses fins, la garce – « Tu pourras y accrocher un vélo pliant ». Bien vu, gamine ; et à ce train, mine de rien, vous ne vous quittez plus et ça ne gênera personne.

Le reste du temps s'emploie à buller du mieux que vous le pouvez avec Romane, Guillaume, Fred, Marylou et quelques autres. Tu renoues surtout avec toute cette musique fabriquée pour mettre un vieux précepte en pratique : chanter rend heureux. En chinant un peu, de friperies en brocantes, de vide-greniers en *gratiferias,* vous parvenez à reconstituer pour ton éclopée un début d'effets personnels – fringues, outils, vaisselle. La réputation de ses soudures et autres travaux métalliers se répand alentour et lui procure de premiers chantiers dans la vallée. Les jours s'enchaînent au rythme des belles places que vous prenez parfois ensemble, ici et là, au gré des invitations.

Dans la paradoxale immobilité d'été.

Seule ombre : ces déplacements d'Adèle, sans motifs déclarés. Tu ne surveilles pas (cela ne te regarde pas), mais tu t'interroges, c'est tout, parce que ça se fait entre personnes de même société. Adèle semble cultiver des liens réguliers avec Dorian – au grand regret de Guillaume, et du tien aussi, mais pour d'autres raisons. Rappel : Dorian fait partie du groupe des Sangliers du Causse. De ceux-là, on connaît les marottes et les combats : activistes radicaux *versus* productivistes sans limites. Idéaux conflictuels. Autant se battre contre des moulins à vent. Dangereux et vain. Et puis, tu en es convaincue, Adèle n'a tiré aucune leçon de l'épisode de son camion brûlé. Il faudrait pourtant qu'elle entende qu'on ne peut embrasser de telles causes perdues, se frotter à de tels intérêts organisés, sans en subir les cruelles conséquences. Il y a tellement mieux à faire en restant sur tes chemins de traverse… Mais convenons-en : il va être difficile de lui parler sans risquer de la braquer – commencerais-tu à connaître la gamine ?

Pour l'heure, elle est avec ses Sangliers et pour toi, avec Horko et ton attelage, tout s'en va par la côte de la Fontaine pour redescendre dans l'autre vallée.

Couper le moteur pour accoster au bord du village. Église, maisons se prélassent dans un répit d'ombre de falaise, épais. Horko lève une oreille, mais il attendra des signes plus évidents pour bouger plus large. Tu sautes de ton siège, sors de la trappe avant son grand bol que tu remplis au robinet extérieur de la caravane. De l'eau fraîche tirée du réservoir. Puis tu t'installes dans la Baillou. Sur la banquette entourée des fenêtres ouvertes, tu vas te désaltérer toi aussi, d'un thé brûlant. Et puis mince, il fait faim ! Saisir la grande poêle, y jeter un oignon rouge tranché, recouvrir de deux œufs sur le plat ; tu accompagnes de tomates coupées fin, arrosées d'un filet d'huile d'olive. Pas plus. Le pain épongera. Sur ça, tout est bon, à commencer par toi ; quitte pour te rouler une cigarette.

Fumer.
Et écouter le chant de la chaussée en amont. La rivière.
La petite musique des flots, avec l'esprit qui divague puis se pose.
Se pose sur la gamine,
Ses Sangliers,
Et sur Agathe.
Avec ces idées,
Ces idées en escalier,
Ces idées qui s'empileraient
Sans rien demander si l'on n'y faisait rien,
Mais la rivière m'attend.

Elle m'attend !

Tu enfiles ton maillot de bain, un joli monokini aux jolis coloris canari que tu caches aussitôt sous ton short. Tu avais gardé ton débardeur, alors tu es prête. Horko ne lève qu'un œil pour te regarder passer, mais ce chien restera couché, droit tête haute, dans la posture digne du gardien devant la porte du logis (que tu conserves ouverte).

À l'appel du frais de la rivière, tu pousses tes pas, et tu entends des éclats d'eau, de voix, les sauts, les plongeons. Une simple poignée de touristes sans doute. Et tu les aperçois. Les premiers de la saison. Regroupés derrière le pont près duquel se trouve la pente pour les bateaux de passage, et le quai pour les péniches de location.

En ce lieu indiqué par le panneau tordu – *Halte nautique* – règne José, à l'entrée de sa cahute de bois, animé et souriant. José, expliquant les rudiments de la pagaie à deux retraités en tenues fluo. Sur l'herbe, quelques autres moins fringants somnolent, étalés sur leurs serviettes. Plus bas, un couple de parents sages surveille les trois enfants qui se baignent. Salut à José de loin, puis sur l'herbe tu jettes serviette, débardeur, short et tu descends au ponton pour plonger. Enfin.

Jouissance instantanée et qui se prend tout le temps

qu'il faut pour irriguer tes veines, et te combler. On a ses habitudes. La rivière d'un geste tendre t'enveloppe. Quelques brasses, et au mitan de son lit, tu te livres à elle et son ciel, simple branche dérivante, tu deviens, bras ouverts, tête abattue, tout pour elle. Tes seins, ton nombril, tes genoux et les bouts de tes pieds émergent, disparaissent, au rythme de votre respiration, et tu flottes, comme un morceau de bois, tu flottes et ta dérive se mesure au très lent défilé d'arbres.

Et puis José.

José qui t'appelle dès ta sortie de l'eau, t'invite à sa table devant la cahute. Toujours de la bière à partager, José, toujours heureux de te voir. Ça se savoure une telle petite amitié presque désintéressée. Presque. Tes seins humides pointent sous ton débardeur et José n'a rien raté. Mais toi, tu te dis qu'il est plaisant d'avoir des seins comme les tiens, qu'à ton âge c'est beau de les retrouver si fermes, sans le moindre artifice. On te les jalouse, on les convoite, et c'est ainsi les amis, comme José qui pourra regarder tant qu'il veut, mais ne touchera pas (il le sait), en tout cas pas tant que tu ne l'auras décidé. Un de ces jours peut-être ? Allons savoir avec le hasard, comme cette fois d'il y a quoi ? Deux ans ? Soir de gentil égarement ; tu te souviens de son petit cul sous tes mains ; la trentaine, c'est beau. Tu t'es arrêtée à cette tranche. Au-delà, ils ne t'intéressent pas, et passé quarante-cinq, cinquante, bête à dire, mais tu ne les vois même plus. Trop sérieux, et avec trop souvent ce côté sentimental ; ils sont si nombreux à vouloir se caser.

En sirotant vos canettes, vous parlez de tout et surtout, de rien. Une spécialité de la table de José, cette propension à t'emmener dans la digression futile. Mais cette fois ça bifurque et s'engage par le leitmotiv de José depuis quelque temps : les dérèglements de sa rivière – son gagne-pain, on le comprend –, les errements de ce foutu climat qui change et dérange tout. La vérité, selon José.

Le causse est une frontière.

Zone de friction entre le Sud et le Nord.

Zone de croisement des deux maux antagonistes.

En automne et au printemps, José déplore les inondations, les débordements de plus en plus envahissants, ces épisodes cévenols qui détruisent, mais pour l'heure, plein feu estival, il va se plaindre de la sécheresse qui menace sa rivière d'un étiage sévère, alors tu vas écouter, mais sans véritable compassion (faut pas trop t'en demander), et ce faisant, tu vas agacer José qui cherchera à étayer plus fort sa complainte. Observations, preuves, arguments.

« Tiens ! » dit-il en désignant ce groupe d'adolescents rassemblés sur le pont.

Chaque été, les gamins du coin se retrouvent là. Pas une semaine sans les voir. Ce rendez-vous : un point de ralliement autant qu'un motif de distraction. Sauter dans l'eau. Bonheur simple d'un panaché trivial : frisson de la chute et bien-être de la baignade. Alors une grappe plus ou moins fournie s'agglutine. Filles-garçons à égalité. Les plus vieux – seize, dix-sept ans – ouvrant la voie aux plus jeunes – treize, quatorze – car chaque été, la pratique débute par un cérémonial d'ouverture, ce jour inaugural, où deux ou trois intrépides se désapent au soleil, enjambent la rambarde et s'exécutent avec l'hésitation minimale et depuis la plus haute pile, six mètres. Pied d'appel, impulsion, chuter droit, perforer la surface, disparaître. Projections, remous. Engloutis ? Non ! Très vite, les corps ressurgissent de l'onde, jusqu'au torse, et projettent leurs visages rageurs, avec les bras qui s'agitent, vainqueurs, champions, l'exemple à suivre, sous les yeux des autres, plus jeunes, timides.

Pratique immuable.

Et à chaque fin d'été, tout se clôt avec l'alerte donnée par l'un des aînés : dangereux ! Plus assez de fond. Il y a dix ans, ils sautaient encore au 15 août, le lendemain de la fête votive. Après chaque tour de roue, la fin se rapproche. « À ce rythme, dans une paire d'années, ils ne passeront pas le 14 juillet, conclut José.

— Arrête, va. Tu te tortures pour rien. »

Mais c'est plus fort que lui, José y pense, chaque fois qu'il prend le temps de les observer, ses pinsons, il y pense. José est né ici. Toutes les hardiesses de ces gamins, il les connaît par cœur. Toutes faites, et au même âge qu'eux. Sauter du pont dans la rivière, et toutes les autres. Ruminer ne mène à rien, il en convient, mais tout de même... Et les descentes organisées sur le torrent voisin ? « Plus possible à partir de la mi-juillet. Trop peu de débit, les canoës raclent.

— Tu parles comme un vieux ! À côté de toi, j'ai l'impression d'être une gamine. »

José ne se vexera pas. Il te connaît trop. Il sait parfaitement comme tu dis vertement les choses parfois. « Rappelle-toi, insiste-t-il, il y a dix ans, on voyait des touristes pagayer jusqu'à la fin août.

— C'est pas un mal, finalement, d'en voir un peu moins de tes zouaves... »

Pendant que José s'étouffe, s'indigne, s'échauffe – « Bravo, Sarah ! Les touristes, mes zouaves comme tu dis, c'est mon boulot. Sans eux, je fais quoi ? Tu y penses ? »

– bref, pendant que José s'excite, une onde nerveuse se répand au sein des gamins du pont, annonciatrice. Ceux qui venaient d'enjamber la rambarde rebroussent chemin, ceux qui s'y préparaient se ravisent, tous se regardent, semblent en écouter un qui était en retrait, figé, tourné vers la route en contrebas ; celui-ci leur parle maintenant, et d'un air drôle. D'une inquiétude soudaine. Qu'a-t-il vu ? Fourgon bleu gendarmerie. Il apparaît dans le virage, ralentit en accédant au pont, s'arrête devant le groupe d'adolescents. Les plus jeunes resteront à distance. Seuls les plus grands, impavides, s'approchent. Une discussion s'engage avec l'adulte en uniforme. Par la vitre ouverte du fourgon, le gendarme agite son bras en direction de la rambarde et de la rivière. José sourit. « Regarde-les, nos loustics : profil bas, hein ? Mais attends un peu que les flics redémarrent et disparaissent… »

Certains font mine de s'en aller, d'autres s'attardent autour du fourgon en hochant la tête, comme pour mieux signifier la marque d'obéissance attendue par les gendarmes. Le fourgon redémarre. Au sein du groupe d'adolescents restés assemblé, les deux plus jeunes esquissent un signe amical, un « au revoir » souriant et trop démonstratif, limite frondeur ; sans délai, un plus vieux, discret mais ferme, les tance. Précaution superflue puisque le fourgon passe déjà la butte pour se perdre parmi les arbres. Chacun sait que cette route mène là-bas, derrière, de l'autre côté de l'autre colline, alors tout va bien, alors on se détend, et pareille à une volée de moineaux, la compagnie des gamins accourt, elle se regroupe de nouveau autour des deux plus prompts. Eux ? Ils sont debout par-devant la rambarde, prêts à sauter dans la rivière. « Tu vois ? Il y a des choses qui ne changeront jamais, José. » Et José en convient. D'ailleurs il a oublié son indignation climatique. Requinqué pour de vrai par cette scène de la vie fluviale et prêt à embrayer, fidèle à son style tout en ricochet, saisissant au vol le sujet suivant : un bon taf pour toi, chez Richard. Pour son vieux tracteur Deutz. Coucou des plus pittoresques. Embrayage mort, problèmes de compression, échappement en voie de décomposition. Richard voudrait le remettre en état. José te fait promettre de l'appeler, mais ce faisant, il croise ton regard ; de quoi méditer son erreur, se raviser et prendre son téléphone : « Crois-moi, Sarah, une telle phobie, ça se soigne. »

Il y a du vrai dans cette réflexion : contre tout, tu ne possèdes pas de téléphone mobile. Un choix qui pourrait paraître paradoxal au vu de ton mode de vie, mais un tel entêtement se défend, car, en cas de besoin, il se trouvera toujours une bonne âme équipée d'un appareil. Pour le reste, ils sont tous collés à ce « groupe » qu'Ève a créé un jour de grand agacement – deux semaines sans pouvoir te trouver (mais la condition nomade est ainsi faite). Ce dispositif rassemble tout ton monde. Tout message posté par l'un te reviendra par la bouche d'un autre croisé sur ta route. Une sorte de relais autogéré, coopératif, avec postes restantes virtuelles réparties sur tout ton territoire. Libre à toi de donner suite, libre à toi de laisser dans le vent, rappeler ou pas. Un système à sens unique, efficace et sans contraintes. Alors, boulet numérique ? Téléphone portable ? Inutile.

José compose le numéro de Richard ; tu vas promettre de passer le voir, mais pas avant cet automne, et qu'il s'estime heureux.

À ton retour, Horko te regarde en clignant des yeux. Brave chien. Assommé, il restera affalé contre la grande roue tribord du Massey. Il t'inspire, finalement, ce bienheureux. Tu vas monter dans la Baillou, tirer quelques stores, t'allonger sur la couchette. Un courant d'air frôle les voiles des lucarnes et, sans tarder, t'enrobe dans un vide épais.

Le bruit d'un moteur te réveillera.

Ce gamin sur sa Derby qui pousse les six rapports à fond de tours – fais gaffe, garçon, à ce train-là tu vas fondre ton cylindre ! Horko te croise au sortir de la caravane, alors tu lui parles du temps qui s'est écoulé. L'ombre des arbres n'abrite plus la Baillou, signe que tout bonnement, vous devriez appareiller, ton Horko, ton attelage et toi, appareiller et vous en aller par le bord de rivière.

Jamais loin, celle-ci.

Des baigneurs s'ébattent en contrebas. Une famille en canoës te salue à grands signes de bras et tout sourire. C'est infaillible : un Massey bariolé, une Baillou et ses pochoirs de moutons en couleurs remportent le fier succès. Tu en rajoutes avec ton port altier – ce mode de conduite pour engin rustique qui oblige à se tenir droite et ferme sur les commandes – et puis on l'oubliait, ce grand chapeau de massette. Chapeau tressé par Christophe, quelques mois avant l'accident. Au bord d'un étang, il avait coupé une poignée de jonc pour les bords ourlés, et taillé des bandes d'écorce d'aulne pour orner le tour de tête. Ce chapeau, tu laissais Agathe te le chiper, parfois. Elle le portait mieux que toi, du haut de ses seize ans. Cette relique est déformée et usée aujourd'hui, mais impossible de t'en séparer, n'est-ce pas ?

Tu veux rouler.

Remonter au moins jusqu'à cet autre, jeune ruisseau, rieur de galet. De là tu escomptais même pousser plus loin, mais le jour avancé t'assomme avec son soleil, alors par-delà la côte puis sa descente raide, tu feras étape avant l'heure : place verdoyante près de la passerelle à piétons et du passage à gué pour les motorisés. Un coin à gardèches et gardons qui ne ment pas ; tu en pêches la valeur d'une grillade. Bien trop pour toi seule, et Horko qui n'en mange pas, alors tu relâches les écrevisses cueillies en allant. Maigrelettes. Elles trouvent refuge derrière deux grosses pierres moussues.

Jusqu'à cette nuit qui bruisse de son cours invisible.

Et puis ce retour au Lavoir, pour quelques jours. Fred, à grands pas, se dirige droit vers toi, brandissant son téléphone : « Sarah, je ne suis pas ton standardiste !

— Des messages ?

— Non ! Des appels !

— Des appels ?

— Oui ! Ta mère… Va savoir comment elle a eu mon numéro… Toutes les demi-heures ce matin. Elle demande, je répète, je rabâche mais elle insiste. »

Fred te colle son appareil dans les mains. Traînant là pour un thé à l'ombre du store de la Baillou, Adèle s'en mêle aussi, te conseille de la rappeler. « Qu'on me foute la paix ! » Mais cette fois, le téléphone décide : il sonne et avec ce « Françoise » qui s'affiche clignotant, vif. Un mot comme une présence vivante. Françoise, qui frappe derrière cette vitre d'appareil électronique. « Tu devrais répondre, insiste Adèle. Allez… » répète-t-elle. Alors oui, tu vas décrocher.

Ta mère qui te parle et à qui tu réponds ? C'est un monde avec rien d'autre autour, et seul ce trouble d'entendre une voix droite, après toutes ces années de silence entre elle et toi. Malgré tout ce temps écoulé s'ouvre cette porte toute bête, simple porte entre deux pièces. Vous voici avec vos vieux réflexes revenus d'une traite, dont cette manière bien à vous de vous adresser l'une à l'autre.

Fred te fait signe : il te laisse son téléphone. Adressant un clin d'œil à Adèle, il s'en retourne droit d'où il venait, avec le sourire ironique. Adèle fait mine de se lever pour te laisser, elle aussi ; tu t'y opposes en lui resservant du thé.

Françoise continue de te parler comme si elle t'avait vue hier, s'enquiert de la météo locale, détaille la sienne, marque un temps, dit qu'elle voudrait te voir. Elle voudrait vous voir. « Nous voir ?

— Mais oui, te voir toi, et puis Christophe, et Agathe… »

Ce coup contre ta poitrine. Ce coup venu comme d'un bloc de pierre qui s'affaisse et te coupe la respiration. Que dit-elle ? Elle est folle. « Tu plaisantes ? Tu te fiches de moi ?

— Non, pourquoi ? »

Cet étonnement est le fait d'une réponse spontanée, sans malice. Les faits rapportés par Julie te reviennent, ces débuts de perte de mémoire, cet « état préoccupant », ce choix de La Verte Prairie. Pas suffisant tout ça pour que tu parviennes à te ressaisir, mais on essaie. « Christophe n'est plus là, Françoise. Et Agathe non plus, lui dis-tu d'un ton absurde, comme pour annoncer une banalité récente.

— Ah, je vois... Christophe t'a quittée ?

— Christophe est mort. Tu ne te souviens pas ?

— Mort ? Mais quand ? Impossible, Sarah. Personne ne m'aurait mise au courant ? »

Tout semble si franc dans cette indignation. « Mais Agathe alors ? Quelle tristesse de perdre son père si jeune... Que fait-elle ? Tu m'as dit qu'elle ne vivait plus avec toi ? Oui... Remarque, c'est normal, c'est une adulte maintenant... » Et toi, tu vas laisser parler Françoise. Et tu vas la laisser tourner en roue libre dans ses hypothèses grotesques. « Agathe a quel âge maintenant ? Vingt-quatre, vingt-cinq ans ? demande-t-elle.

— Agathe est morte, Françoise.

— Pardon ?

— Agathe est morte. Ils sont morts tous les deux, Agathe et son père, dans un accident, dans notre camion, tu ne te rappelles pas ? Le lendemain de ton coma à Cabourg. »

En te retournant, tu croiseras un regard plein de gêne, celui d'Adèle ; tu l'avais oubliée. Elle fait mine de terminer son thé, elle reste assise à la table sous le store, alors tu t'éloignes de quelques pas, t'engages sur le chemin de terre pour répondre à Françoise, mais finalement, c'est inutile, elle ne t'écoute plus : « J'aimerais que vous veniez me voir toutes les deux, Agathe et toi, à La Verte Prairie. Tu me le promets, Sarah ? » Tu promets et raccroches, que faire d'autre ?

Comme tu reviens t'asseoir, Adèle te sert un autre thé. Elle s'excuse, elle a tout entendu – « Pas de souci, Adèle » – alors elle te questionne, te demande pour Christophe et tu lui parles de Christophe ; elle te demande pour Agathe, alors tu lui parles d'Agathe. Et puis elles arrivent, ces idées de larmes, tu les contiens mais elles montent, elles montent assez pour te stopper, t'arrêter dans ta phrase sinon, tu le sens, tu ne pourras plus répondre de rien, et le tout va dévaler, une si vieille histoire pourtant, et maintes fois racontée, alors quoi ? Devant ton silence soudain, Adèle se tait aussi. Elle a pris ta blague à tabac sur la table. Elle roule une cigarette qu'elle te tend. S'en roule une autre.

Quelques bouffées.

Laissant le reste, tu lui expliques pour Françoise. Sa mémoire qui flanche, la complainte de Julie, La Verte Prairie, et puis ta mère qui imagine Agathe vivante, et qui voudrait la voir. « Voir Agathe, tu te rends compte ? » Ces dingueries de gâteuse vous entraînent dans un fou rire. On n'y peut rien.

Un train de plusieurs camions vient conclure pour vous. Des poids lourds à remorques. D'autres tirant des caravanes. Quelques utilitaires. Tout s'engage sur le chemin central et achève d'investir le campement. Convoi du Cirque Plaisir. Ils passent devant vous, vous saluent, klaxonnent à l'envi, et vont se garer là où certains indiquent. Pierrot des Roulottes les accueille avec Marcel du Djungalo Teatro. Derrière le chapiteau du Cirque Piedon, depuis le milieu de la matinée, on entend des coups de merlin : les baltringues frappent en rythme sur les pinces de ferraille et le Cinéma Voyageur termine de dresser sa grande tente rectangulaire. On attend plus que l'Agit, théâtre itinérant.

À Adèle, tu as brossé le tableau à venir de la seconde édition du Festival du Lavoir, mêlant compagnies roms et troupes néonomades, ambassadeurs des deux mondes itinérants. Oui, deux mondes, Adèle, distants mais tenus par la même ferveur. Sur l'affiche de cette année, un pont gracile tente de les relier. Ailleurs, ils s'ignorent, demeurent cloisonnés comme ça arrange – « Mais pas ici, tu verras. »

Alors durant cinq jours, Adèle voit.

Les frontières qui se brouillent, les liens qui se nouent, avec les uns qui apprennent des autres et vice-versa. Brassage entre héritiers des lignées nomades millénaires et transfuges fraîchement extraits de leur tribu sédentaire.

Et puis tout a une fin.

Au matin du sixième jour, les pinces des chapiteaux et des tentes se décrochent pour ne laisser que traces infimes, dérisoires, sur l'*espace vide*, rien plus que des *pas d'oiseaux* griffant la terre battue ; leurs rêves fragiles mais incandescents s'envolent pour d'autres présents, dispersés par le vent. Un signe de loin à Marcel ; sa famille, son Djungalo Teatro et lui quittent la place. À midi, Jean démarre son Bus Volant. Bons derniers, après la sieste, Pierrot et Agnès se hâtent ; tu les aides à atteler les deux percherons à leur verdine. On se recroisera peut-être au printemps. « Sait-on jamais, avec le hasard ? » lance Agnès avec un faux air d'Arletty. Ils rappellent leur intention de repiquer vers le nord, avec la vitesse absolue.

Car *le nomade est vitesse.*
Et même lent, et même immobile,
Le nomade est vitesse.

Pas Très-Grande-Vitesse,
Vitesse des supersoniques,
Célérité.

Non.

Vitesse absolue de conquérant au présent,
Vitesse de maître du territoire sans territoires ni frontières,
Sans limites ni bornes

L'*espace lisse* du nomade est à rebours
De l'espace strié du sédentaire,
Balisé, borné, limité, rayé de clôtures, murs, haies.

Où et quand se trouve le nomade ?
Personne n'a su, personne ne sait,
Personne ne saura.
Rien ne le fige
Nulles coordonnées tangibles, carrefour fixe, itinéraire arrêté.
Il était là, il est ailleurs, où sera-t-il ?
Dans une heure, un jour, un mois.

Sa vitesse ne compte pas.
Le nomade est vitesse.

Sur cette route et dans ce camion, rien à se dire : à rouler ainsi, la vitesse prend tout. Tu en avais tranquillement perdu l'habitude, car on l'oublierait vite, cette fureur d'un camion, cette allure qui oblige à l'attention, et ce danger à qui l'on se doit de parler un peu, ce danger qui te rappelle : je te connais, va.

Tu aurais dû partir avec le Massey.

Mais en forçant l'oubli pour basculer au-delà de la terreur sourde qui prend, et qui prend sans rien vous demander (sauf à la bazarder fort dans un coin, peut-être), en forçant l'oubli, on pourrait céder à cette utopie. À cette célérité bon marché. Folie ordinaire et gâchis facile. Mépris confortable, mépris des choses, des gens. Qu'on les croise ou qu'on les double, eux, tout pareil, tout s'efface. Tous enfoncés dans l'horizon, comme le reste, et jetés derrière, au fond des rétroviseurs. Alors lacets, défilé de murets de pierre sèche, hameaux, forêts, pâturages, montées, descentes s'avalent tous à la suite.

Adèle conduit. Des gestes souples et mesurés. Sans nervosité. Et un regard placé loin devant.

Avec ce camion et cette conductrice, la ville pointe à moins d'une heure du causse ; ensuite et grâce à toi, Adèle verra cette foire. « Comment tu l'appelles, déjà ? »

demande-t-elle. Elle connaît la réponse, mais elle la veut de vive voix pour se moquer de toi, alors tu vas être bonne poire : « Tractofolies. » C'est ça qu'elle voulait entendre. Adèle éclate de son rire frais. Tractofolies, mais oui, bien sûr, qu'on est bête, Tractofolies, un nom qui ne s'oublie pas, n'est-ce pas ?

Mais Adèle ne se doute pas. Adèle mésestime le fait à venir. La découverte d'une peuplade. Fondus de mécanique ancienne, passionnés de tracteurs de collection, *pialut* en campagne, agriculteurs affairistes, touristes égarés de novembre, négociants et autres courtiers en matériel agricole, curieux à décrotter et esthètes de l'acier, de la fonte ou de la tôle (il en est), et d'autres.

Vous entrez par la grande porte, après une marche forcée à travers la ville – malgré l'heure matinale, impossible de se garer plus près. L'endroit vous absorbe dans son maelstrom magnétique ponctué de carrefours, où se mêlent ferrailles rouillées, neuves ou graissées. Au milieu du chaos des stands disparates et des bric-à-brac forains, et à l'instar de vos frères piétons, pas d'échauffement, vous devrez vous frayer un chemin, vaille que vaille. Tout ce dédale est saturé de congénères volubiles.

Toutes sortes de considérations se glanent, du commentaire technique pointu à la conversation de bistrot, et surtout, de ces bribes de négociations entre acheteurs et vendeurs. Des mots d'éleveurs de bétail et de maquignons, mais ici les bestiaux sont mécaniques – « Tractofolies », répète Adèle, au comble d'une excitation potache. Au long d'un boulevard éphémère, empilés à l'horizontale et dans un semblant d'ordre, ils s'exhibent. Des tracteurs aux gabarits bien chiches comparés aux modèles actuels. Engins à taille humaine – ton Massey ne ferait pas tache. Une seule marche suffit comme étrier pour les enfourcher. D'aucuns s'y essaient, mais la plupart des flâneurs ne font que bader devant les curiosités, demandent à les entendre ronfler, pétarader. Les propriétaires s'exécutent. Impavides, ils démarrent les antiquités à la manivelle ; un échec public serait fâcheux, mais les affronts restent rares : des essais préalables préviennent de grandes avaries, en petit comité et à l'aurore sans témoin. Au demeurant, peu de croulants osent s'exposer, même parmi les spécimens hors d'âge. Carcasses briquées, moteurs luisants, roues immaculées.

Aucun débat possible : ici règne le métal. Fer, acier, fonte, zinc, aluminium, cuivre et consorts. Les odeurs de pièces fraîchement galvanisées ou soudées se mêlent aux effluves des barquettes de frites, ces petites boîtes, comme de la tôle ondulée transparente, qui vous croisent de près. Impossible d'y résister d'ailleurs, et par unique cause de cette baraque sur votre trajectoire, vous voici toutes deux flanquées de la vôtre, de ration personnelle, fumante et débordante, agrémentée de sauce mayonnaise maison – ces forains savent vivre.

Sustentation.

Moment propice pour méditer sur les possibles, échafauder des plans sur la comète au gré des belles affaires qui s'offrent, attelages, outils anciens, pièces de précision, mais seulement pour le plaisir, car tu ne cherches rien de précis cette année, et Adèle non plus, dira-t-elle. On dit ça tout haut, et puis.

Cette remorque.

Adèle s'arrête devant, le regard fixe, et tu devines,

même si elle fait mine de s'en aller vers d'autres stands, tu devines qu'elle pense à ce projet, un atelier de métallerie itinérant. Tu la retiens par le bras. Cette remorque pourrait précipiter les choses.

Quelques pas en arrière, remonter la marée humaine, pour faire le tour de cette remorque, la détailler, l'évaluer. La métallière se lance alors dans le récit du devenir possible. Bref, elle s'y voit : elle, dans la peau de l'artisan forain attelant son outil derrière son camion. Elle devrait lui demander le prix qu'il en veut et tu la pousses dans ce sens, mais subitement, Adèle lâche tout pour aller s'intéresser à un étal voisin.

Étal débordant de tarauds pour tous types de filetages, de forets pour inox ou acier trempé, un choix pléthorique. « Tu as vu ? » dit-elle de loin. Tu vois surtout qu'elle risque de rater une opportunité, alors c'est toi qui vas t'y coller. Tu fais un signe au vendeur à la remorque qui te donne son prix, tu retournes vers elle, lui parles à voix basse : « Pas cher, mais trop cher pour toi, c'est ça ?

— Laisse tomber, répond-elle.

— Si je t'avance la somme ?

— Pas question.

— Aucun souci pour moi. Et tu me rembourseras avec tes chantiers.

— Pas question », répète Adèle.

Une bique. Une vraie bique. Elle t'entraîne dans sa fuite, à travers le dédale de la foire mais, après tout, elle est grande. Pourtant, alors que vous détaillez les stands suivants d'un œil blasé, tu sens qu'elle regrette. La journée s'avance et devient morne, jusqu'à ce coup de fil de Fred sur le portable d'Adèle : il prend quelques nouvelles et voudrait te transmettre le relevé hebdomadaire des messages sur le Groupe. Des appels aussi. Étonnant en cette saison où quasiment personne ne pointe au standard. Ils savent tous que tu hibernes. Tu dis, pas d'urgence, mais Fred insiste, énumère : ta mère s'acharne, appelle, rappelle, Julie aussi, sans rien dire de précis, des impatiences sans détail ni motif. Fred propose à Adèle d'envoyer leurs numéros respectifs mais, pas la peine, ajoutes-tu. Si c'est vraiment important, elles savent quoi faire. Le regard d'Adèle est un reproche à lui tout seul, mais qu'importe, car tout ce qui te préoccupe, toi, c'est cette remorque.

Vous traînez, et l'idée ne te quitte pas.

Pas besoin de la gamine, finalement, alors tu prétextes un stand à revoir, là-bas, tout au fond – « Ne m'attends pas. On se retrouvera devant ton camion. » Facile de retrouver le vendeur à la remorque ; facile de négocier avec lui une livraison sur sa route, chez Cyril, casseur émérite. Adèle aura son atelier itinérant, pas le choix, et cette douce joie de déplier une belle liasse pour payer l'acompte, elle se savoure, et ce pas léger pour rejoindre le camion de la métallière ? Pas mal non plus. L'argent qui file pèse moins lourd que le temps pour le gagner.

Et que dire de ce vannier nomade, à bord de son vaisseau terrestre ? Chemin faisant, assis et serein, l'homme termine de fabriquer un panier à fruits. Il croise un paysan dans son verger : « Ta cageole me plaît. Combien ? » Le vannier hésite, réfléchit, parvient enfin à proposer un prix – vingt-cinq. Le paysan accepte, satisfait. L'artisan met alors la main à une toute dernière tresse ; la cageole change de bord.

Quelque temps plus tard, un mois, trois mois, les deux hommes se croisent de nouveau :

« Ton panier a beaucoup plu chez moi. Si je t'en commande cinq, combien l'unité ?

— Cinquante, répond le vannier, sans une once d'hésitation.

— Cinquante ? Alors que le premier ne m'a coûté que vingt-cinq ? Et je t'en prends cinq, cette fois !

— Oui, cinq. Et la situation est toute différente : le premier, je l'ai fabriqué pour passer le temps, en cheminant calé sur mon siège et en rêvant, comprends-tu ? Alors que pour les cinq que tu me demandes là, il y aura du vrai travail, laborieux et répétitif. Le prix ne peut pas être le même, tu penses bien. »

Comme hier et comme demain, un flot ininterrompu s'écoule de la vieille radio stéréo de Cyril. Pour ne pas perdre le fil, le mélomane a installé des enceintes qui prennent le relais à l'extérieur ; elles irriguent tout le parc.

Le parc des merveilles de Cyril Casse-Auto est un bloc compact de carcasses qui s'agglutinent jusqu'au plus près du hangar-atelier en parpaing de béton, tout gris, sans crépi (depuis le temps), et dedans, ça dégueule de tout, pneus, jantes, moteurs démontés et entreposés à même le sol, mais on peut encore entasser. Ici, par exemple : sur ces étagères de pièces classées par familles – Carrosserie, Feux, Pompes, Durites, Câbles et faisceaux, Carters, Équipements auxiliaires, Radiateurs – le tout parfois par marques et modèles – Cyril s'y retrouve, alors.

Si Adèle travaille ici, c'est pour profiter de conditions idéales : l'atelier de Cyril est doté d'un pont hydraulique pour soulever la remorque et accéder à son châssis. L'engin commence à ressembler au dessin de l'outil rêvé : établi escamotable, store à déplier, caissons et tiroirs de rangement à glissières, bras articulé pour le palan de levage des pièces lourdes. À l'usage, Adèle compte se régaler.

Tu viens de stopper ton attelage au milieu du parking. Ce soir, tu iras le garer dans un pré voisin où stationne le camion d'Adèle et alors, s'esquissera une manière de campement pas discret, à tel point que le maire viendra peut-être y voir de plus près. Mais le gars n'est pas du genre à chasser les oiseaux de passage, du moins, ceux qu'il connaît : le terrain appartient à l'oncle de Cyril.

De ce pré, la rivière coule en lisière. La rivière. Durant toute ta route d'hier et de ce matin, tu l'as vue forte de flots rouges, puissants, résolus. Dans les vallées voisines, les cours d'eau débordent de leurs lits. Pas d'alerte ici. Ce matin, le camion avait les pieds au sec – « En ce cas ! » lâches-tu, avant de proposer la pause déjeuner. « Non, proteste Adèle, je dois terminer cette soudure. »

Portion délicate en posture verticale montante. Cauchemar de l'apprenti, gageure pour le soudeur débutant, balade de santé du compagnon. Le segment nécessite un geste sans repentir. Adèle se lance, et alors c'est : main sûre pointant l'électrode sur l'angle, éclair d'arc, grésillements, métal en fusion, dégagement fumeux, odeur entêtante de l'enrobage en rutile. Rien ne compte plus que de l'accrocher proprement, ce cordon, et pile à la jointure des pièces – de fines tôles qui pourraient percer. Surtout, ne pas s'attarder sur le point. Toi ? Tu ne vois qu'Adèle. Elle progresse avec brio. Cyril est sous le charme, il commente la prouesse, te montre comme le laitier à peine solidifié sert d'appui. « Belle ! lance-t-il. Et ce sapin tout en ligne ? Tu le vois, Sarah ? » Oui, tu le vois. Ce sapin, c'est la fierté du métallier. Tu savais quelle soudeuse elle était. Tu le savais, comme on sait sans surprise, d'une fierté naturelle, comme pour l'un des siens. À l'issue,

Cyril s'incline : aucun rochage derrière les impacts du marteau à piquer – « Aucun, Sarah ! » ; pas une cloque, rien qu'un cordon rectiligne, régulier et lisse. Parfait. « Assez, gardes-en pour cet après-midi ! » dis-tu, mais Adèle ne veut rien entendre, alors sournoisement, tu te glisses dans le réduit et coupes le disjoncteur. Adèle peste, mais comme tu ris et te moques, lasse, elle cède.

Cyril s'en est allé pour allumer son feu, au milieu du parc. Pas un jour d'hiver sans que le casseur ne s'exécute, à la mi-journée. Le tonneau de tôle en a vu. Criblé de trous et de failles plus ou moins larges. Une dentelle à travers laquelle le feu peut gonfler. Il se déplie sans pudeur autant qu'il veut. Flambée débutante. L'enthousiasme de la jeunesse. Des branches fines, courtes et sèches, quelques éclats de cageot, et les flammes rageuses lécheront les bords du chaudron. Avides, elles s'élancent vers le ciel par jets fébriles, en crachent quelques escarbilles incandescentes qui se meurent plus haut, au long d'un chenal gris tiré par le vent. Arsule est là, qui se rapproche d'Adèle. La pie prend place sur son perchoir favori, une potence d'acier proche du foyer. Toujours le bienvenu, ce chauffage pour moineaux. Cyril sourit frileusement. Le froid vous retient le côté pile, au long des jambes et des dos qui ne gagnent rien, eux. Sidération sans palabres. Vous serez bientôt mûrs pour griller un chapelet de saucisses fraîches ; Cyril l'a pendu en attente sur une corniche en aluminium.

Au-devant de vous débute un cimetière de Renault 4L. Des F4. « F » comme Fourgonnettes. Cent cinquante véhicules collectés au fil des démobilisations des services publics : bleues EDF ou jaunes PTT. Que compte en faire Cyril ? « Aucune idée », répond-il blasé. C'est son père qui collectionnait. Tout a commencé il y a quarante ans, avec un lot de cinq, un simple lot isolé, sans conséquences. Rien à craindre. Cinq F4 jaunes, héritées de la fermeture du bureau de poste dans le bourg voisin. Le père de Cyril a accepté de les prendre, se disant même qu'il y trouverait son compte en revente de pièces. Par la suite, les autres bureaux et services se sont donné le mot, jusqu'au trop-plein. Les premiers spécimens livrés pissent de rouille, montrent des selleries exsangues, souvent éventrées, des caisses tout juste bonnes à faire poulailler, mais Cyril ne peut se résoudre à les passer par la presse. Pour compléter et qu'on comprenne mieux : comme son père, il confesse une appétence coupable pour ce modèle inégalé, dit-il, alors quand on lui assène que ça manque de rationalité, ce genre de gestion des stocks, il lève les bras et les laisse retomber – « Que veux-tu, Sarah… » Réduit à espérer qu'un négociant s'arrête un jour devant le portail de Cyril Casse-Auto et lui propose un rachat du cheptel complet. « Rêve pas, va », lui dis-tu, mais au fond, Cyril n'est pas dupe, il y pense c'est tout. De vrai, il la cultive, cette idée de fortune, comme il entretient son troupeau de fourgonnettes, et tout le reste de son bazar. Il conserve, accumule. Thésauriser, c'est sa force. La force du sédentaire qui ferait la perte du nomade.

Comme tu pouvais le craindre, Cyril vient à parler de plus encombrante marchandise. Caisses d'explosifs de carrières. TNT et dynamite. De qui tient-il cet arsenal ? Mystère. Cyril n'a jamais voulu te vendre la mèche. Un autre héritage. « Quand est-ce qu'on s'y colle, Sarah ?

— Pas question.

— Dommage. On pourrait se faire un bon paquet, à nous deux.

— Et finir avec des pinces aux poignets. »

Votre échange laisse Adèle perplexe. « Tu ne savais pas ? Sarah est une spécialiste », déclare Cyril, hilare. De quoi enfoncer Adèle dans un brouillard de confusion ; elle se tourne vers toi avec cet air bourré de questions. « Pas spécialiste, non, dis-tu, un brin gênée.

— Tu plaisantes, Sarah ? dit Cyril. Ingénieur des Mines, deux ans au Niger pour encadrer des artificiers, et tu ne serais pas une spécialiste ?

— Bah ! C'est loin tout ça ! Révolu, dépassé.

— Dépassé ? Toi, tu ne l'étais pas, dépassée, à l'inspection de mon lot, c'était quand ? L'année dernière ?

— Je l'ai fait pour te rendre service, mais Cyril, je te l'ai dit : un tel stock d'explosifs non déclaré... Tu risques gros si les flics l'apprennent.

— Oui, ça va, je sais.

— Tu devrais t'en débarrasser.

— C'est bien mon intention ! L'écouler au plus vite. Mais comment, tout seul ? Je compte sur toi, Sarah.

— Non. N'insiste pas.

— Dommage. Vraiment dommage. Avec ton réseau africain, on pourrait faire des étincelles. »

Des étincelles qui provoquent le rire d'Adèle.

Le feu gronde ; il mâche ses braises avec appétit. Fini les empressements juvéniles, les jeux puérils, sa maturité toute neuve et fière vous comble. Les grillades sont prêtes. Vous en coincez une chacun, en pince, dans votre portion de baguette fraîche. La faim et le froid n'ont plus de prises.

Tu te roules une clope et proposes ta blague de tabac

à Adèle qui se sert, relaie vers Cyril qui accueille, se sert et te rend ton bien.

Et quand Cyril disparaît un moment derrière le hangar pour y chercher quelques pièces de bois à brûler, Adèle te relance sur le Niger, ton poste d'ingénieur, les explosifs. Pas vraiment envie de revenir sur cette période, n'est-ce pas ? Missionnée par une filiale d'Areva. Mines d'uranium. Deux ans d'une trajectoire erratique, complice d'une activité toxique pour les terres, les eaux, l'air et les hommes.

Le feu ronronne en vitesse de croisière, vous prodiguant cette quiétude particulière, noble, sereine, celle des foyers de grand air. Feu-mémoire d'autres feux, d'autres temps. Mais au lointain vers la rivière, bas dans le ciel, croise vers vous l'oiseau familier. Arsule plonge, se pose sur l'épaule d'Adèle, en décolle aussitôt en piaillant, dessine une boucle courte, virage serré pour reprendre appui sur la même épaule. La voici qui lui accroche maintenant le tissu de la manche avec son bec pour tirer dessus, et puis qui s'élance en piaillant de nouveau, et cette fois pour amorcer un départ, comme pour retourner d'où elle venait, vers le campement d'Adèle. Le camion.

La rivière. Elle caracolait au plus haut, à ton arrivée dans le village, mangeant les dernières touffes d'herbes en mottes, léchant les talus glabres bordant son lit. La rivière. Elle défilait, bouillonnante, déroulant des flots rouges. Rien de menaçant, mais depuis ? Elle aura pu gagner quelques pieds de terrain. La rivière. Il y a quelque chose à voir avec elle ; tu en es certaine.

Tu en avises les autres pour qu'ils emboîtent tes pas. Allons, vite, par-delà la grande haie, le pré, avec

– bien vu – ce camion, roues dans l'eau, comme flottant. L'étendue d'eau rouge sombre s'étale autour de lui en une fine pellicule vibrante dépassant les premières clôtures, piquets et barbelés. « Inutile de me suivre », dit Adèle, et la voici à grandes enjambées freinées, qui trace deux beaux sillages parallèles : elle vogue vers son camion. Comme pour vous narguer, la pluie est revenue, une pluie de gouttes clairsemées et grasses. Une bonne longueur à patauger. Adèle a de l'eau jusqu'aux chevilles ; ses chaussures s'alourdissent, son pantalon s'imbibe. Buvard par lequel l'humidité grimpe. À ses pieds, des quelques centimètres d'eau ne dépassent que les pointes d'herbe, et les plus hautes, couchées, flottent mollement.

Pas de panique, mais hâte-toi.

Elle monte dans le Mercedes qui démarre sans manières, le moteur ronfle, mais les roues arrière, roues motrices, tournent à vide, comme roues à aubes ne déplaçant que gerbes d'eau ; elles nettoient les bas de caisse et les bords de châssis. Rien n'y fera. La boue se régale, et la rivière gagne. D'un geste, tu indiques à Adèle de cesser toute manœuvre. « Une barre de tractage, Cyril, tu pourrais nous trouver ça ? » Repartir à l'atelier, dételer la Baillou et ramener le Massey à la rescousse : de deux mots et de tes gestes, Adèle a compris. Elle coupe le moteur et s'adosse contre son siège. Posé au milieu de ce lac tout neuf, son Mercedes est un havre sur pilotis.

Pas de panique.

De retour sur place, les efforts conjoints du Massey et du Mercedes viendront à bout du bourbier et du déluge, et de tout cela rien qu'un ordinaire nomade :

qu'à tout moment de la vie, tu sois en mesure de fuir au-devant des éléments, sans pertes et sans regret. Pas vrai, Adèle ?

Moment choisi pour s'intéresser à ce cours d'eau méconnaissable, qui prend ses aises et savoure son irrésistible conquête. Sur l'autre rive, aux avant-postes, ses eaux mordillent les pieds d'une maison sans étages. Isolée du reste du monde. Les propriétaires et d'autres venus pour aider, déplacent des briques alvéolaires, les empilent sur une terrasse aux trois quarts immergée. Devant une baie vitrée grand ouverte, ces humains aux visages tendus forment maintenant une chaîne, se passent et rentrent, une à une, ces rehausses de fortune pour sauver les meubles. Tout un tourment les leste, avec ces regards sur le niveau qui semble encore monter. Si seulement cette maison avait eu des roues, pourraient-ils se dire… La maison d'Adèle en a, elle.

En remontant, vous croisez Jacques, le maire du village, à bord de sa camionnette. Mine défaite, il abaisse la vitre pour s'adresser à Cyril : « On va avoir besoin de ta pompe. Celle de Benjamin est réquisitionnée, mais cela ne suffira pas.

— Cave inondée ?

— Plusieurs sous-sols, des garages. Les maisons du bas, celles de Courtiol, Ferasse, Courpot… Et les prévisions météo sont mauvaises. »

Jacques ne cache pas son amertume. Il est un de ces élus promoteurs des projets de mégabassines. Celle de la Bragnie a vu le jour grâce à leur soutien unanime. Comme ses voisins, un espoir le motivait, celui de contenir les crues grâce à ces retenues présentées comme des solutions miracles au dérèglement climatique.

Caravane et camion à l'abri seront promesses de nuits sûres à votre nouvelle place sur le haut du village ; des jours blafards vont pouvoir vous occuper : évacuation, transport de meubles, pompages et sauvetages, accueil des sinistrés dans la salle des fêtes, soupe et vin chaud, musique et veillées moroses. Moroses veillées, même si cette commune ne comptera aucun accident grave. Mais on pense aux voisins en aval, on vous parle d'un vieux, Cournède, qui vivait seul dans une petite maison en bord de rivière – « André ? Je le connaissais, lui, avec sa petite maison. » Jolie ferme de vallée, jardin à l'ombre d'aulnes, et ce pré qui longe. Chaque année, tu y tonds les brebis de son voisin. Aux beaux jours, le vieux recevait enfants, petits-enfants, et pour tous, le temps s'égrenait de repas, rires, futilités, pêche à la ligne et baignades, dans ce parc au bord de l'eau.

À vouloir se débrouiller seul et de nuit pour dégager la porte de son étable, à vouloir libérer ses deux chèvres, son âne, menacés d'être emportés, c'est lui, Cournède, qui est parti. Au matin, son corps a été retrouvé flottant, coincé entre porte et mur, manche écorchée et raccrochée à la poignée. On a beau se débattre, parfois, rien n'y fait. L'âne était resté dans l'étable, prisonnier de son enclos, de l'eau jusqu'au flanc et transi de froid. « Les biques attendaient dehors », clôt Jacques.

Trois jours de plus à la rescousse des indigènes, précaires sédentaires, prisonniers de leur condition, et puis, dépassé le déluge, vous retrouverez du loisir pour la remorque d'Adèle qui achèvera sa métamorphose, comme de chenille à papillon. Passe alors Carla, qui cherche un alternateur pour son fourgon ; elle en profite pour vous convier à l'inauguration du moulin-filature du Rayssel : « C'est ce soir, Sarah, tu avais oublié ? »

Tour à tour, en trois siècles, le moulin à eau du Rayssel a pressé l'huile de noix, scié le bois d'œuvre, moulu la farine, filé la laine – sa dernière marotte. Une chaussée haute de trois bons mètres ménage un large bassin qui lui assurait débit et chute nécessaire, à longueur d'année. Pourtant, au début des Trente Glorieuses, tout s'arrête. Comme pour la vingtaine d'autres moulins s'égrenant sur cette portion de cours d'eau – plus d'un moulin par kilomètre –, le temps est venu de la réforme générale. Place au progrès. Certains, les plus forts, se recycleront pour produire la nouvelle richesse – électricité. Le Rayssel sombre alors dans le sommeil des friches industrielles. Mais après plus de soixante-dix ans de léthargie, de doux dingues organisés en coopérative ont décidé de le réveiller. « Compte sur moi, je viendrai », réponds-tu à Carla. Adèle confirme elle aussi, et tu apprends par là même qu'elle était déjà conviée, comme tous les membres de son collectif de Sangliers.

Au soir, comme vous débarquez, abords et bâtiments illuminés, façades décorées, annoncent du tout bon, et le fait se confirme à l'accueil : Akim, Carla et Joop, trois associés de la Scic du Rayssel, montrent grands sourires et s'activent, bouteilles en main – bière des Faucheurs et vin naturel. Et des invités, il s'en vient du vieux pont romain qui enjambe la chaussée, comme du bout de l'impasse montante.

Dans la salle des machines, la turbine d'alliage rutilant, grande roue à profondes cuillères, roule à régime modéré, mais tourne si rond et brasse tant d'eau que vous en riez tous, pris par la prouesse. Et dans les coulisses, que dire ? Derrière, c'est du même feu. Traversant les grandes salles du rez-de-chaussée et de l'étage de part en part, les arbres d'acier entraînés par les engrenages sont des toupies géantes. Les courroies qui les relient à chaque ligne de machines ne demanderaient qu'à s'y coller, elles aussi, mais une seule s'enroule, pour une cardeuse à six rouleaux qui mange sa laine. Un gars concentré – Paulo, le quatrième associé – la lui fourre dans le gosier. Ahurissant ? Non. « Tu n'as rien vu, Sarah : on est à vitesse réduite ! » parade Akim, qui vous fait le tour du propriétaire. Ils ont réussi. Quatre ans qu'ils y travaillent, et ils ont réussi.

Laissant Paulo et sa cardeuse, vous redescendez au bord du bassin – des verres vous attendent – et Akim revient sur ces quatre années ponctuées par tous les passages obligés : montage juridique, ingénierie, travaux, mise aux normes, autorisations, agréments, partenariats, etc. Carla et Joop abondent en anecdotes, rappellent que le tiers lieu du Rayssel est maintenant opérationnel – atelier de fabrication, espace de travail partagé, résidence d'artistes, boutique des producteurs – avec très peu de subventions publiques.

« Et sans mécénat douteux ! » clame Julien, qui déboule dans ton dos pour emplir tout l'espace. C'est sa manière, à lui, de toujours s'arranger pour se retrouver au centre. À ses côtés, Dorian et trois autres, tous Sangliers. « Rien à devoir au CAC 40 », insiste Julien. Akim confirme : « Un capital constitué aux trois quarts des contributions individuelles et de quelques partenaires locaux ; le dernier quart venant des apports du collège des salariés de la Scic. Autrement dit, nous quatre, Carla, Joop, Paulo et moi », conclut-il.

Dans la tournée d'accolades de Julien se distingue une embrassade appuyée. Pour Adèle. À l'évidence, ces deux-là se côtoient, au-delà de leur simple appartenance au collectif des Sangliers. La fin de soirée te donnera raison, quand sortant prendre le frais, tu les trouves enlacés au bord du pont. Il n'y a plus qu'à répondre alors au petit geste complice d'Adèle.

À l'intérieur, les invités se sont évaporés. Ne reste qu'un dernier cercle : quelques Sangliers et les quatre associés, tous regroupés autour de la grande table de l'espace partagé. Débat incandescent – mégabassines et lacrymogènes. S'opposent les partisans d'actions radicales et ceux qui voudraient plutôt « privilégier un dialogue constructif avec tous les acteurs ». La discussion se cristallise sur le site de la Bragnie, énorme retenue alimentée par un pompage hivernal en nappe phréatique.

Mais toi ? Aucune envie de prendre part, ni pour les uns ni pour les autres.

Julien et Adèle reviennent séparément, Julien par l'entrée principale, Adèle par l'autre porte, au fond de la salle ; ils s'installent à des places éloignées l'un de l'autre.

Julien se retiendra peu avant de prendre la parole : « On sait tous à qui et à quoi va servir la Bragnie. Ces gens-là accaparent l'eau pour leurs seuls intérêts privés. Il suffit de consulter la composition du conseil d'administration : grands céréaliers du nord du département, sociétaires du golf du Mas Garzin. Avec eux, aucun dialogue possible. Ils ne comprendront que la contrainte, et la contrainte par la force.

— OK pour ton constat, Julien, mais pas d'accord avec ta conclusion, intervient Akim.

— Oui, je le sais, va...

— Je vais développer, si tu veux bien, reprend Akim, sèchement. Pour commencer, vous savez tous que je soutiens les Sangliers, et même lorsque certaines de vos actions débouchent sur des destructions de matériel. Mais vos projets d'opposition à la mégabassine de la Bragnie, ça me dépasse, ça va trop loin. Vous vous engagez vers une guérilla. On ne règle rien par la violence.

— Bien sûr que si, bondit Julien. Dans tout conflit, il est un point de bascule où il ne reste que les rapports de force.

— Rapports de force, oui, mais sans violence et avec méthode, coupe Akim.

— Bah... On les connaît, vos méthodes. La non-violence, seule, n'a jamais rien donné. Même Gandhi drainait derrière lui une menace, une force de dissuasion, celle d'un peuple prêt à en découdre si le pouvoir britannique ne reculait pas.

— Arrête un peu avec tes références historiques... C'est sans lien avec nous. Nous sommes, ici et maintenant, sous un régime d'état de droit.

— État de droit, vraiment ? Alors comment tu expliques qu'une mégabassine comme celle de la Bragnie puisse être en service ? Ce projet est sous le coup d'une annulation par décision de justice, et malgré ça, aucune autorité n'a été saisie contre l'exploitation illégale. Voyons, Akim, regarde les choses en face...

— Julien n'a pas tort, intervient Joop. On doit constater cette impunité de fait.

— Et alors ? Est-ce une raison suffisante pour basculer dans la radicalité ? Et l'illégalité ? À notre tour ?

— Fais comme tu le veux, Akim, mais pour nous le temps de la réflexion et des palabres est révolu. Le temps est à...

— À l'action, c'est ça ? coupe Carla. Mais quelle sorte d'action, Julien ? La vôtre, non merci.

— On ne force personne, glisse Julien.

— Non, vous ne forcez personne, mais vous nous discréditez tous. Vous fracturez les mouvements militants, répond Carla.

— Oh ! Pas besoin de nous pour fracturer ou diviser. Le capital s'en charge.

— Ah ! Oui ! Toujours tes rhétoriques marxistes... On n'en sort pas, jette Carla. On patauge, on piétine...

— On patauge ? On piétine ? intervient Adèle. Pour le moment, qui patauge ? Qui piétine ? La piétaille qui manifeste gentiment dans la rue, qui emprunte les itinéraires autorisés et chantonne ses jolis slogans. Ceux-là, ils ne font peur à personne. Ils n'obtiendront rien.

— On n'obtient rien non plus par la violence, réagit Akim.

— Ah oui ? Tu en es vraiment sûr ? rétorque Julien.

— C'est tout vu.

— Pourtant, on n'a pas essayé...

— Vous jouez avec le feu. »

Toi. Sarah. Tu viens de lâcher ces mots.

Tu as bien prononcé ces mots, malgré toi et plus fort que toi, car il fallait que tu y mettes ton grain de sel, finalement, à ce débat stérile, on ne se refait pas. Alors, plus qu'à battre le fer : « Vous jouez avec le feu, et vous allez vous y brûler salement. » Suit ce regard d'Adèle, et on y lit un voile de déception, et ça non plus, tu n'y peux rien.

Julien se tourne vers toi mais se défendra de toute réponse ; un bon garçon, parfois tête brûlée mais bon fond, et puis, une chose compte : Julien a connu Christophe et Agathe. Il sait de quoi tu parles lorsque tu parles de feu et de brûlures. Il était d'un an plus jeune qu'Agathe. De ses huit ans jusqu'à l'accident, lors de vos haltes régulières dans le village de Julien, ces deux-là s'arrangeaient toujours pour se retrouver collés l'un à l'autre, et chaque au revoir était déchirant. Sourire en coin, Christophe parlait à Agathe de son Roméo, émettait des hypothèses, prenait des paris sur la suite, s'amusait à provoquer Agathe pour qu'elle se trahisse, qu'elle avoue son crime – « Tu en pinces pour ton Julien, n'est-ce pas ? » Mais Agathe n'avouait rien, Agathe restait imperturbable. Christophe se trompait. Certes, Agathe partageait avec Julien l'intrépidité qui vous faisait peur et à votre insu, ils frôlaient ensemble les pires périls, avec toute l'insouciance possible – frères et sœur de témérité – mais malgré les apparences, il n'a jamais été question, pour Agathe, ni d'attirance ni de sentiment amoureux. Pour Julien, rien n'est moins sûr.

À la mort d'Agathe, il disparut durant plusieurs jours. C'est un de ses camarades de classe qui le livra ; il se terrait dans l'un des bâtiments de ce centre de vacances désaffecté au-dessus du bourg de son lycée. Tous auraient pu y songer, y compris toi : ce lieu abandonné, Agathe et lui avaient pris l'habitude de s'y retirer des journées entières. La tentation de la solitude. L'ivresse du large. Et puis, autre âge, autre route, Julien ne fit parler de lui que pour ces actions militantes de plus en plus radicales, revendiquées et assumées. Un jour, tu lui sauvas la mise. Suspecté d'avoir incendié, en bande organisée, un silo à grain contenant du maïs, semence transgénique, il risquait gros cette fois, de la prison ferme ; son salut ne pouvait venir que d'un alibi tombé du ciel. Au-delà de la provocation – « Si Agathe était encore là, elle serait allée en taule avec moi. » – sa réponse, à ton besoin d'explication, livrait une intime conviction partagée.

Quand Julien sourit à Adèle et qu'Adèle lui sourit, voit-il Agathe, tout comme tu crains parfois de la voir ? Pauvre Julien. Il n'est en rien responsable, mais tout l'accable. Tu ne peux t'empêcher de le considérer comme un oiseau de mauvais augure.

En rejoignant camion et attelage garés sur l'autre rive face au moulin, tu parviens à te trouver à part avec Adèle, et des mots en entraînent d'autres, à commencer par ceux-ci, venant d'elle (elle l'aura cherché) : « Tu pensais vraiment ce que tu disais ?

— Quoi donc ? réponds-tu, innocemment.

— Ne te fiche pas de moi.

— Sur la direction prise par votre collectif ?

— …

— Oui, je le pensais. Vous allez droit dans le mur. »

Adèle se fige, puis se retourne pour te fusiller du regard. « On prépare une occupation de la mégabassine de la Bragnie », dit-elle. Une ZAD. Une zone à défendre. On s'en doutait, mais on espérait se tromper. Qu'importe. Tu vas lui détailler risques encourus, issue prévisible, dommages collatéraux, espoirs vains et désillusions à venir. « On s'implique, c'est tout, relance-t-elle.

— S'impliquer, ce n'est pas gesticuler dans tous les sens.

— Ni rester les bras ballants… »

Rien ne pourra la convaincre. Opter pour une autre tactique ? Un autre front : « Je voudrais te mettre en garde, Adèle. À propos de Julien.

— Pardon ?

— C'est un bon garçon, mais tu devrais faire attention.

— Qu'est-ce que tu dis ?

— Julien agit souvent sans réfléchir.

— On réfléchit trop parfois.

— Tu ne devrais pas prendre les choses à la légère. Je sais de quoi je parle. Je connais Julien, et Julien n'est pas un gars pour toi.

— Quoi ? J'ai bien entendu ?

— Adèle, c'est mon rôle de te mettre en garde.

— Ton rôle ? Mais quel rôle au juste ? Je rêve ! »

Et comme tu ne trouves plus rien à répondre, sinon ce non-dit, ce truc gênant pour toutes les deux, c'est elle qui s'y collera : « Tu n'es pas ma mère, Sarah. » Une évidence, mais rappelée l'air de rien, et avec le sourire, histoire de remettre les choses à leur place. Et sur ça, que fait-elle ? Elle grimpe dans son camion et démarre. Dans son langage, ça veut dire « bonne nuit ».

Nuit d'étoiles auprès de ce port à navire de pierre, moulin-filature prêt à appareiller. De quoi replonger dans l'unique présent.

Et ce présent tient le nomade au cœur. Parfaitement relié.
Élément du tout.
La pluie sautille sur sa toile,
La grêle grésille sur sa tôle,
La neige recouvre son capot.
Sans qu'il s'en émeuve,
Sans les espoirs mesquins,
Les espoirs avides.
Impavide nomade :
Tu regardes tout et t'en repais,
Au jour le jour.
Rien d'autre pour toi n'est raisonnable.

Les Clayton ont accepté le devis d'Adèle. Premier taf pour l'établi mobile de la métallière. Elle part pour deux jours au bas mot, et pour une tonnelle à construire *ex nihilo*. Oui, Adèle part pour la forêt plus haut, car les Clayton, Anglais acclimatés, sont résidents permanents d'un chalet à quelque mille trois cents mètres d'altitude, très au-dessus du Lavoir.

Dernier geste de salut, venant de vous trois attablés – Fred et Marylou et toi – au-devant de la Carabane, pendant que sonne le téléphone de Fred. Fred se lèvera pour aller répondre, mais trop tard : messagerie, qu'il écoute dans la foulée pour dévaler dans un rire saccadé et se moquer parce que cet appel, tu sais quoi ? Il est pour toi. Ta mère. Cinq fois, aujourd'hui. « Elle ne fléchit pas », commente-t-il.

Par défi, et pour épater Fred, tu la rappelles sur-le-champ.

Que te dit-elle ? Rien de nouveau. Radotages. Te parle d'Agathe. Mais sait-on ce qui te pousse à écouter ? Peut-être sa façon bien à elle de se montrer insistante. Insistante et précise. Elle se plaint de ne pas pouvoir joindre sa petite-fille. « Depuis plusieurs jours ! » Drôle d'histoire, on fait répéter, mais Françoise n'en démord pas, impossible de la joindre, cette chipie, pourtant, mince, elle a le bon numéro ! C'est le même qu'elle utilise chaque fois. En cascade, une nouvelle énormité chasse la dernière dite. Voici qu'elle t'enjoint de passer un message à Agathe pour lui dire surtout que sa grand-mère l'a appelée. Aucune raison de la contrarier pour si peu alors « bien sûr, Françoise, bien sûr ». La voilà qui t'interroge, et « comment va Agathe ? », et « où est-elle aujourd'hui ? », et « que fait-elle ? » Le tour que prend l'exercice finit par t'agacer. Vieille sénile… Tu joueras pourtant le jeu jusqu'au bout : « Agathe va bien (et d'emblée ces mots te glacent).

— Tant mieux, tant mieux, répond Françoise, mais dis-lui de me rappeler quand elle le pourra. »

Et toi qui promets. On voit de tout. Fred et Marylou se gaussent. Du peu qu'ils savent des pépins de mémoire de ta mère, ces deux-là n'en tirent que le côté cocasse. Tu ne serais pas loin, toi aussi, de prendre le parti d'en rire, car finalement il n'y a rien de grave dans toutes ces maladresses.

Satisfaite de votre échange, Françoise se montre toute prête à le clôturer. Te vient alors une question, rebond de curiosité, manière idiote de raviver l'incongruité de la situation, et de remettre Françoise sur les rails de son curieux délire : « Au fait, à quel numéro appelles-tu Agathe ?

— Au sien, voyons ! À quel numéro veux-tu que je l'appelle ?

— Et pourrais-tu me le redonner ? Pour vérifier.

— Bien sûr, Sarah, je l'ai sous les yeux, sur mon carnet. Tu veux vérifier si c'est le bon, tu as raison, c'est une bonne idée, mais moi, je sais que c'est le bon. »

Françoise énumère alors chaque chiffre, dévoilant un numéro familier. Numéro que tu composes toi aussi, depuis quelque temps. Un vertige te prend. Abréger, promettre une nouvelle fois de passer le message à Agathe, et raccrocher.

Fred et Marylou, devant toi ? Il semble que tu les regardes, mais à travers leurs visages persiste cette série de chiffres dictés par ta mère. Le numéro de téléphone d'Adèle. Françoise appelle Agathe au numéro d'Adèle, Françoise appelle Adèle, mais c'est Agathe qui lui répond. Absurde. Depuis quand ? Depuis quand, comment et pourquoi ?

« Sarah, ça va ? » demande Fred.

Face à tes amis et leurs interrogations, tu prétextes un impératif, comme de faire quelques pas seule. Pieds et jambes te font rejoindre le lac. Et avec toutes ces questions qui continuent de se bousculer. Adèle est là-haut dans ce bois, dans sa ferraille, et sans réseau. Deux jours de chantier. Deux jours. Tu vas devoir patienter. Et c'est long de patienter quand les idées s'agitent, se percutent les unes aux autres, surtout quand on n'a rien de spécial à faire, au milieu de la trêve hivernale, au mitan de l'hibernation des cigales.

De retour à la Baillou, quelques morceaux de guitare pourraient occuper tes mains. Et ta tête ? Pas concluant. Ta tête reste accrochée à ces questions que tu voudrais poser à Adèle, et tes mains patinent. Essayons autre chose. De plus radical. Cet embrayage à changer. Sur le camion de Guillaume. Il te tanne depuis des jours, Guillaume. Tu tentes de t'y mettre, mais rien à faire, la tête résiste, elle n'y est pas, alors en début d'après-midi, tu attelles.

Il te faudra une bonne demi-journée de route pour monter dans le bois des Clayton. Bonne occasion de dérouiller les rotules du Massey qui doit s'ennuyer ferme sous sa bâche. Deux semaines qu'il n'a pas bougé d'un tour de roue. Sur cette route, tu t'arrêteras chez ce gars, Pierre, qui voudrait qu'on estime la remise en état de son Renault – un R7013 de 1951, une vraie relique, tout ce que tu aimes. Et puis, plus haut, il y a Justine et Antoine à qui, depuis si longtemps, tu as promis de rendre visite. Leur troupeau s'est étoffé. Ils voudront certainement parler de la prochaine tonte, réserver une date. Pas bileux, Justine et Antoine, mais prévoyants.

Fred et Marylou te regardent plonger dans cette agitation soudaine et Guillaume s'étonne : « Tu sais qu'ils prévoient de la neige, ce soir ? » Romane aussi s'enquiert. Ils te connaissent pourtant, toi et ta bougeotte, alors…

Alors une bise sournoise t'accueille d'entrée, dans la montée. Elle balaie les cimes des grands sapins et descend vous voir. En passant, elle rase le bitume et vous souffle des gifles. Horko s'en fiche, lui, enroulé dans sa caisse. Pas pareil pour tes mains. Tes doigts s'engourdissent autour du volant gelé. Les dix kilomètres-heure de *vitesse surface* du Massey, combinés à l'allure de votre vent apparent, suffisent à rendre très pénibles ces couloirs sinuant plein nord. Pas long pour que tu t'arrêtes sur le bord et que tu grimpes dans la Baillou. Un thé, pour son brûlant qui réchauffe. Puis tu fouilles et trouves tes moufles, des moufles fabriquées par Ève, coupées et cousues avec de la peau d'agneau retournée ; plus de cinq ans que ça les use, toi et tes dix doigts. Tu les enfiles sans délai. Leur laine épaisse et souple te caresse le dos des mains, à droite comme à gauche, égalité parfaite, toutes tes phalanges se blottissent et remercient. Et puis tu te prémunis avec, sous ta veste, ce gros pull qui était remisé dans la penderie. Ainsi équipée, le vent te fera rire, il pourra bien se frotter à tes joues, ou à ton front, celui-ci d'ailleurs ne redoute que la pluie, tes oreilles idem, à moitié planquées sous ton bonnet, et même si le souffle cinglant parvient à soulever tes cheveux pour tenter de s'engouffrer par la nuque, ton col haut assure le principal. Quant à tes jambes, ton jean serré suffira, car elles vont rester à l'abri derrière le corps du Massey, son moteur et sa chaleur de bête de somme. Tes pieds ? Depuis longtemps, ils ne craignent rien ces deux-là, glissés au fond de leurs chaussettes épaisses, calés dans ces jolies bottines tout terrain, ta fantaisie. Parée pour l'étape. Que tu découperas en deux ou trois portions d'une heure ou deux, et on verra si *toujours le chemin décide*.

Directement, tu montes vers le bois des Clayton. Les visites annexes attendront demain. Aucune urgence pour Pierre et son Renault. Chez Justine et Antoine, tu ne t'arrêtes que pour dételer la Baillou et pour leur dire le minimum, oui, tu éludes les détails, t'appuies sur ta venue dans leur coin pour justifier cette montée chez leurs voisins britanniques. Une amie métallière à saluer. En bref, retenons que tu ne t'attarderas pas là-haut, rendez-vous dans une heure ou deux. Eux, Justine et Antoine ? Ils voudront sans doute rallonger, et leur hospitalité ne se refuse pas, d'ailleurs pourquoi la refuser ?

À la tombée de la nuit, tu parviens à la clairière, avec au milieu, le chalet des Clayton. Adèle est dans le giron de sa remorque-atelier. Dans la lumière de sa lampe extérieure s'admire cet outil sur roues. Fière allure, pas à dire. Sur les deux faces latérales, Guillaume démontre un talent de peintre en lettres : « Ambulante Métallerie » en caractères ciselés façon trompe-l'œil western. Adèle se retourne, te fait signe – elle semble à peine surprise de te voir. Calme, elle replie l'établi, range et enfourne ce qui dépasse avec soin, lève haut sa main pour saisir le bout de la porte et la rabattre – ouverte, celle-ci servait d'abri. Du temps que tu progresses sur le chemin à grandes ornières et que tu gares le Massey, elle a bouclé l'ensemble. Fin de journée. La tonnelle qu'elle fabrique commence à s'envisager dans ses grandes lignes ; un squelette d'acier qui attend le reste. Adèle a installé l'ouvrage sur des cales hautes. Étalée au sol, cette structure de métal se développe comme un treillis imposant. « Comment tu vas faire pour la fixer en façade ? lui dis-tu en t'arrêtant devant.

— Ils ont un télescopique, ils se débrouilleront », répond Adèle.

D'un geste, elle montre, et tu distingues derrière le chalet, un petit hangar qui abrite l'engin ; ses deux grosses roues avant et la calandre dépassent, comme le bout de sa flèche. Clayton est charpentier.

Puis il fallait bien, et Adèle demande ce qui t'amène ici. Gênée, tu parles de Justine et Antoine, tu expliques la visite de préparation pour la tonte de printemps, en rajoutes avec ce devis, Pierre et son Renault, tout est vrai finalement, même si tu te sens fausse et sournoise.

Adèle accueille le tout avec cette indifférence sereine, celle des fins de journées laborieuses et fertiles. Sa question ne demandait rien, n'exprimait qu'un contentement simple, celui de te voir là. D'ailleurs elle t'offre la clope qu'elle vient de rouler. Tu la glisses en réserve derrière ton oreille ; tu attendras pour la fumer qu'elle en ait préparé une autre, pour elle. Et comme un silence t'y encourage, tu te décides à lui lâcher le fin mot : « J'ai eu ma mère au téléphone. » Son air impassible t'incite : « Elle cherchait Agathe à ton numéro. » Adèle te jette un œil furtif, revient sur la seconde clope qu'elle n'a pas terminé de rouler. Elle ne dira rien. « C'est quand même curieux, tu ne trouves pas ? » Elle continue de se taire. Tu insistes. « Agathe, Adèle, on peut confondre, finit-elle par glisser.

— Quoi ?

— …

— Qu'est-ce que tu veux me faire croire ?

— Je n'ai rien cherché, Sarah.

— Cherché quoi ?

— Je n'ai rien cherché, je te le jure. Ta mère me prend pour Agathe. Je n'y peux rien. »

Elle n'y peut rien ? Comment ça, elle n'y peut rien ? « Non, rien », répète-t-elle. Françoise l'appelle souvent. Tous les trois jours. Depuis plusieurs semaines. « Mais comment ? Comment elle a eu ton numéro ?

— Je lui ai donné.

— Mais quand ?

— Tu n'étais pas là. Elle a appelé sur le téléphone de Fred. J'ai répondu à ta place. »

Françoise a pris Adèle pour Agathe, et Adèle n'a pas

voulu la contredire. « Pardon ? Tu n'as pas voulu la contredire ?

— Non. »

Non.

Mais pas de quoi se formaliser, rien de mal à cela ! Depuis lors, Françoise lui téléphone régulièrement et lui pose des questions, des questions toute bêtes de la vie quotidienne. Françoise croit ou s'imagine parler à sa petite-fille, rien d'autre à signaler. « Le jeu a l'air de faire plaisir à ta mère qui confie ses angoisses, s'épanche sur sa vie à l'EHPAD », précise Adèle. Parfois elles rient d'une chose ou d'une autre. « Ta mère a beaucoup d'humour, voilà tout, et elle se sent très seule, tu devrais aller la voir, renchérit-elle.

— Tu l'enfonces dans son délire sénile.

— Ça lui fait du bien de croire…

— Croire quoi ? Qu'Agathe est vivante ?

— Peut-être, oui. Et elle jubile… Elle discute comme avec sa petite-fille, tu devrais l'entendre…

— Je rêve ! »

Comme tu deviens aigre, Adèle te regarde, effarée. Et sait-on exactement si tu en viens à hurler ? Mais si, tu hurles, et sais-tu ce que tu hurles ? Pas vraiment. Et les Clayton sortent sur le perron de leur chalet, pourtant cette rage te dépasse : « Tu n'as pas le droit de faire ça. Agathe est morte. Ma fille est morte, entends-tu ? Et toi, qui es-tu ? Que crois-tu faire ? Pour qui tu te prends ? » Adèle te fixe, désemparée, tente de répondre à tes questions qui n'en sont pas. Et puis tu dérapes avec quelque chose comme : « Tu n'es rien, tu m'entends ? Rien. Pauvre fille. » Oui, c'est sûr, que tu dérapes avec quelque chose dans ce genre, car Adèle se tait cette fois.

Et toi, tu la laisses là. Et en quelques pas, marchant, tu retrouves le Massey, qui démarre, et s'allument les phares, il fait nuit ; tu manœuvres et t'engages sur le chemin boueux.

Devant toi ne sont plus que la forêt et le noir de la forêt. Plus que la nuit, et une vague idée de honte et de gâchis.

Chez Justine et Antoine, Horko est là, dehors, qui t'attend, en fidèle gardien de la Baillou. Une chance qu'il n'ait pas été témoin. Les bêlements à travers la porte de la bergerie, tout près, apportent un autre réconfort facile – douce musique du soir. En passant machinalement la main dans tes cheveux, tu déloges de derrière ton oreille la cigarette offerte par Adèle, clope qui tombe devant tes pieds et te renvoie là-haut, chez les Clayton, avec ces mots hurlés. Justine et Antoine sortent sur leur perron, t'accueillent, t'invitent à entrer. Leur joie simple recouvre ton trouble ; ils n'en ont rien vu.

Sur la table, une bouteille de vin blanc et trois verres – un appareillage qui ne sera pas de trop. Près de l'âtre, dans une grande assiette, empilées en pyramide : des côtelettes d'agneau. Antoine attendait ton arrivée pour les braiser sur une grille, à même le cantou. L'odeur de leur chair qui fond et dore en fumant au-dessus du tapis de charbons incandescents, et ces verres grassement remplis, tout vous égaie. Il sera bon de discuter de la tonte à venir, du concret d'une date que l'on fixe, en avril, et de ces quelques autres détails à prévoir : un peu plus de bêtes cette année. « Ça ira quand même,

Sarah ? » Tu réponds, presque absente, qu'un confrère, Jean, pourra sans doute t'aider.

Dans la Baillou, seule de nouveau, le froid te saisit. Et cette honte, aussi, et ce gâchis. Horko s'endort vite, lui, à sa place d'hiver, devant la porte, près du chauffage à gaz.

Au matin, le soleil, haut, se devine derrière un ciel bouché. Panne d'oreiller. Personne à la ferme. Antoine et Justine t'ont laissé un mot. Descendus au bourg très tôt. Leur bétaillère n'est pas sous le hangar. Mais tout t'indiffère. Sauf cet accès de colère d'hier, dont la honte te suit dans tous tes gestes. Toilette, café, et sans délai, tu décolles.

Sinistre descente.

Un bruit de moteur rôde, dans ton dos. À l'entame de la courte ligne droite, dans le rétroviseur, surgit le Mercedes 408 d'Adèle ; il fond sur l'attelage. Adèle a dû terminer tôt chez les Clayton. Elle te double sans un regard, et au premier virage disparaissent bolide et remorque. Gâchis. Tu songes à l'appeler quand tu seras chez Pierre, et puis non, mieux vaut remettre ça au Lavoir et de vive voix. Tu vas esquiver la visite chez Pierre. Son Renault ? Tu auras tout loisir de retourner le voir.

Deux heures de route non-stop.

Au Lavoir, tu gares l'attelage en même temps que tu cherches des yeux le camion d'Adèle, sans parvenir à le trouver. Pas à sa place habituelle et nulle part ailleurs. Descendue au bourg ? Pour une course ? Horko te mène. Tu le laisses faire. Horko te mène vers l'un des braseros permanents du camp. Romane s'y réchauffe, mains tendues vers le foyer riant de grosses flammes orangées. Guillaume la rejoint pour partager un café, avec une mine à faire pleurer, et toute une misère qui semble s'écraser sur ses épaules. Pas même le temps de demander après Adèle : Guillaume sort de sa poche une enveloppe qu'il te tend. « Elle m'a donné ça pour toi, dit-il, dépité.

— Adèle ?

— Oui. Je l'ai croisée qui revenait de la Pilote de Fred. Elle y avait encore quelques affaires. Elle a tout chargé dans son camion et elle est partie.

— Partie ? Mais où ?

— Elle n'a rien dit. Elle a fait le tour, vite fait, pour dire au revoir, elle m'a laissé cette enveloppe pour toi, et elle est partie », précise-t-il d'une voix blanche.

Dans l'enveloppe, du liquide et un mot sec : « Pour te rembourser l'achat de la remorque. Avec un petit plus pour Cyril et son matos. Tu le remercieras. Bonne route à toi. Adèle. » Elle est vraiment partie ? Guillaume confirme. Partie. Vraiment. À cause d'hier. À cause de toi, tes mots, ta colère. Elle t'a remboursée. Elle ne te doit plus rien. Tu ne la reverras peut-être plus, qui sait. Avec le portable de Guillaume, tu appelles. Tu appelles Adèle et ton appel aboutit sur la boîte vocale. Ta gorge se serre un peu plus en entendant sa voix enregistrée. Impossible d'y laisser la tienne.

S'enchaîne une suite de jours mornes et courts. Des nuits raides comme des piquets. L'hiver se crispe. Comme tous les matins, derrière son bois, le lac, ton cher lac.

Le beau lac,
Fait grise mine, bien que toujours beau,
Le beau lac,
À qui je trouve l'esprit ailleurs.
Dans son été.
Et moi aussi qui peine, comme chaque année ;
Ce cœur d'hiver, comme chaque année
Me plombe.

Hiver nomade.

Mais mon lac est là.
Discussion brève.
Me déchausser, plonger mes pieds, c'est plus fort que moi,
Même s'il me glace, c'est plus fort que moi !

Cruel bonhomme.

Rien que pour moi, son eau irisée, sa clarté froide,
Qu'il donne
Donne de sa force,
Sans plus demander.

Quelques pas, dans le sable, l'eau glisse contre tes mollets, et puis c'est tout bon ; tu ressors et te sèches, te rechausses et remontes avec Horko par un sentier vers le campement.

Et elle arrive sur ça, ta garce préférée, Julie, ta cousine. Ta presque-sœur. Elle arrive sur ça, avec une tête comme sortie d'un sac, pas fraîche du tout, elle se pointe là sans rien dissimuler, et ça bien sûr, on s'en étonnera. Une Julie des mauvais jours telle qu'on en voit rarement. En pire, elle te rappelle la même, à dix-neuf ans, celle qui avait planté son admission à Sciences Po et que le beau Paul avait larguée dans la foulée.

Un fier coup de massue a dû l'étourdir pour qu'elle en soit à te regarder de cet œil-là. Même sa voiture est piteuse, pleine de terre. « Je me suis trompée de route », dit-elle. Pas vraiment de sa faute : le GPS l'a baladée sur des chemins vicinaux, les plus tortueux. Le véhicule électrique s'est plié de bonne grâce à l'exercice, mais sa tenue de ville en a pâti : jantes mouchetées et toute cette même boue qui remonte le long de ses flancs, jusque sur les vitres.

Julie serait donc de passage, et le Lavoir pointerait sur son itinéraire. Attendue en fin de semaine pour

un séjour en Camargue. Bien bancal comme motif de présence ici devant toi. Ça s'évite pendant des lustres, et voici maintenant que ça s'embrasse tous les six mois ? Tout à parier qu'elle veut parler de Françoise. Qu'a-t-elle à t'annoncer, cette fois ? Ou bien au contraire, que veut-elle savoir ? Alors, tu vas prendre les devants, non, pas encore de visite dans son EHPAD, et tu ne sais pas quand tu t'y rendras, si tu t'y rends un jour.
« Je sais, Sarah. Ce n'est pas ça…

— Mais quoi, alors ?

— Françoise a disparu, dit-elle.

— Pardon ? »

Julie te donne le peu de détails qu'elle a pu récolter : départ surprise de La Verte Prairie ; Françoise n'a pris qu'une partie de ses affaires ; personne ne l'a vue se débiner avant le repas du soir. Trois jours sans nouvelles. Julie conserve cet air éteint qui te laisse suspecter plus long sur d'autres choses, des choses sur sa vie à elle, elle ne te parlera de rien pourtant. Tu ne pousseras pas d'emblée, tu sens qu'elle apprécierait qu'on lui propose un thé dans la Baillou. Et puis, tu te lances :
« Un problème chez toi ?

— Non, pourquoi ?

— Au boulot ?

— …

— Tu verrais ta tête ! »

Julie ne réagit pas, c'est le silence qui vous prend, et il dure – logique puisque toi, tu n'as rien à ajouter – et il dure, cet échange de regards. Et puis ses yeux se baissent pour fixer le mug devant elle, presque vide. Bonnes pour une seconde tournée de thé. Et comme tu lui tournes le dos, debout devant la gazinière, elle fond en larmes. Une Julie qui s'effondre. À tel point que tu devras la prendre dans tes bras. Ta cousine. Ta presque-sœur qui pleure. Sans chercher, tu détailles alors ce que tu avais remarqué dans les grandes lignes à son arrivée : ses fringues. Pas des fringues de cadre sup. Elle est montée ici en vieux jean, baskets et pull pourave. Talons hauts, bijoux, soies, tout manque à la panoplie habituelle.

Entre-temps, elle ne pleure plus, et les paroles viennent. Un mot particulier pour commencer. Burn-out. « Vraiment ? » Première fois que tu en croises un, alors malgré toi tu t'étonnes. Tu observes. Loin de ce que tu aurais pu imaginer : le terme pousserait à voir de grands brûlés, brûlés vifs. La réalité est moins spectaculaire.

Mais Julie ne triche pas. Julie, pour une fois, ne joue pas. Récit précis, accablant : aplatie sous la masse des responsabilités, des injonctions contradictoires, des objectifs, mise sous pression des réunions « Codir », ligotée ferme à ses boulets numériques – emails, smartphone, visio, webinaires, réseaux sociaux, alertes actu, reporting ; « On en gerbe parfois, tu sais ? » ; on en développe des phobies, des cancers.

Mais Julie relativise, compare avec d'autres et se considère comme chanceuse. Se sent juste vide. Exsangue. Laminée. Essorée. De la voir désarmée, c'est à se demander si on ne la préférait pas dans son ancienne peau de garce hypocrite et suffisante, pour ne pas avoir à la tenir, la consoler, car de nouveau elle pleure, ta presque-sœur, alors tu restes là, ça te gêne, mais tu restes. Tu la serres contre toi. Tu en viens à repenser à elle, à vous ; tu as dix ans et elle huit quand elle a atterri chez vous, la vie était simple, limpide, pleine de promesses. Que s'est-il donc passé pour que des chemins aussi divergents vous portent si loin l'une de l'autre ? Dans ses larmes, tu la retrouves pourtant, même si elle a tout perdu, gaieté, vigueur, allant. Et toi ? Une innocence remplacée par cette certitude : tout change. Par les corps qui vieillissent et ne peuvent plus, ne veulent plus, mais savent. Par les expériences, les affinités et les errances, tout change, se transforme et finalement nous grandit.

Julie te tend son mug que tu remplis de thé brûlant. Elle te parle de son boulot, de son arrêt maladie ; depuis un mois elle déserte, elle se dit que peut-être elle ne reprendra pas. « Bertrand s'en va, dit-elle.

— Il te quitte ?

— Non. »

D'un commun accord, ils se séparent. Les enfants sont grands. Et puis ? Un peu sec, comme explication, blabla classique et convenu, mais tu laisses dire. Tu laisses le sac se vider. Il est profond, plus profond que tu ne le pensais. Elle revient sur son travail et tourne en boucle, reparle de Bertrand, des enfants. La théière s'est vidée et les fonds de thé ont refroidi dans les tasses. Tu vas lui demander ce qu'elle compte faire ce soir. « Ce soir ? » Elle se souvient alors qu'elle a ses affaires dans sa voiture et qu'elle pensait te demander si… Tu lui confirmes qu'elle peut dormir ici, même si tu n'en reviens pas, ni de sa question ni de ta réponse. Elle prendra la couchette du fond. Dans un sourire : « Ça va te changer des gîtes gourmands et des trois étoiles.

— Tant mieux », répond-elle sobrement.

En Camargue, elle rejoindra un groupe. Des inconnus qui vivent la même chose qu'elle, et d'autres aussi, qui ont dépassé l'épreuve et témoigneront. Une sorte de cercle, ou de stage ; elle reste évasive et tu n'oses pas la questionner davantage. « Ça commence samedi, précise-t-elle. Dans trois jours. » Tu devances alors ce qu'elle entrevoyait sans oser le demander (et au point où vous en êtes, pourquoi pas ?) : oui, elle pourra rester avec toi pour les deux jours qui viennent, avant la Camargue et son groupe.

Julie, deux jours dans ta Baillou. Même Horko semble surpris de l'arrangement.

Vous dînez sans façon. Julie mange sans envie, s'excuse de sa fatigue, s'écroule dans sa couchette et s'endort aussitôt. Tu en profites pour sortir un moment, avec Horko ; cigarette que tu te roules auprès d'un brasero. Y reste un relief de feu, en amas de braises serrées, suffisant pour profiter du frais sans grelotter, Horko et toi, postés au-devant du bidon percé rayonnant de chaleur. Personne alentour. Horko se couche à tes pieds, presque collé à la paroi brûlante – le sol est sec à cet endroit. Malgré le froid contre ton dos, l'aura du foyer t'invite à t'attarder et t'asseoir sur l'un des gros rondins coupés court ; ils cerclent le Cantou des Étoiles – invention de Guillaume. Il l'avait agencé avec l'aide d'Adèle, un jour de grand beau, avec l'allant de l'aspirant heureux qui rêve. Adèle ne se moque jamais de son penchant pour elle, parce qu'elle aime son amitié.

Ainsi, l'on pourrait se surprendre à attendre. Que la pie Arsule vienne, comme à son habitude, vous rejoindre et se poser près d'Horko, ou près de toi sur le rondin. Adèle non plus, ne viendra pas. De gros segments de branches de frêne, débités et rangés près de toi. Tu en choisis trois, les plus courts, et les enfournes au fond du foyer. La braise s'en repaît avec avidité, envoyant les premières flammèches, ça craque joyeusement, ce bois sec. Ces flèches souples qui ploient et se déploient, une horde rageuse, t'hypnotisent ; elles grandissent en léchant leur nouvelle pâture, se tordent, fébriles, fières. En elles contenu, comme dans un véhicule de mémoire, le feu te porte. Au-devant d'Adèle. Vivante. Et d'Agathe. Morte.

Ce matin, tu retrouves Julie dans la même nudité morale qu'hier soir, lavée de cette enveloppe sociale, dénuée de cette distance qui faisait d'elle la Julie dirigeante maternaliste et manager d'une famille modèle. La voici, près de toi, assise à la table étroite du carré de la Baillou. Elle déjeune d'une confiture d'abricot de l'été passé, qu'elle étale sur le pain de Fred, s'étonne d'apprécier ce pain bizarre, avec si peu de croûte. Elle s'égaie, mais pas longtemps, puis retombe dans ce regard perdu, son visage tourné vers la vitre et l'esplanade du Lavoir. Il a neigé cette nuit. Tu enfiles tes chaussures montantes, celles à crampons. Tu dois sortir pour dégager à grandes pelletées un espace confortable devant la Baillou, t'exécuter sans délai, profiter de ce que, frais de quelques heures, le tapis épais de poudreuse se laissera faire.

Et alors c'est comme si tu le roulais de part et d'autre et le rangeais en vue d'une autre fois. Le geste à faire est souple et plaisant. Le vent sec, passé par les cimes des plus grands arbres, se plaque à ton visage, ta nuque, et tout ce qu'il va trouver de nu et d'offert ; bientôt l'inconfort du froid pénètre la peau par piques, mais il est bon, ce froid. Avec lui, les muscles s'activent de plus belle, brûlent tout, on ne s'épargne pas, et le vent s'engouffre maintenant dans tes bronches jusqu'au plein des poumons. Une vapeur s'échappe de ta bouche, et ton souffle rythme les mouvements de leviers des bras. Pelletée après pelletée, de la neige jeune se décolle d'elle-même, sans façon, se charge dans le large godet – cette pelle – grande main au bout d'un manche, et cette neige ? Neige sage qui se calera où l'on voudra. Tu profites encore, et puis, soyons raisonnables, tu vas ranger l'outil, ôter tes moufles et frotter tes godillots pour remonter dans ton refuge, en claquant la porte sans regret. La chaleur du carré et Julie t'accueillent. « Pas trop difficile de passer l'hiver ainsi ? demande-t-elle.

— Comment ça, ainsi ? »

S'ensuivent de sa part, ces poncifs mille fois entendus, mille fois déconstruits avec d'autres : froid, chaleur, exiguïté des caravanes, des roulottes, des camions, et que dire de cet inconfort perpétuel… Trompeuses perceptions d'un monde, monde méconnu du sédentaire. Une partie s'engage. Julie t'interroge sur ta vie Sans Domicile Fixe, tu la questionnes sur sa vie Sans Horizon Nouveau, vie de garnison, vie d'assignée à résidence, attachée à un piquet avec longueur de bride équidistante entre maison, travail et loisirs tout circonscrits. Pour toi, Julie s'enferre, confond inconfort subi et simplicité heureuse, précarité fatale et sobriété choisie. Tu insistes sur leurs lourdeurs de sédentaires, sur leurs existences lestées, fondées, rivées au sol. Et que dire de ces arbitrages quotidiens qui les hantent ? Ai-je assez d'économies, de stock ? Vais-je en manquer ? Et que faire des surplus ? Comment pérenniser les gains ? Et mes biens, combien valent-ils ? S'ils se dévaluent, combien vais-je perdre ? Vont-ils fructifier, au contraire ? Le nomade n'a que faire de ces futurs matériels, anxieux, avides, ambitieux. Rétif aux injonctions du siècle.

Moi ?
Je ne gratte pas,
Ne cultive pas,
Ne récolte pas.
Et comme les pinces de mes chapiteaux, huttes, tentes,
Et comme les roues de mes chars, verdines, caravanes,
Je ne laisse que traces infimes, dérisoires, pas d'oiseaux sur le sable,

Moi ?
Je ne gratte pas,
Ne cultive pas.
Ne récolte pas.
À quoi bon ?
S'enraciner ?
À quoi bon ?
S'enterrer.

Moi ?
Comme les pinces de mes chapiteaux, huttes, tentes,
Comme les roues de mes chars, verdines, caravanes,
Je ne laisse que traces infimes, dérisoires, pas d'oiseaux sur le sable.

Tes derniers arguments ne rencontreront pas d'opposition ; entre Julie et toi, le débat se clôt de lui-même. Tu la sens amoindrie et lasse. Aucun plaisir à ferrailler avec un tel fantôme, aucune gloire à en triompher. Tu lui proposes un tour du campement, pour la distraire.

Elle restera interdite devant la Carabane de Fred – trop atypique, trop inclassable. Elle saluera toutes les personnes présentées, mais demeurera en retrait des discussions qui s'engagent autour des braseros que vous passez en revue. L'omniprésence des enfants l'intrigue : « Ils ne vont pas à l'école ? » À ta réponse négative, elle ne peut réfréner une moue mi-étonnée, mi-méprisante – même en burn-out, elle la conserve, sa moue. Mais, comme malgré tout, tu la sens curieuse, tu la confies à un groupe de gamins dans l'atelier.

À la pause, elle revient pantoise d'avoir vu Paul, treize ans, s'animer sur un tour à bois avec quatre plus jeunes qui regardaient, écoutaient. Sans le savoir, elle vient d'assister à une séance d'apprentissage entre pairs. « Oui, oui, répond-elle, mais les maths, le français, les sciences ?

— Ils pratiquent entre eux, avec ou sans l'aide d'un adulte. Les parents se relaient pour organiser des animations, des rencontres, des sorties. Dans les musées, les médiathèques. Dans certaines entreprises, ateliers, usines. Et puis, tu le vois, ils vivent au contact de la nature, ils apprennent d'elle et par elle.

— Mais comment être sûrs qu'ils ne prendront pas de retard sur les autres ?

— Les autres ? Les enfants scolarisés, tu veux dire ? »

Elle confirme, alors tu ris, et détailles. Ces contrôles annuels réalisés auprès des parents. Des contrôles comparables aux inspections des professeurs d'école, de collège ou de lycée. Et puis, parvenus à l'âge requis, les adolescents s'intègrent sans encombre aux cohortes lycéennes. Tu parles aussi de ces jeunes bacheliers – candidats *libres*, mot prédestiné – choisissant leur voie. Julie reste sceptique, mais elle t'écoute. Attentive. Et de cet échange ouvert, tu relèves un bienfait contenu en son mal-être : Julie s'est départie de ses repères habituels, pour observer.

Elle scrute par exemple tous tes gestes, s'étonne de chacune de tes astuces pratiques, de l'ingéniosité des agencements domestiques de la Baillou. T'aidant à remettre en ordre après le repas, époussetant les quelques ridicules mètres carrés de ce logis sur roues, elle touchera du doigt cette simplicité ménagère faite de corvées réduites et limitées de fait. Au fil de la journée, elle en tirera quelques remarques surprenantes. « Finalement, tu vis très bien, lâche-t-elle, au soir.

— Tu en doutais ? »

Elle en doutait, oui, mais en cela, pas de malice particulière. Une simple et brute ignorance, doublée d'une certitude : celle de se trouver du bon côté de l'existence, dans le monde balisé de l'immuable et infrangible état sédentaire. Pourtant, l'étonnement de Julie semble vouloir balayer les préconçus. Reviennent ses réflexes d'étudiante en anthropologie. Elle joue à l'observatrice participante – « Julie au pays des néonomades » – pousse l'investigation, et quand elle désigne, par exemple, tous ces objets polyvalents, concentrés de plusieurs utilités, tu réponds de bonne grâce : « Recherche de légèreté, réduction de l'encombrement » – le voyage oblige. Julie persévère, traque le symbolique, compare cette sobriété à une autre, d'ordre moral, celle-ci, considère que cette relative impécuniosité nomade prémunit l'esprit de tout superflu. Bien vu, cousine : sur la route, peu de risque de verser dans la surcharge mentale. Se mue-t-elle pour de bon en chercheuse ? Relevant faits et gestes, elle s'amuse de ces situations – tâches quotidiennes, repos ou détente – où tout se trouve à vue – attelage, Massey, plaque de cuisson, appareil de chauffage, fenêtres de gauche, de droite, couchette, carré – tout d'un seul balayage du regard – holoptisme. Et comme elle finit par s'ouvrir à tout vent, ta presque-sœur, tu vas l'encourager car, tu le sens, elle revient vers toi. En se délitant, ses certitudes cèdent un terrain ouvert à l'altérité, aux itinéraires bis, et passé les bornes, difficile de s'arrêter, n'est-ce pas ?

D'ailleurs, où est-elle ?

Jetant un œil dehors, tu la vois assise près du brasero, sirotant un café et discutant avec Fred. Le tableau s'étoffe avec l'arrivée de Jorge. Il parlera de son départ proche, de sa rituelle fin d'hivernage en Aragon. Julie en revient animée d'une excitation de feu de paille, mais pleine d'un discours analytique. « Tu vas finir par t'inscrire en thèse. » Moquerie bon enfant. Julie accueille ta bêtise d'un sourire doux : « Une thèse de quoi, d'abord ? » Le ton reste enjoué, mais un rien, tout à coup, le voile. Point de bascule. Ta Julie chancelle. Retour de manivelle après parenthèse maniaque. Julie repique sec dans son recoin de dépression.

C'est le moment choisi par le ciel pour s'offrir un franc soleil. Alors, d'un bond tu l'imposes, toi, le branle-bas : « Viens, j'ai quelque chose à te montrer. » Et ce disant, tu remplis ce sac de tout le nécessaire, serviettes, chocolat, gourde d'eau fraîche et Thermos de thé fumant. « Viens ! » Julie ne peut résister à ton élan, et vous sortez, traversez à grands pas le campement, entamez la descente pour continuer votre marche en sous-bois.

Il a été remis en état depuis peu. Vous le trouverez à sa place de choix au bord du lac. De l'extérieur, il se présente comme cette simple roulotte de bois menée là pour y stationner toute la saison d'hiver. Curieuse roulotte : pas d'ouverture, sauf cette minuscule lucarne de côté, et devant, cette porte aveugle. Du toit dépasse le conduit de cheminée. « Un poêle ? » demande Julie, intriguée mais toujours d'humeur terne. Elle te suit, c'est tout. Sans rien dévoiler de la suite, tu lui fais d'abord prélever deux brassées de ce bois entreposé sous les roues – des bûches refendues. « Choisis les plus sèches. » Ces bûches, elle devra te les faire passer, une par une, par la porte. À l'intérieur, le foyer. Propre. Soigné. Papier journal et fagots de brindilles stockés là pour l'allumage. Tu ne dis rien, pariant sur cette curiosité qui deviendra plus forte que l'asthénie, et tu gagnes : Julie, n'y tenant plus, grimpe les trois marches et, juchée sur le petit palier devant de la porte, quand elle passe sa tête, ses yeux disent qu'ils ont compris.

Le feu prendra sans façon. Sans effort, il va porter le volume de la petite pièce calfeutrée aux vertueux 82 °C escomptés. Julie s'avance d'un pas dans le sas, l'endroit où l'on se dévêtit, du côté du foyer. À travers le hublot, elle découvre le peu de choses, bardage brut sur les parois, deux bancs en gradins, pierres, thermomètre accroché près du sablier. Tu attrapes au vol ce sourire qui dévale de son visage lorsqu'elle se tourne vers toi. Tu savais qu'il fallait ça.

Débute alors l'exercice : toutes deux assises nues sur vos serviettes, à chaque bout du banc du haut – trois degrés de plus qu'en bas. Adossée à la paroi du sauna, tu te redresses comme Julie vient de le faire. Bardage trop chaud contre vos épaules. Tu enseignes à Julie une solution à moindres frais : serviette roulée en coussin entre mur et omoplates. D'avoir bougé, tu décides d'exploiter l'effort, de lui donner un sens, une suite, comme de tendre ton bras pour saisir, dans le seau, la louche de bois, et verser un filet d'eau sur les pierres. L'huile essentielle diluée décuple l'effet saisissant de la vapeur ; elle se dégage en nuées roulantes. Par tes narines, l'air chaud s'engouffre jusqu'au fond des bronches, te confirme en passant que tu respires. Julie garde les yeux fermés, en les rouvrant pour t'observer, elle s'étonne, mais toi ? Tu ne peux pas, toi ! Tu as bien essayé, plusieurs fois, mais non, car ce besoin demeure de conserver les yeux grand ouverts, pour supporter l'air qui engourdit et toute cette chape de torpeur.

Le sablier s'égrène. Bientôt aux deux tiers, mais pas assez vite. Julie sort de sa langueur pour descendre s'asseoir sur le banc du bas. N'y tenant plus, tu pourrais la suivre, mais tu restes pour goûter à cette dernière portion de temps serré, compressé, celle où le corps se plaint, sourdement, délicieusement contraint. Rester. Approcher la limite. Laisser le sablier se vider. Qu'il se vide, et puis compter. S'imposer une poignée de secondes supplémentaires. Compter. Un, deux, trois, quatre. Se dire qu'on se lèvera à trente. Sept, huit, neuf, dix. Qu'à trente, oui, on sortira enfin ! Treize, quatorze, quinze, seize. Compter. Vingt, vingt et un, vingt-deux, vingt-trois… Et trois secondes avant, se lever pour sortir. À vingt-sept. Un luxe que tu t'adjuges impunément. Trois secondes volées au contrat.

Tu ouvres la porte à hublot et Julie, ses yeux ; elle se lève et te suit dans le sas. Sans parler, avec des gestes jumeaux, vous saisissez de grandes serviettes que vous gardez repliées et poussez la grande porte. Le froid vous attrape, avec la dure clarté.

Le lac vous attend. Sa peau frissonne, toute couverte d'éclats étincelants tombés d'un soleil métallique. Prenant sa main dans la tienne, tu entraînes Julie et vous courez vers la petite anse de sable. Elle hésitera, toi pas (alors elle ira aussi). Tu jettes ta serviette et en trois pas avancée, te trempes jusqu'aux cuisses ; à grandes brassées, et pour la forme, tu t'asperges, mais pour la forme seulement, car tu finis par te couler dans ce lac et t'y gardes. Puis tu remontes. Tu as pied, mais tu ne sors que la tête et un cri aigu – un *Yay* vainqueur. Julie y répond en s'immergeant elle aussi, s'accompagnant d'un râle à la fois plaintif et rageur.

Laisser vos corps s'éteindre, en nageant.

Et de tout cela, une seconde fois. Fournaise, pierres,

vapeur, torpeur, sueur, sablier, frissons, bain qui saisit et vous éteint.

Sèches et rhabillées, vous vous perchez sur un rocher près de l'eau. Le thé, sortant de la bouteille isotherme et que tu verses dans les verres, est chaud sans être brûlant ; il tient vos mains jointes.

Silence serein. À rompre.

« J'aurais dû venir. » Le regard de Julie est intense. « J'aurais dû venir », redit-elle, et ses yeux rougeoient. Elle va sans doute pleurer, car pas de mystère, lorsqu'on en vient à dire ce genre de chose, on n'y peut rien, on pleure. « Oui, j'aurais dû venir », répète-t-elle. Mais qu'elle arrête ! Elle va pleurer, c'est sûr. Pourtant c'est ta gorge, la tienne, qui se serre. De les entendre, ces mots, tu y trouves des choses qui réparent tout, d'un coup. Et tu pleures. Car c'est toi qui pleures. Tu pleures de ce que, oui, Julie aurait dû venir, pour Agathe, pour Christophe, pour toi. Elle aurait dû venir, mais personne de chez toi n'est venu. Selon eux, tu avais choisi une bonne fois, en partant. Tu les avais cherchés, alors tu les as trouvés, tous, vexés. Quand on choisit comme toi, on tranche, on blesse, on coupe, et il ne faut pas s'attendre à ce que quelqu'un vienne et refasse les nœuds. Fini, c'est fini, cassé, c'est cassé. Tu les avais froissés. Alors tu t'es retrouvée comme une gourde, avec le camion cramé et les deux sacs noirs à fermeture Éclair. Par la suite, ils ont tous souhaité que tu t'arrêtes, que tu t'arrêtes de quoi ? « Ta vie, c'est pas une vie, Sarah. » Et la leur ? Leur vie, c'en est une, la leur ? Avec cette manière de gratter à un endroit, toujours le même endroit, comme pour y creuser son propre trou, et plus on gratte, et plus on s'enfonce, et à gratter ainsi, on finit par tout connaître par cœur, c'est même une gloire de tout connaître par cœur, ils s'en drapent de fierté. S'ils savaient. Mais jamais. Jamais ils ne sauront. Trop bornés, trop sûrs de leur fait, tête baissée.

Va savoir ce qui te dérangerait le plus d'ailleurs ? Peut-être la laideur. Cette laideur de ce qu'on remonte quand on reste, comme eux, au même endroit, devant le même horizon. Sur place. Sédentaire. Et que dire de leur temps ? Il se sédimente sur eux, tout contre, couche après couche, ce temps. Il leur tient chaud. Il les borde, il les couvre et recouvre. Un linceul avant l'heure. Toi, tu préfères rester en surface. Te revient cette parole de Touareg : *J'habite un monde sans traces et seule reste la mémoire de mon souffle.* Oublient-ils, tous, qu'il ne restera rien et qu'il vaut mieux ? Bien mieux que toutes ces laideurs, ces lourdeurs, vanités vulgaires qu'ils ne cessent d'accumuler. Accumuler, et pour qui ? Héritiers parfois repus et blasés. Et quand bien même seraient-ils neufs et reconnaissants, ceux-là, est-ce un horizon à leur laisser ? Que feront-ils de cette injonction à faire tout pareil, sur le même lieu ou ailleurs, mais toujours gratter, creuser en vertu du passé, et pour l'avenir, mais jamais dans le présent vraiment, génération après génération ? Prison.

Non, tu n'attendais rien d'eux, mais Julie, elle, tu l'as attendue, oui.

Vous auriez pu commencer à parler de tout cela, mais à quoi bon ? À la vérité, sans même que tu l'aies demandé, souviens-toi, Julie t'a relayée auprès de Françoise. C'est elle qui est restée dans cette chambre d'hôpital, à attendre que Françoise émerge de son brouillard. Brouillard d'ivrogne, soi-disant. Tout choix comporte un renoncement, paraît-il. Julie ne pouvait pas être là avec elle, et ici avec toi. Tu connais le problème. Et puis, tout s'en est suivi : Françoise revenue, sortie du brouillard, nécessita quelqu'un et ce fut Julie. Rien de plus. Banal concours de circonstances.

Au matin, Julie s'en va. À regret, ça se voit, mais son groupe post-burn-out l'attend ; elle s'est engagée. La journée va alors se traîner, avec cet autre vide qui prend de plus en plus de place. Depuis des jours, Adèle ne répond à aucun de tes appels, et il est difficile de te distraire de cette frustration brute. Oui, te voilà bien esseulée, tout d'un coup, parce qu'on s'habitue vite à la compagnie. Ce n'est pas que tu redoutes la solitude, puisque tu n'es jamais vraiment seule, avec toutes ces vies que tu croises incidemment ou non, toutes ces vies coupant le cours de la tienne.

Tiens : voici Guillaume, téléphone en main ; haut-parleur activé, on entend la voix de José. L'ami t'aurait glané un beau devis de mécanique. Des réfugiés, issus de sa clientèle cosmopolite. « Ils viennent de Lyon, ils travaillent dans le textile », lance José, bien décidé à te livrer le reste sans délai. Ce couple a débarqué il y a quelques mois, à la limite du causse. « Pour la qualité de vie », appuie-t-il d'un ton d'évidence. Dans un ancien corps de ferme acheté cash (très bon signe, conviens-en), ils ont découvert un vieux tracteur. Un Renault N72. Au grand étonnement de Guillaume et de José, tu vas proposer un rendez-vous pour la fin de la semaine. Malgré le froid, tu te feras violence, au lieu de continuer à broyer du noir. Mais pas de route inutile :

en allant ou en revenant, tu t'arrêteras chez Igor, qui t'attend pour la révision de son Ford.

Quatre jours de route.

Pas vraiment un loisir, sur ces communales engourdies de gel.

En passant devant leur ancienne grange, très correctement rénovée, tu repères le N72. Il dort sous un hangar attenant. Des équidés – anglo-arabes et mulets – paissent au bord d'une clairière enclose. Au fond, le bleu d'une grande piscine. Et comme tu longes la limite du parc qui ceint la maison – une imposante Caussenarde à bolet, dépendances et pigeonnier –, tu trouves tout loisir pour recenser les autres chevaux, mécaniques : Mercedes et Austin Cooper rutilantes.

L'homme t'accueille d'une poignée de main molle. Horko reste à distance, avec cette manière bien à lui quand il n'aime pas. « Voici donc la fameuse mécanicienne itinérante, son chien fidèle et son attelage coloré… » Sans surprise, José vous a déjà présentés. « Il paraît que vous pratiquez aussi la tonte de moutons ? » Suivent les poncifs sur tous ces métiers d'homme. « Le côté physique, ça ne vous handicape pas ? Et les autres ? Les confrères, les clients, qu'en disent-ils ? » Plus qu'à tout balayer d'un lot d'autres poncifs tout symétriques aux siens – l'habitude de ces échanges. Tu te dis aussi qu'on est vernie puisque le gars ne glisse pas sur le reste, l'allure de ton attelage, la caravane ; il ne glosera même pas sur cette vie nomade qui les intrigue tant en général. Mépris ou indifférence préservent parfois, et sans chercher à ne rien démêler, tu t'en réjouis.

On te propose un café ; « Merci, mais après, plutôt ? » Alors on te mène à la machine. Le N72. Millésime 1961, fier et plein de signes de vigueur. Peu de corrosion au niveau du châssis. Côté carrosserie, un simple ponçage des bords et quelques raccords de peinture suffiraient à lui redonner de sa prestance originelle. Le gars s'inquiète du volet mécanique. « Je suis là pour ça », dis-tu. Il en convient et te sert sa liste de tracas, conforme à celle que José t'avait restituée, alors tu écoutes mais d'une seule oreille, car en collant l'autre au plus près des flancs du baudet, tu en apprendras plus long. Démarrage. Ralenti qui cliquette. Petit tour de piste pour évaluer l'embrayage, la boîte, les cardans. Pas brillant. S'égrènent dans ta tête, le temps de travail et les contraintes ; tout s'empile pour se transmuter en équivalent sonnant et trébuchant, mais tu n'en diras rien, de par la sage nécessité de toujours réserver une réponse, d'autant qu'à tête reposée, il te faudra appliquer un coefficient multiplicateur salé. On ne peut rouler en Mercedes Classe S et s'en tirer comme un conducteur de Twingo, ça ne se fait pas. Version éthique de la tarification à la tête du client.

Puisque tu en as assez vu, accepte ce café proposé tantôt, ce sera bien vu. Direction cette grande cuisine. La femme, plus avenante que son compagnon, est d'origine britannique ; sourire franc ou approchant, gestes délicats et sûrs, tout à l'installation d'un cérémonial de *tea time*, version causse : sur la table, théière, cafetière, petits biscuits maison, beurre, pots de confiture et de miel, jusqu'au pain frais découpé, étalé sur une planche. On ne t'avait convié qu'à une pause café ! « Je ne pensais pas que vous buviez du thé », commente le gars, plus étonné encore. À leur plaisante invite, tu t'assois, mais une sonnerie de téléphone perturbe l'instant béni.

Le gars répond prestement, en anglais, et sans se soucier de ta présence, il entame un échange asymétrique : l'interlocuteur doit être l'un de ses employés. De quelques bribes s'échappant du combiné, et d'un accent roulé, tu devines un Indien peut-être. Le ton monte, des questions de délais et de respect de cahier des charges. Le gars clôture sèchement l'échange avec quelques mots empreints d'une menace directe envers son interlocuteur lointain. Tout en raccrochant, il adresse un sourire sardonique à sa compagne : « Quelle bande d'incapables ! lui lance-t-il.

— C'était Ghulam ?

— Oui. Il ne fera pas long feu, crois-moi. »

Le type se tourne vers toi pour expliquer, mais c'est inutile : « Ah… Vous comprenez l'anglais ? » Et cette gêne qui l'étreint : quand on réalise qu'on aurait mieux fait de s'isoler de cette table avant de malmener son directeur d'usine. Il s'empêtre alors dans quelques justifications, mais on ne lui demande rien, c'est son problème, son karma ; il souligne ses ennuis d'homme d'affaires, pas évident de piloter un process complexe à distance, croyez-moi, avec les différences de cultures, de rythmes de travail, de mentalités. « Ils ne travaillent pas comme nous, vous savez, il faut constamment être derrière eux. » Bref, pas facile tous les jours de manager des incompétents et des tire-au-flanc. Madame et Monsieur gèrent une affaire d'import-export de prêt-à-porter entre Pakistan et Europe. Monsieur est issu d'une famille d'industriels du textile – comprendre que le papa a mis la main à la poche pour la boutique du fiston et qu'il se tient disponible en cas de pépin. Au sein de cette petite entreprise, Madame dessine les modèles, son côté artiste, s'occupe de la diffusion, pendant que Monsieur supervise la fabrication, la logistique et la distribution. Tout paraît rangé, net et brillant, pourtant en dix ans d'activité, par trois fois ils auront changé de « zone de prod » car les Indiens deviennent trop exigeants alors qu'au Pakistan, la main-d'œuvre se montre plus raisonnable et les lois, souples. Le type s'interrompt dans son comparatif malodorant quand déboule du coin de la terrasse un chevelu hirsute, poilu, à grandes mains ouvertes. Loïc. Balançant des bras rudes nervés de grosses veines, il chaloupe de son pas lourd, ne comptant que sur ses pieds nus sous ses sandales (hiver comme été). Robinson du Causse. « Ah, Sarah ! Manquait plus que toi, lance-t-il.

— Vous vous connaissez ? » demande ingénument ton hôte.

Depuis des années, Loïc monte des murs de pierre sèche à travers tout le causse alors, oui, tu croises le spécimen au long de tes tournées. En bon maçon-paysan sans mortier ni truelle, il circule exclusivement par la force motrice de ses mollets, à pied ou à vélo. Chez vos présents hôtes, Loïc construit tout un dédale de murets et de renforts de parcelles terrassées sur des pentes raides, « là-bas, tu vois ? Derrière les arbres. » Loïc s'assoit, accepte d'un geste d'habitude une tasse de noir servie par le type, une tartine de pain grillé beurrée par sa compagne. On jurerait un coq en pâte, mais quelque chose de faux grésille dans ces attentions conjuguées autour du maçon.

Qu'importe.

Quelques échanges banals vous meublent ce doux moment commensal ; rien que considérations plates sur les inondations, le prix du gasoil. Et puis, on ne sait d'où, la conversation s'engage sur les poètes bohèmes – les voies de la digression sont impénétrables (toujours se méfier d'un trop-plein de banalités : les platitudes assénées en grappes mènent au pire comme au meilleur). Toujours est-il que placé sur sa rampe – par qui de vous ? Impossible à démêler –, Loïc s'élance dans le récité du texte intégral des *Oiseaux de passage* de Jean Richepin, et oubliées les plaintes stériles sur l'augmentation du super sans plomb et les charges foncières qui dérapent. Changement de galaxie. Par un miracle ordinaire, et on reconnaît là notre Robinson, la tablée se téléporte pour voguer au gré de ces mots portés par un élan sans heurt, un jeu de soliste pur, exécuté avec l'aisance incongrue.

Tu as entendu Loïc, cent fois, dans ces races d'exercices qui lui viennent sans prévenir, tout à trac, en pleine action, en bougeant ses blocs de pierre, ou dans le répit d'une pause, plus souvent en fumant, adossé à son ouvrage du jour, mais toujours au hasard des paroles échangées ; tu l'as parfois accompagné dans ses élans lyriques, avec quelques accords de guitare, quand un cercle autour de vous le réclamait ; oui, l'exercice de l'esthète maçon t'est familier alors, ce jour encore, tu accueilles sans surprise, et tu écoutes.

Laissant les oies sauvages et la basse-cour de Richepin, Loïc enchaîne – les automatismes du récital – sur un passage des *Soliloques du pauvre* de Jehan Rictus.

« Mais comment tu sais tout ça, toi ? » finit par lâcher l'hôte de ces lieux. La question de Monsieur tombe à plat, traîne sans réponse, mais ce « toi » scandé, détaché du reste, résonne en sourdine comme un écho. Insultant.

« Mais comment tu sais tout ça, toi ? » Cette phrase brève, abrupte, primaire, sème une gêne jusque chez sa compagne dont tu croises le regard troublé. De trouble, Loïc, lui, ne montre aucun signe. Pas vexé du tout. Il finit même par répondre par des justifications maladroites et absurdes, comme un gamin pris en faute, il n'a pas fait exprès, et ces textes lui sont tombés dessus, mais il ne sait d'où, et puis c'est plus fort que lui, ensuite il les retient malgré tout, pas plus compliqué, voyez. Mais rien à faire, ça jette un drôle de froid. Pas compréhensible, un tel contre-exemple butant sur les bons vieux postulats. Dans l'interrogation de votre hôte réside tout un mépris de classe, se cristallisent tous ces préjugés rigides, cette croyance en des cloisons étanches, cette certitude que tout vase communicant reste impensable : un maçon ne peut pas connaître « tout ça » – qu'aurait-il dit si Loïc avait cité du Thierry Metz ?

Toujours est-il que le Monsieur ne relancera pas. Mieux vaut trouver un autre sujet, plus maîtrisé, n'est-ce pas ? Comme : demander après l'avancement du mur derrière la piscine. Loïc s'engouffre dans l'espace redélimité, revient à son poste assigné et semble soulagé du fait, répond « dernier rang à terminer », « blocs à déplacer » et « hauteur moyenne à obtenir pour assurer un abri suffisant aux vents d'ouest ». Tout le monde se retrouve à l'aise, avec chacun à sa place, mais toi, sans trop de délais, tu vas vider cette tasse de thé et prendre congé, avec dans l'idée que ton devis ne sera pas salé comme envisagé : il ne sera pas, tout court.

En voulant t'asseoir sur le siège du Massey, gelé, tu mesures combien l'hiver tient sa journée. Malgré tout, ta mécanique démarre, et avec une intention partagée, celle de ne plus fouler ce chemin dans un autre sens que celui-ci. Dernier mot du gars : « *ASAP*, le devis ? » Irritant globish. Tu salueras en promettant : oui, oui, *asap*, *of course*, *asap*, balancé comme une promesse qui rend les gens heureux, des gens heureux comme celui-ci ; il ne saura jamais qu'il vient d'entrer dans ta liste de *persona non grata* – globish antique – n'est-ce pas, Horko ?

Au soir, enfin cette clairière, d'où tu vois Igor descendre, venant de sa bergerie, dans l'ombre. Une marche vive à travers ce bois serré. Il te fait un signe du bras, n'attend pas de te rejoindre et parle déjà. Ève vient de laisser un message sur le Groupe. Françoise retrouvée, Adèle aussi. Toutes les deux, en même temps et ensemble. Alors, c'est ça ? Alors c'était ça ? Ensemble ? Adèle et Françoise ? Ta surprise, Igor, ne la comprend pas, évidemment, et il ne fait que transmettre, n'en sait pas plus ; il répond comme il peut à tes questions, te renseigne peu, mais sa voix est terne : Françoise va bien, Adèle, moins.

Dans la plaine, au loin la ligne,
Miroitante de plexiglas, de casques.
Ils avancent.
Des fumées les précèdent – jets tendus blessent et aveuglent.
Les autres reculent, sauf une poignée.
Irréductibles qui mangeront de la matraque.

Adèle est comme endormie, mais du faux sommeil qu'on surveille avec l'appareil qui émet un son sec toutes les quinze secondes. Deux perfusions la nourrissent depuis trois jours. Étendue et bordée, elle lui ressemble. Quand elle dort, on dirait Agathe, plus encore.

Ses mains sont chaudes.

Tu n'étais pas là. Peut-être que si tu avais été là, rien ne se serait passé. Peut-être que si tu avais été là, Adèle serait maintenant face à toi, souriante, ou peut-être que vous y seriez toutes les deux, là, chacune dans un lit, chacune dans une chambre, ou côte à côte dans la même, ou peut-être que ce serait toi seule qui y serais, et elle qui te regarderait. Tu n'étais pas là non plus pour Agathe.

Dans le couloir, des bruits, comme de bottes, des pas cognés ferme, sans aucune hésitation. Tu te lèves, Jérôme aussi. Vous sortez, toi la première, et tu te trouves face à trois képis rasés de près. Un seul semble commis pour parler – sous-officier – et les autres font tapisserie.

Un accident. Il vous dit « accident ». Tu les connais trop ces braves types qui te disent « accident ». Ils savent ce qu'ils racontent et en général, ils trouvent les mots. On vous dira par exemple qu'un camion peut brûler, ce sont des choses qui arrivent et quand le fait se présente, on l'accepte, que faire d'autre ? Mais un éclat de grenade ? Un éclat de grenade ne t'arrive pas tout seul au coin de la gueule. Un éclat de grenade sort d'une grenade. Une grenade se lance ou se tire, mais pas toute seule. Il lui faut un bras. Le bras se détend pour lancer, une main s'ouvre et jette, ou bien c'est un doigt qui appuie sur une détente, détente qui déclenche la propulsion du projectile, projectile qui s'éjecte d'un canon tenu par l'autre main. Mais ces bras, ces mains, ces doigts n'agissent pas tout seuls non plus. Une volonté les gouverne, n'est-ce pas ?

« Son nom. Son matricule. » Le képi en chef te regarde. T'a-t-il entendu ? À l'évidence oui, alors quoi ? Pas envie de répondre ? Tu vas répéter, ça ne te gêne pas : « Nom, matricule de celui qui a fait ça. » Le képi en chef se fend alors un peu. « Là n'est pas la question », dit-il. L'enquête a confirmé un cas de légitime défense.

Ce sous-officier se contentera de répéter la version officielle des faits. Leurs frères d'armes, CRS anonymes, ne faisaient que leur travail. Maintien de l'ordre – pas besoin d'un dessin, pourtant ! – lors d'une opération pour évacuer les occupants d'une ZAD, et le scénario est classique, à quelques détails près.

Qui a commencé ? Zadistes ou forces de l'ordre ? Question oiseuse, mais une certitude : viendront les premiers coups, les premiers blessés. L'escalade. D'un camp à l'autre, grenades lacrymogènes bazardées en flux tendus puis retournées à l'envoyeur, matraques qu'on dégaine pour charger en ligne, gros (très gros) boulons de réforme, rouillés, lourds mais faciles à emporter dans un sac. Côté zadistes, il se trouve parfois des renforts de manifestants occasionnels, masses indéfinies, militants calmes et mesurés d'ordinaire, excédés par les dérives de l'exercice, ce rapport de forces qui dégénère. Comme partout, dans tous les coins du monde, comme partout où l'on s'oppose, et partout où l'on résiste, il se ramasse alors ce que l'on peut trouver au sol. Ce qui vient. Et le front asymétrique prend forme – *des pierres contre des fusils*. Des blessés côté forces de police ? Les grenades et les matraques répondront en décuplant, jusqu'à cette série d'explosions sporadiques. LBD. Trois lettres résumant l'entrée en guerre. D'autres blessés viennent. Plus graves. Et ces secours qui tardent à venir, pourquoi ? Empêchés par les barrages de police ? En parallèle, plusieurs nasses, pour des arrestations à l'aveugle, arbitraires, et pour l'exemple, pour que le manifestant lambda, libéré quinze heures plus tard faute de charges à retenir contre lui, pour que ce manifestant raisonnable retienne la leçon, pour que celui-ci, au moins, réfléchisse à deux fois à la prochaine, il faut qu'il craigne pour son casier (encore vierge), qu'il hésite avant de rempiler. Parfois, ce manifestant n'en est même pas un, passant malheureux, riverain de la mêlée. Au mauvais endroit, au mauvais moment. Des plaintes seront déposées par quelques-uns de ces citoyens outragés et outrés, mais les instructions traînantes s'échoueront dans des culs-de-sac administratifs. ONG, Défenseur des droits dénonceront des dérives antidémocratiques, des personnalités engagées y verseront leur mot indigné, mais finalement, les évènements retracés pas à pas par les médias, analysés par les différents camps politiques, déboucheront sur une condamnation quasi unanime des violences commises par « les éléments radicaux issus de la foule ». En cette seconde manche médiatique, point de match nul, point de belligérants renvoyés dos à dos, le camp de l'ordre emportera le combat symbolique : violence légitime *versus* chaos, diront-ils, car un choix s'opère, implicitement. Les paroles sensées se succèdent alors pour rappeler que l'État n'est ferme (et non pas violent) que pour maintenir la sécurité, rappeler que les forces de police n'ont à déplorer, de leur propre fait, que des accidents isolés, actes individuels dus à la fatigue ou à l'égarement, actes à sanctionner certes, mais c'est tout, tournons la page et attardons-nous sur la seule véritable violence systémique : celle des opposants ultras.

Pourquoi ces flics sont-ils là ? Pour Adèle ? Son état ? Non. Alors pourquoi sont-ils là s'ils n'ont aucune excuse à exprimer au nom de l'agresseur ? Ces questions trouveront prompte réponse : ce sous-officier vient pour signifier que des poursuites légitimes auraient pu s'imposer à l'égard de la délinquante. Néanmoins, et passablement contrarié, il vous informe de l'abandon de toutes charges retenues sur ladite prévenue, eu égard aux circonstances confuses et au prétendu manque de preuves ; une surprenante décision du parquet, décision hâtive, mais on n'y peut rien, et pourtant, pourtant, semble-t-il penser.

En toi, tu lui craches à la gueule. En toi, tu l'insultes. Vas-tu répéter à voix haute ? Ève l'a sentie sans délai, cette colère ; sa main sur ton épaule te retient ; des yeux ils te retiennent, tous. Ils se sont resserrés autour de toi, ameutés par ta voix qui a dû s'élever plus que de raison dans un couloir d'hôpital. Ève, Jérôme, comme ce toubib sorti d'une chambre voisine t'entourent. Julien est là lui aussi. Tout un bloc de présence alliée qui t'apaise. Signal de retraite pour le sous-officier, avec ses deux bleus-bites en couverture. Qu'ils aillent au diable. Ils partent et tu ne sauras rien du bras qui a lancé la grenade.

Comme par habitude – tout est neuf pourtant –, tu retourneras auprès du lit métallique. Lit sur roues. Lit nomade, pourrait-on dire, Adèle ! Ce bip de machine, lugubre et régulier, il ne te dérange pas, toi ?

Son visage calme. Cette cicatrice qui barre son front de petite fille modèle (on pourrait s'y méprendre). Les yeux clos, elle dort, tu veux te dire qu'elle dort, comme si elle se reposait de cette longue nuit de veille et d'embrasement. Mais quelle idée, Adèle ? Quelle idée d'aller défier ? D'aller défier l'État sur un territoire aussi symbolique ? Mégabassine de la Bragnie. Mais quelle idée ? Aucune enclave ne se tolère, aucune occupation, aucune ZAD, car chacun doit le savoir, ainsi ira la doctrine : l'adaptation au climat passe par un partage inégal des ressources, de gré ou de force. Pour l'eau : mégabassines et arrosages de quelques-uns, rationnement pour les autres. Tout pour instaurer la gabegie au détriment de tous.

Mais on ne gagne pas en se battant frontalement contre l'ordre établi, on gagne en restant à l'extérieur. Même pas dans les marges, car là encore tout est maîtrisé. Adèle devrait le savoir : notre salut n'est que dans l'espace lisse. Celui du nomade. À rebours des espaces striés, balisés, contrôlés. Bien loin des turpitudes indigènes, l'espace lisse, seul échappe. Adèle devrait savoir tout cela. Les espoirs des militants encerclés n'aboutissent qu'à des actes stériles, gesticulations, jacqueries, que le pouvoir a beau jeu de réprimer avec la force légale. De ces révoltes puériles ne découlent que viles compromissions, petits succès illusoires, au mieux gloires éphémères, et au bout : échec certain. « Ces ZAD, ces manifs ne mènent à rien, lâches-tu.

— Pas d'accord, Sarah, répond Jérôme. Des oppositions, il en faut, sinon quoi ? On laisse tout faire ? Cette mégabassine est interdite, tu l'oublies ? La décision de justice n'est pas appliquée.

— Tu y étais, toi aussi ?

— Nous y étions tous ! Moi, Ève, la majorité des fermes paysannes du causse. Des gens du bourg, et de plus loin, venant de toute la France. »

Comme tu te gausses, Jérôme n'insiste pas. « Au fait, Sarah, tu lui connais de la famille ? Des parents, des frères, des sœurs ?

— Non... Je ne sais pas.

— Elle n'a personne, intervient Julien.

— Personne ?

— Aide sociale à l'enfance. »

Séché, Jérôme. Et toi aussi, même si tu pouvais t'y attendre. Julien va préciser : Adèle n'a ni mère, ni père, ni frère, ni sœur. Pas même l'ombre d'une tante, d'un oncle ou d'un cousin. Aucune famille. « Je comprends mieux, répond Jérôme. On n'a rien trouvé dans son répertoire de téléphone. Pas faute d'avoir fouillé pourtant... et des quelque vingt ou trente personnes appelées, aucune n'a pu nous renseigner, y compris parmi les amis qui prévoient de venir la voir.

— Elle ne s'étale pas là-dessus », clôt Julien.

Jérôme s'en va ; doit remonter à la ferme ; les brebis à traire. Jérôme vit comme vivent les arbres. Tout ce qu'il fait, pense et dit est enraciné et serein. Ève restera. Elle vous propose d'aller prendre l'air devant l'entrée des urgences. Julien décline l'offre pour rester près d'Adèle. Il s'en veut comme toi tu t'en veux. Lui non plus n'était pas là.

Julien évite toutes les manifs, mais pour d'autres raisons que les tiennes – « pratiques grégaires qui n'avancent à rien ; piétinements vains qui n'arrangent que le pouvoir » et autres considérations lapidaires. Pendant qu'Adèle pointait en première ligne face aux casques policiers et aux grenades lacrymogènes, lui, Julien, préparait la seconde manche. « La seconde manche ? » Son sourire pour seule réponse est loin de te rassurer. Son sourire, c'est action radicale, c'est projet de sabotage. Ce gamin ne changera pas. Il essaiera toujours d'en montrer, de passer les limites, toutes. Pourtant, le voici tout penaud, au chevet d'Adèle. « Pense à elle, plutôt qu'à tes conneries. » À ces mots, il te fixe d'un air angélique et ça veut dire : « Cause toujours, Sarah. »

En sortant, Ève t'offrira une clope. S'en griller une est à l'évidence une bonne manière de fabriquer du bon silence, un agréable répit, et pourtant que fais-tu ? Tant pis et même si ça coûte, tu finis par rompre : « Et Françoise ?

— Ta mère ? Ça va. Elle est hébergée à la Coop, comme ma mère, tu sais : la coopérative néobéguine, au bourg.

— …

— Elle y est depuis l'entrée d'Adèle aux urgences. Au fait, Jérôme te l'a dit ?

— Quoi donc ?

— C'est ici, dans le hall, qu'on a trouvé Françoise. Elle a reconnu Jérôme.

— Elle a reconnu Jérôme ?

— Oui ! Et pourtant c'était la panique ici, à cause des violences de la manif. Des blessés partout, le personnel débordé, et il en arrivait encore, des ambulances, les pompiers. On venait d'emmener Jimmy, le frère de Serge du *Bon Cœur*, fracture d'un tibia. On était sur le point de repartir quand une vieille dame a pris Jérôme par le bras… »

Quel drôle de zouave que la mémoire. Françoise qui ne savait pas ce qu'elle faisait là, ni d'où lui venait ce bandage, cette blessure sur son bras, Françoise qui avait été incapable, quelques instants avant, de donner le nom de la jeune fille inconsciente avec qui elle avait été transportée, dans un hall des urgences bondé, Françoise avait pu, sans hésitation, interpeller Jérôme, un ami de sa fille, pas vu depuis trente ans : « J'ai entendu ta voix, Jérôme, et puis mes yeux ont croisé les tiens, toujours les mêmes, tes yeux. »

Le reste de ses paroles était incohérent ; elle parlait d'Agathe, sa petite fille, soi-disant blessée et inconsciente. Qui sait pourquoi, ce blouson de cuir que Françoise tenait serré contre sa poitrine, elle l'a tendu à l'interne venu pour la soigner, comme pour s'en débarrasser. De la poche intérieure, le jeune médecin a sorti une carte bleue, un trousseau de clés, et le permis de conduire d'Adèle.

Ève s'interrompt, te demande si tu savais qu'Adèle avait hébergé Françoise dans son camion. Elle pense qu'Adèle a joué un rôle dans son départ de l'EHPAD.

Fugue préméditée ? Préparée à deux ? « Rien de très clair, mais Françoise nous parle souvent d'Adèle... ou d'Agathe ! » conclut-elle, amusée. Au rappel de cette complicité, ta colère, ta brouille avec Adèle, son départ, le mot laissé dans l'enveloppe, tout ressurgit avec la honte que tu gardes vive, et tes remords ; souvenirs qu'Ève repousse pour toi, sans le savoir, en imaginant pour deux la scène épique : *Françoise la déserteuse* fuyant La Verte Prairie, à la nuit, avec sa complice, *Adèle la rebelle*. « Tu vois le délire ? Drôle de tandem ! jette-t-elle en t'embarquant dans son rire. Au fait, Sarah, tu veux peut-être que je t'emmène la voir ? Julie est là aussi.

— Julie est avec elle ?

— Elle est arrivée hier après-midi.

— ...

— Elle m'a étonnée. Elle paraissait comme perdue, désarmée. Presque amicale avec moi, ajoute Ève.

— Elle a quitté Bertrand. Son boulot aussi.

— Bertrand ? Je ne savais pas », répond-elle.

Ce léger trouble, qui trahit ton amie, te raccroche sans prévenir à votre passé étudiant, quand Ève sortait avec Bertrand. L'affaire dura plusieurs mois, en pente douce, et puis, l'histoire est banale, Julie réapparut après un long séjour Erasmus. Chez toi, elle revit Ève, et fit connaissance avec son nouveau petit ami, lequel n'opposa aucune résistance lorsque Julie décida, dans son style très direct, qu'il devait passer à autre chose. La suite est connue. « Au fait, tu ne m'as pas répondu : tu veux aller voir ta mère ? relance Ève.

— Non.

— Non ?

— Plus tard, demain. »

Que ça lui plaise ou non, ça attendra. Perdues de vue, mère et fille, depuis des années, on n'est plus à un jour près, et tant pis si Ève peine à comprendre – « À demain. »

Besoin de marcher, retrouver Horko et, avec lui, saluer la voisine de halte, jeune et jolie rivière à la peau diaphane.

Ses charmants reflets dorés jouent et ondulent. Rivière à truites, presque torrent, mais tendre et un brin lascive dans ses gestes autour des rochers et dans le bruissement de son cours. Les courbes de ses deux rives capiteuses, golfes bordés de ramages entrelacés, attirent des libellules, quelques papillons, à l'abri du soleil occidental, et débonnaire, pourtant. Seul habitant humain, ce pêcheur à la mouche, près du pont, de l'eau jusqu'en haut de ses cuissardes en caoutchouc ; à rythme apaisé, son fouet de soie zigzague, cingle en silence au-dessus de lui et se pose au plus juste, juge-t-il, où son bras décide.

Tout t'invite, en ce jour qui insiste.

Et l'eau est fraîche.

Très fraîche.
Des torrents d'allégresse, ce sont les eaux de Mars.
Alors,
Progresser pas à pas,
Un pied puis l'autre
Appuyés sur le fond,
Le lit de galets.

Rude froideur m'apaise,
Me pénètre,
Finit par me prendre.
Comme un bras
Me bascule, me garde,
Me garde étourdie de langueur,
À glisser, dériver.

Mes yeux clos réinventent un soleil
Qui voudrait caresser mes joues, mes paupières,
Ne fait qu'effleurer.

C'est une petite éternité qui pourrait suivre, sans ces branches chatouilleuses d'un saule jouant sur ton ventre, tes seins, et sans ce jappement vif : Horko t'appelle. Impatient, il aboie de la bordure en plage de sable gris, les pattes bien au sec. En sortant, tu donnes ton dos à ce soleil qui se proposait sans qu'on n'ait rien demandé. Il te couvre les épaules et les hanches d'un mince voile chaleureux, comme tissé d'étoffe légère, à peine capable de te sécher. Une modeste brise suffit à le soulever, ce voile ; et tu frissonnes et tu mesures le printemps timide. Horko te regarde, perplexe. Combien ce chien redoute l'eau !

Au matin, tu le laisses – encore ? – mais il est de pires conditions canines. Horko gardera. Autrement dit, il commencera par engloutir sa pâtée, puis il se postera tout confort devant la porte de la Baillou et finira par se couler dans un somme épais. Mais ce n'est qu'apparence, car Horko veille. Quoi qu'il arrive, point besoin de verrou, de clé, ni de cadenas sur l'attelage. Certains dans le passé y ont écorché des bouts de mollets, balafré des avant-bras ; de toutes ces violences légitimes, tu n'as jamais été témoin direct, que ouï-dire… En revanche, on a vu Horko répondre par des ripostes graduées face à l'adversité qui vient – congénère canin ou humain agressif, point d'exclusivité : grogner sourdement, et se tendre, se hérisser, se raidir même, finir par se tordre de l'échine à la gueule, retrousser ses babines, détailler les crocs, longues canines luisantes. Belles lames d'ivoire. En ta présence, il se limite à cette dissuasion.

Indifférent, il ne te regardera pas dételer la Baillou, démarrer le Massey et t'éloigner sans hâte.

Façade symétrique, bâtiment IIIe République, tu trouveras Ève devant cette ancienne école réaffectée. À gauche de la large porte à deux vantaux, une plaque avec un nom tracé à la main : « La Coop » Ève te guide par le long couloir central. Carrelage en damier, haut plafond de plâtre, meubles de différents styles, âges, époques, tous soigneusement agencés. Le vestiaire est bondé ; un couple de fauteuils crapaud devise autour d'un guéridon au plat marbré. Des toiles, des affiches, des photos, d'autres cadres, tout est accroché en désordre savant, par-dessus le papier peint hors d'âge. Cette allée distribue quatre pièces, les anciennes salles de classe transformées en salon, bibliothèque, salle de jeu et séjour donnant sur une verrière, un jardin d'hiver. Au fond, la cuisine est une extension récente. Ève choisit le séjour, à droite, mais s'arrête en passant devant l'imposant escalier. « En haut, tout a été réagencé : chambres et salles d'eau indépendantes, façon auberge », dit-elle d'un ton enjoué. Julie a dormi là. Deux couchages sont loués à la nuitée, pour qui le demande, pèlerins de Compostelle, commerciaux ou artistes en résidence. Cette grande maison, Ève te l'avait décrite, parlant de sa mère, de sa vie de retraitée en communauté, mais de là à imaginer un tel lieu… Aucun personnel permanent, pas plus de blouses blanches. Les habitants ? Rattrapés par les maux de l'âge, mais sereins et autonomes. Un lieu autogéré, où les plus alertes aident les moins prompts.

Françoise. L'apparition est fidèle au cliché en pied que t'avait montré Julie en juin dernier chez Ève et Jérôme. Ta mère, à l'aise (on ne change pas), siégeant au bout de la longue table du séjour, face à la verrière, pour prendre son petit déjeuner ; elle tend son bras valide, l'autre, blessé, est en écharpe. À ses côtés, se resservant une tasse de café, Irène, la mère d'Ève, à qui Françoise s'empresse de présenter sa nièce, Julie. De qui parle-t-elle ? De toi ? Ève confirme d'un regard. Te donnant de ces « Julie », Françoise se réjouit de te revoir, demande après Bertrand : « Comment va-t-il ? Et les enfants ? » Et tout cela t'arrange. Cette confusion. Peut-être que ça arrange aussi Françoise, et qui sait où s'arrête le vrai, et où commence le jeu, en cette pente floue où l'on dit seulement d'eux qu'ils perdent la mémoire ?

De plus près, ta mère paraît moins vieille que sur les photos récentes. Son regard prend tout. Une énergie et une ferveur s'y accrochent, malgré ce voile d'amnésie qui plane au-dessus d'elle, car les propos gardent l'incohérence de l'errance dans laquelle elle va vous emmener, sans permission. « Où est Sarah ? demande-t-elle.

— Dans le jardin », répond Irène, esquissant pour toi un sourire de connivence.

Et tu perçois comme Françoise n'est pas vraiment là. Intermittente. À l'instar de tous les oublieux de sa catégorie.

Si tu avouais ce que tu redoutes ? Ce moment où ta mère remontera à la surface. On y arrive toujours. Constante symptomatique des folies douces de la vieillesse. Alors, sortant de sa brume, par l'un de ces instants intempestifs mais inévitables, elle te verra telle que tu es, et elle t'appellera Sarah. Elle parlera. Elle te parlera. Et si cela dure, tout t'obligera, et vous en viendrez à ce qui fâche, à ces chemins divergents pris par elle et toi, chemins qui vous ont portées si loin l'une de l'autre.

Discrètement, tu demandes à Ève le rôle que Françoise lui donne, mais la réponse sera décevante car, sans jamais se méprendre, Françoise l'appelle Ève. « Nous pourrions aller rejoindre Sarah, qu'en pensez-vous ? » propose ta mère. Cette Sarah ne peut être que Julie. « Julie ! Viens, donc avec moi, lance-t-elle en se levant. Sarah sera très contente de te voir. » Pour la suivre, vous laissez Irène et parcourez le jardin d'hiver. Au bout se trouve la grande porte d'acier et longs carreaux vitrés ; la pousser, c'est ouvrir sur un escalier de pierre qui vous offre ce parc tout en pente douce.

Ça foisonne d'arbustes, de treilles à kiwis et haricots, de taillis de groseilliers intercalés entre les buttes à salades, pois et oignons, édifiées de rondins de bois pourrissant, de terreau composté sur place et de paille grise, hautes d'un bon mètre – « Permaculture », chante Ève. Des poules piètent dans l'enclos démontable qui ceint un poulailler mobile ; les gallinacés entretiennent ainsi une portion en friche, vouée à être plus tard investie par ces plants choyés en *baby garden* : aujourd'hui, semis – de tomates, concombres, courgettes, poivrons, lentilles – demain, végétaux adultes. Ici, tout est mêlé, entremêlé, relié par les symbioses, les synergies, les coopérations entre espèces. Des fleurs en désordre sont presque toutes venues d'elles-mêmes. Espiègles, elles sautillent entre les épaisses touffes de graminées sauvages. Mais en bordure, une palissade garde haut. Elle est mangée par des haies, des buissons s'égrenant, sur les flancs, en ronces à mûres et églantiers. Des noisetiers dorment au fond ou jalousent quelques arbres jetés, il y a longtemps, de-ci de-là à la volée ; tous sont utiles, de leur ombre et de leurs fruits. Au-delà, la ville, la rivière, les collines.

Julie. Au soleil. Courbée sur une butte maraîchère.

Un oiseau noir et blanc décolle de tout près d'elle où il était perché sur un manche d'outil ; il brasse l'air de ses ailes souples pour finir par planer jusqu'à toi, se poser sur ton épaule. Arsule ne t'a pas oubliée. Cette pie suivait Françoise partout, depuis les urgences jusqu'ici, et maintenant, elle suit Julie.

Julie désherbe seule, sans hâte. Sérénité jardinière. On jurerait qu'elle a toujours été là. Ève se moque. La nouvelle maraîchère s'interrompt en l'entendant approcher ; elle se relève pour vous accueillir. « Sarah, regarde qui est ici », lui demande Françoise en te désignant. Julie te sourit d'un air entendu, sans répondre. Ta mère se tourne. Elle te toise d'un air sévère. Se raidit. D'un mouvement bref, elle va de toi à Julie et de Julie à toi, vous considérant alternativement, avec cette acuité soudaine, se retrouvant à devoir comparer, comme lorsque deux objets posés côte à côte se révèlent l'un par l'autre. Va-et-vient muet qui vous saisit toutes, et qui s'arrête sur toi. Françoise se fige, ses lèvres tremblent, mais pas un mot ne sort. Seuls ces sanglots qui demandent à s'étouffer sous tes bras refermés sur elle, mais bon.

« Sarah, ça fait si longtemps, Sarah… » Aux regards fuyants d'Ève et Julie, tu mesures le mélange d'émotion et de gêne qui vous prend toutes. Voici donc ce trou de clarté dans le brouillard, cette parenthèse de lucidité que l'on décrit dans les cabinets médicaux. Mais pour combien de temps ?

Ta mère se reprend. Tendrement, elle te sourit. Une drôle d'affaire, ce sourire, et avec l'embarras qui finit par prendre le dessus, de ton côté s'entend. C'est en de tels moments qu'on apprécie les diversions, les joutes entre Ève et Julie : « Alors ça y est, tu fais partie des meubles ? lance la première à la seconde.

— Je donne un coup de main, voilà tout. »

On parierait plutôt sur une poussée de curiosité, d'ordre ethnologique, comme elle semble en prendre l'habitude. Julie va ainsi dresser, pour toi, le portrait de cette coopérative d'habitants. Des vieilles, auxquelles s'ajoutent quelques femmes actives célibataires-veuves-divorcées, tranche quarante-cinq-soixante ans, trois précisément. « Quatre, maintenant ! » corrige Ève, facétieuse, mais Julie préfère enchaîner. Les tâches domestiques ? Lessives, ménage, courses, cuisine se font en commun. Des praticiens interviennent, mais pour le strict nécessaire. « Tout réside dans l'entraide, la solidarité entre générations et le partage », conclut Julie. Communauté béguine. « Le terme est pittoresque, eu égard à son histoire, mais il abrite des valeurs modernes, poursuit Julie, sobriété heureuse, permaculture, autonomie énergétique, alimentaire, économie circulaire, biodiversité…

— Tu oublies la gestion des ressources, surenchérit Ève.

— Oui, la question de l'eau, par exemple », ajoute Françoise.

Cette parole de ta mère vous cueille toutes. Françoise est donc là, présente, avec toute sa tête. Julie, dépassant sa surprise, reprend et détaille : réemploi des eaux grises, récupération des eaux pluviales… « Pour les eaux de pluie, ça devient compliqué », intervient Ève. Depuis trois ans, durant l'été, la cuve enterrée peine à se remplir. La crise climatique rattrapera-t-elle ces citoyens appliqués ? La sonnerie du téléphone d'Ève interrompt un débat naissant. L'hôpital. Adèle vient de sortir de son coma. « Jérôme est déjà sur place, il nous attend, dit Ève en se tournant vers toi.

— Je ne viens pas. »

Brève sidération que cette réponse provoque, rompue par Julie qui propose aux autres d'aller devant, sous-entendant que tu les rejoindras. Mais non, tu ne les rejoindras pas, et tu n'iras pas revoir Adèle. « Je ne comprends pas, jette Julie, te prenant à part. Tu ne viens pas, vraiment, tu ne viens pas ? Mais alors pourquoi toute cette route, et avec ton attelage poussif ?

— Pour la voir, oui…

— Et maintenant qu'elle se réveille, tu t'en vas ?

— Oui. »

Sans un regard, Julie secoue la tête, amorce un pas vers l'escalier. Prise entre vous deux, Ève cherche quoi dire, quoi faire, mais c'est Julie qui s'y collera : « Tu ne changes pas, Sarah. » Et cette fois, tu vas préférer lui donner raison. Inutile d'expliquer ce qu'elle sait déjà. Parfaitement inutile. Que dire, d'ailleurs ? Qu'Adèle joue trop souvent avec le feu, et que lorsqu'elle se brûle, tu ne peux rien faire ? Autant en rester là. Pas mal de tontes à venir, et un planning à tenir.

Avant de quitter la ville, tu prends à gauche pour mener l'attelage devant l'entrée d'un cimetière périphérique. Petit enclos de murs de pierre maçonnés, escorté d'un groupe de platanes jeunes et drus. En poussant la porte en ferraille, tu salues les occupants perpétuels – un rite. La rallonge de tuyau ne servira pas : le robinet d'eau courante se trouve près de l'entrée. Ton humble et nécessaire projet consistera à faire le plein de la Baillou. La tâche laisse du loisir d'attente, et de quoi poser son regard, alentour. Parmi les pensionnaires sages, quelques noms se répètent, certains s'associent sur la même pierre. Sur les marbres, quelques agréments modestes ou pompeux, vieilles photos prises dans leur écrin nacré, rares bouquets vivants, pots de terre cuite ornés. Les litres d'eau s'égrènent paisiblement au long du cordon reliant la source policée à ta réserve nomade.

Une voiture s'arrête derrière l'attelage. Une femme en sort, qui se dirige vers la grille d'entrée – et vers toi. Elle se rapproche et te toise, et avec ce bonjour sec, ce rictus d'agacement, limpide. D'un geste d'habitude, la septuagénaire décroche l'un des arrosoirs rangés le long du mur, elle fait mine de vouloir le remplir sans trop de délais. Sur-le-champ, tu débranches ton tuyau pour lui faire place, mais ce geste d'apaisement ne suffira pas, et tu t'en doutais. On en vient au cœur de ce qui chiffonne : « Vous remplissiez pour votre caravane ? » Pas utile de répondre, d'autant qu'elle enchaîne : « Mais ce n'est pas fait pour ça, ce robinet, et puis nous, on la paie l'eau, vous savez ?

— Je sais bien, oui.
— Et alors ?
— Alors quoi ?
— Ça ne vous fait rien de prendre l'eau des autres ? Et par les temps qui courent, en plus…
— L'eau n'appartient à personne, dis-tu, étonnée.
— Pardon ?
— L'eau n'appartient à personne.
— Je vous avais entendue, je ne suis pas sourde.
— Si vous voulez mieux : certains ont décidé qu'il fallait la payer, mais c'est tout !
— Je ne comprends pas, répond-elle.
— Vraiment ? Eh bien… Vous… et vos voisins, vous avez accepté de payer l'eau, n'est-ce pas ? Mais moi, pas du tout, voyez-vous ? Je considère que l'eau n'a pas de prix », ajoutes-tu, d'un air anodin qui maquille ta provocation.

La femme te lance un regard court, lèvres serrées. Elle n'oppose plus rien. Se concentre sur le remplissage de son arrosoir, boucle le robinet et s'en va vers une tombe à l'aspect soigné, au bout de la première allée.

Tu aurais dû te taire.

À l'évidence, cette digne riveraine méprise un fait objectif : l'eau ne fut pas toujours canalisée, stockée, comptée, traitée ; l'eau préfère aller comme ça lui chante, et au mépris de tous les efforts déployés pour la domestiquer. Beaucoup la veulent sage, disciplinée. Sédentaire. Quelle absurdité ! Comme si elle ne tombait pas du ciel où bon lui semble, pour couler, s'infiltrer, creuser, parcourir des kilomètres sous terre, fonder des rivières souterraines, se décanter en nappe ou ressurgir ici ou là, se diviser en sources, s'additionner parfois en ru, ruisseau, rivière, fleuve, jusqu'à, pour une belle part, aller se fondre dans la mer. L'eau est nomade. Mais cet axiome, une majorité ne peut pas l'entendre. Au mieux, certains accueillent tes mots comme une élucubration de bohème, preuve d'une énième provocation manouche, gitane, romanichelle, selon.

Tu aurais dû te taire, mais tu n'étais pas d'humeur.

La vieille femme revient de son arrosage, blindée de reproches rentrés. Elle porte cette belle indignation, sincère et pure, de la personne raisonnable et sensée qu'elle pense incarner. Alors tu ne seras pas chienne, non, et tu n'insisteras pas : ranger ton tuyau et battre en retraite, d'ailleurs, ton réservoir est presque plein.

Une longue tournée de plusieurs semaines t'attend, et avec rien d'ordinaire, des gens moroses, pensifs, inquiets. Partout où tu iras, en ce Sud, extrême frontière du causse, où tu te poses, pour un jour, une semaine, partout domine un seul sujet, lancinant, obsédant : l'eau. L'eau et son usage, l'eau et son partage, l'eau et ceux qui l'accaparent, ceux qui la paient ou ceux qui la volent, ceux qui l'exploitent ou ceux qui la gaspillent... L'eau et le manque d'eau.

Et puis il y aura ces superstitions, ancestrales croyances, craintes retranchées de nos pratiques depuis la Révolution ; ces superstitions affleureront de nouveau. Résurgences. Réminiscences mystiques face aux terreurs infernales – dragons de paille qu'on ressortira à la veille du jeudi de l'Ascension. Alors certaines langues vont se délier, et des mots si longtemps remisés ressurgir – rogations, processions. Saints patrons, vous êtes convoqués. Répondrez-vous à l'appel de vos nouveaux fidèles, indigènes désemparés ? Saints patrons faiseurs de pluie, vous Roselyne, vous Siméon, Gaudérique, Patern, Roch, de grâce, écouterez-vous leurs prières ?

Et sur ta route de mai, route au sud du sud par-delà le causse, tu croiseras de ces perdus ralliant une croix de station à l'autre – ces croix de carrefour en rase campagne dont on avait oublié l'usage. Ces *néopénitents* réveilleront les chemins de procession, défileront contrits et dignes, portant la stèle ou la relique pour les immerger dans le fleuve. Et tu entendras leur credo : « Notre ferveur témoigne d'une humilité de l'homme face au mystère de la nature » car, pour ceux-là, tout est à raccrocher au Mystère, point besoin d'assumer les erreurs de l'espèce : la faute aux démons, ou à la rigueur, la faute au Drac, dragon et maître des eaux, inventeur des sécheresses. L'humanité est victime, seulement victime, et le changement climatique, un fléau infernal, sans lien avec un quelconque *hubris* humain. Impunité totale.

Alors, bientôt peut-être, tous ceux-là renoueront avec la danse.

Rondes portées par les mélopées archaïques,
Envoûtantes,
Et pierres frappées des druides.

À tous, femmes et hommes des Pays Creux,
Reviennent les pas martelant la Terre,
Les gestes implorant le Ciel
De donner
Sans choir.

Des profondeurs viscérales,
Remontent les chants traînants,
Lancinants.

En ce Sud martyr, lisière méridionale du causse, et en ce juin incandescent, on en parle, et elle vous poursuit tous, cette obsession pour l'eau et cette peur du manque, alors comment s'étonner qu'à la sortie du bourg, le Massey t'emmène sur le chemin perdu de la Petite Source ? On sait tous son éloignement de la route, mais le jeu vaut, car ici ça coule frais, et même aujourd'hui, plein cœur d'été, on pourrait parier. Dire que personne ne sait d'où vient, et par où passe, cette veine. Personne. Ce n'est pas faute d'avoir dilué, çà et là, de ces traceurs colorés, dans les rus, puits-sources et autres sources-sœurs, qui sait ? Mais aucun indice, aucune certitude. Cette eau reste sans origine, sans racines, apatride.

Sur la grille d'entrée, l'affiche défraîchie – *Non potable* – n'est qu'une belle blague pour tous ceux qui viennent y puiser. Toujours vue là, cette affiche, et pourtant, vous la buvez, cette eau.

Petite Source. La destination se mérite, par ce sentier d'âne. Comme un chemin de croix.

Tout près arrivée, il y a de quoi s'étonner. Tu n'entends qu'un bruissement, et si timide qu'il te ferait douter de son existence. Au bout du sentier, tirant la grille, tu auras mal.

Ce n'est pas elle. Impossible. Tu voudrais ne pas l'avoir vue ainsi. Elle ne va pas bien. Tu comprends alors le bruissement fragile perçu plus bas. Du flot vif habituel ne reste qu'un filet. Son eau est belle, mais ce pauvre débit fait mal. Pour elle. Envie de la prendre dans les mains, de la porter, la tenir. Tu vas lui donner ce que tu peux. De ton réconfort, et la boire un peu. Mais comment est-ce possible ? Elle aussi ? Alors c'est la fin ?

Le début.

Tu ne lui prendras que quelques litres à boire. Pour le réservoir, tu as prévu de t'arrêter plus haut, chez le vieux Georges, même si là-bas comme partout, l'eau n'est plus que l'ombre d'elle-même. Eau fantôme. Stérile. Eau de réseau. Par captage, ils s'assurent de son obéissance inconditionnelle : pompage, désinfection, stockage. Une esclave.

En retrouvant l'attelage, on voit se garer ce camion de voyage, pas camping-car : van. Pare-chocs et jantes rutilantes. À l'arrière, un autocollant : VWL stylisé et sous-titré *Van Way of Life*. Avec un tel vaisseau, soyez nomades pour une semaine ou pour un mois, ensuite, retour à l'abri de vos murs, rassurants murs qui vous attendent. Un couple de trentenaires fringants sort du Volkswagen, ébahi et satisfait. Tout va commencer par une sorte de repérage, pour la photo d'étape. Un bon cadrage, c'est primordial. Selfie ou nez du van en premier plan ? Avec ou sans point de vue sur la vallée ? Aucun panneau, aucune carte ne signale ce coin., Alors, curieuse, tu demandes, pour savoir, qui les a menés là. « Une appli. Vous voulez voir ? » Tout en te saluant, le gars s'excuse, son regard restant captif à l'écran : « Un instant. Je dois mettre une note, rédiger un commentaire pour ce spot. » Tâche accomplie, il en vient à s'épancher sur un tracas. Une question lancinante. Leur cassette de WC chimique est pleine, ils n'ont pas trouvé d'aire de vidange sur leur route. « Vous faites comment, vous ? finit-il par demander.

— Comme vous, je pense…

— …

— Mais sans WC chimiques.

— Pas de WC ?

— Si, mais pas chimiques.

— Pardon ? »

Comprends-tu qu'on vient de loin ? De bonne grâce on promet d'éclairer les lanternes, mais seulement après la préparation d'un thé qui infusera avec l'eau de la Petite Source ; thé auquel tu les convies avant que le gars te relance. Une obsession ! « Alors, dites-moi, c'est quoi votre truc pas chimique ? Low Tech, je parie. » Low Tech ? Voyons… Mais quelle fertile imagination ! Et tenace avec ça. Il ne te lâchera pas. Pour en finir, sans un mot tu te diriges vers la Baillou, ouvres la trappe sanitaire, en sors ton dispositif Low Tech – le seau des toilettes. Le couple ne te quitte pas des yeux lorsque tu pars vider le seau, au pied d'un arbre, au milieu du bosquet. Revenue près de l'attelage, tu rinces à l'eau claire et remets tout en place. Le gars te dévisage, outré : « Ne vous gênez surtout pas !

— Comment ça ?

— La pollution, vous y pensez ?

— La pollution ? Pas de pollution ! Pas de chimie, pas d'eau. Toilettes sèches. Pipi, popo, copeaux. Un simple compost en devenir. »

Tu ajoutes, d'un ton très digne, que l'arbre choisi pour verser à son pied ton offrande à la terre vient de te remercier (et on se sent si proche des chamans lorsqu'on parle ainsi). Ta démonstration les laisse perplexes. Il serait donc possible de *faire* autrement ? Terrible comme un petit détail de l'existence peut remuer parfois… Mais pas de quoi instaurer un véritable doute, non, car toujours, le culturel hérité, les valeurs intériorisées se rebiffent, et les tabous ordinaires balaient les interrogations fondamentales – reliées à nos produits de fondement. Alors, sans regret, ces vacanciers remisent leur obsession scatologique, oublient ce qu'ils viennent de voir, et se raccrochent à ton invitation à déguster ton thé. Suivra une conversation anémique, puis mourante, qui vous renverra à vos trajectoires respectives. Pour toi : cap sur la ferme de Georges.

« La Petite Source ? Sarah, voyons ! Tu ne savais pas ? dit Georges. Deux mois qu'elle est dans cet état. Tout le monde s'en tape.

— C'est grave. »

Georges ne répond rien, il se lève seulement. « Viens voir », finit-il par dire, alors tu le suis sur sa terrasse couverte. De chez Georges, on domine la vallée. Un coin prisé.

Il y a quelques années, Georges a eu besoin d'argent. Sans illusion (et sans état d'âme), il a cédé une pâture de cailloux et de genièvres à un investisseur. Ledit investisseur s'est adjoint un lotisseur. Le lotisseur a fait son travail, aménagé, viabilisé, découpé en parcelles – inimaginable, le nombre de parcelles constructibles que l'on peut tirer de deux pauvres hectares de pâture. Une agence en a assuré la promotion, s'est rapprochée de constructeurs et d'autres petits pourvoyeurs, revendeurs de maisons individuelles, dealers de villas, petits faiseurs de cages à lapins. En quelques mois, ce terrain vierge est devenu un champ de cubes. Cubes rouge brique ou gris parpaing, selon les budgets. Georges a commencé à grogner. Trop tard : second œuvre parachevé, les premiers colons s'étaient établis, mais il l'avait bien cherché.

Le bras tendu, Georges désigne le lotissement : « Tu ne remarques rien ? » Tu as beau t'y atteler : non. « Rien, vraiment ? Rien de neuf ? insiste Georges.

— Non, je ne vois pas, désolée !

— Les cuves en plastique.

— Les récupérateurs d'eau de pluie ?

— Depuis deux ou trois mois, pas un jour sans qu'un de ces zouaves en installe une sous sa gouttière. »

Plus qu'une mode, une frénésie, une nouvelle manie fébrile. Les grandes surfaces de jardinage et de bricolage se déclarent toutes en rupture de stock, alors les cuves se commandent sur Internet, se livrent par transporteur, une par une, mais sans trêve. En cette ruée vers l'eau, rien d'une conscience écologique : une panique alimentée par les médias, relayée par les ouï-dire, attisée par les réseaux sociaux. Deux communes voisines sont en rupture d'approvisionnement d'eau courante, du jamais vu depuis le raccordement au réseau au milieu des années soixante-dix. *À qui le tour ?* se disent les gens. « Tu comprends ? conclut Georges.

— Je comprends surtout qu'il se trouve des moutons à deux pattes, des moutons qui ne dorment pas en bergerie… »

Georges rit à ta boutade, mais ne perd pas le fil et

continuera de pérorer sur ses voisins. Selon lui, tous n'aspirent qu'à une chose : conserver leur petit confort et consommer. « Tu n'es pas juste, Georges. Ils ne sont pas les seuls responsables de cette crise.

— Le changement climatique, tu veux dire ?

— Oui, le climat aggrave salement, mais tu sais bien qu'il agit sur un terrain déjà sinistré. »

Georges fera mine de ne pas comprendre. Ses neveux cultivent, dans la vallée, du maïs irrigué, comme ils disent. Foutaises Georges ! On irrigue en rigoles dans les oasis, au goutte-à-goutte dans les oliveraies grecques, oui, mais ici point d'irrigation. On dilapide à grand renfort de rampes mobiles, et au diable, les menaces de pénuries. La mégabassine de la Bragnie comme assurance-vie. Et puis plus loin – mais pas si loin –, deux centrales nucléaires captent l'eau du fleuve pour refroidir leurs réacteurs. Des milliers de litres par seconde. « Mais tu voudrais quoi, Sarah ? Qu'on s'éclaire à la bougie ? Et qu'on crève de faim ?

— Ce maïs ne nourrit pas un seul humain, tu le sais. Il ne sert qu'à engraisser de l'élevage industriel à l'autre bout de la Terre.

— En attendant, le consommateur réclame toujours plus, et à bon prix. L'élevage industriel, comme tu dis, il en profite.

— Les toubibs aussi en profitent », soulignes-tu, rieuse.

Mais tu n'avais pas pensé à tout. Georges te regarde soudainement avec gravité. Il songe peut-être à son infarctus de l'année passée, ou à son traitement chronique contre son hypertension artérielle. Oui : ton allusion médicale, il est bien possible qu'il la prenne pour lui. Pas loin d'être vexé, Georges… Tu vas devoir t'amender, et d'une tape amicale sur l'épaule, le rasséréner, mais quoi ? Il en abusera, l'ingrat : « Je note par contre, chère Sarah, que tu n'as rien à répondre sur notre électricité bon marché.

— Je ne sais pas de quoi tu me parles, c'est tout. Ma caravane n'est pas raccordée. Elle se contente d'un panneau solaire accroché sur son toit.

— Allons, sois sérieuse… Je parle pour tout le monde. Pour la majorité.

— Moi aussi, et je suis très sérieuse.

— Quelle blague !

— Jamais personne ne sera plus sobre qu'un nomade. »

Georges hausse les épaules. On sait ce qu'il pense. Que tu es une marginale. Que ton mode de vie ne peut, et ne doit, pas servir d'exemple. Vu par un indigène : trop précaire, trop incertain. Et puis, quoi d'autre ? La décroissance ? Beau principe, mais comment allons-nous vivre si l'on produit moins ? Georges s'engouffre dans la veine, avec le sophisme favori, pas de croissance, pas d'emploi, pas d'emploi, pas de croissance. Mieux vaut tourner en rond, n'est-ce pas ? Car à la vérité, on ne veut pas de la sobriété. On s'en balance totalement de la sobriété, du climat et de la montée des eaux. Montée des eaux ? La mer est loin du causse, cela n'échappe à personne. Elle ne viendra jamais jusque-là. Quelques sécheresses ? Peut-être. Tempêtes, inondations ? Oui, oui. De plus en plus fréquentes et violentes ? Certainement, et alors ? Coups du sort, aléas : les assurances sont là pour y remédier, on paie bien assez, n'est-ce pas ? Et très franchement, on sait tous que la facture sera réservée aux pays du Sud, alors… Alors la vie reprend, comme toujours. On en a vu d'autres. Et puis Sarah, le changement climatique, est-ce vraiment de notre faute ? De plus en plus, il se dit qu'on a de belles raisons d'en douter. Oui, oui, Sarah ! Ce ne serait pas la première fois que des scientifiques se trompent. Il ne faut pas forcément écouter tout ce que l'on nous raconte, et on en a déjà connu des sécheresses mémorables : « 1976, tu ne peux pas t'en souvenir, évidemment. »

Tu écouteras Georges sans même l'envie de lui apporter la moindre contradiction. Plus on se rapprochera du gouffre et plus il se trouvera de voix pour nier l'évidence. Le déni, comme ligne de conduite face à l'urgence. « Georges, je ne vois pas tes moutons. Tu les as emmenés dans ton bois ?

— Ah… Fini, les moutons. »

Là, d'un coup sec, tu te dis que les temps changent. Et pas seulement du côté du climat. Georges s'est séparé de ses brebis. Il ne gardait pas un vrai troupeau, non, une vingtaine de bêtes, mais tout de même ! Complément de retraite ! De quoi produire de la tomme pour sa consommation personnelle, avec un surplus à vendre sur le marché, et puis de quoi distribuer autour de lui quelques agneaux. La laine, il la troquait avec son plus vieux voisin, contre quelques bouteilles issues de sa microbrasserie. La femme de ce *pialut* brasseur carde et fabrique des coussins. La toison de la Caussenarde produit une belle laine à bourrage. Mais vingt moutons, ça prend de la place et du temps. « Trop de travail. Je n'ai plus la santé. » Plus de moutons chez Georges.

Pas de moutons, pas de tonte.

Pas de tonte, pas de troc.

Difficile en ces termes cruellement arithmétiques de lui demander quoi que ce soit. Tu te lances pourtant. « Le plein de ta cuve ? Je veux bien, Sarah, mais tu sais, je dois faire attention. La facture d'eau a encore augmenté. Alors oui, je vais te dépanner, pour cette fois, tu comprends ? » Tu comprends d'autant plus qu'entre Georges et toi, il en a toujours été ainsi, donnant-donnant. Pour ce ravitaillement, tu ne voudrais rien lui devoir, et un petit pot de confiture fera l'affaire. L'un de ceux que tu as pu glaner, hier, chez Sophie. Sophie. Une espèce en voie de disparition, mémé du causse affublée d'un trio de vieilles brebis de compagnie ; il était temps de les rafraîchir ces trois pauvresses – « Mais pas trop court, Sarah, je ne voudrais pas qu'elles s'enrhument. » Tu as parfois pour idée – en fin de soirée entre amis, ça te vient – d'ouvrir un salon, avec brushing, bigoudis, en vente combinée : coupe-propriétaire et tonte-brebis, remise de dix pour cent sur le lot. « Resterait à apprendre le coup de ciseau et le cheveu », t'a un jour lâché Alain, le coiffeur d'Ève. Toujours est-il qu'il faudra un jour réfléchir à la suite, car regardons les choses en face, partout désormais, le marcheur se garde les pieds propres. Routes communales et chemins jonchés de crottins ne sont plus qu'accidents, anomalies, occurrences aberrantes. On croise plus de brebis sur les panneaux publicitaires vantant « L'agneau fermier du Causse » qu'au long des voies et des pâtures. Pâtures qui s'ensauvagent, laissées aux appétits de la forêt. Guerre de position. Des sentinelles aux avant-postes, chênes de dix, quinze ans, droits, fiers et sereins, défient la prairie et ses *pelouses sèches*, consacrent l'abandon des prés à moutons. Autour d'eux, des kilomètres et kilomètres de murets de pierre voués à la ruine, à l'inutilité – enceintes absurdes ne clôturant plus que le vent.

Le pastoralisme est moribond, défendu par quelques éleveurs marginalisés, et promu – triste paradoxe – à grand renfort de conférences, transhumances orchestrées et visuels bucoliques. Folklore pour nourrir un tourisme. Omniprésence de l'image, disparition du sujet, ou quand *le vrai est un moment du faux*. Les petits troupeaux, comme ceux de Georges, disparaissent les uns après les autres – marche en avant, travail de sape. Il ne restera bientôt que ces élevages industriels pour lesquels tu n'as que dégoût et mépris. Leurs bêtes, tristes et maladives, sont parquées à l'année dans de grands hangars et ne sortent guère, un comble pour des ovins mangeurs de lande.

Le pasteur a perdu ; l'agriculteur moderne a gagné. Gagné ? Il le croit, l'espère. En attente de sa fin, lui aussi. La relève est déjà prompte : firmes multinationales agricoles employant des armées d'exécutants et de machines. Optimisation financière, gestion froide du vivant, démarche qualité, agriculture de transition. Pour une consommation normée et outrancière. Pour la mise au pas des animaux et des hommes. Oui, décidément, ces routes propres, immaculées, vierges d'excréments grégaires, cachent une sale histoire. Plus qu'à espérer un sursaut, car en lieu et place du productivisme effréné, destructeur du vivant, d'autres voies existent que certains empruntent – on les connaît.

« Au fait, Sarah, j'ai du courrier pour toi », dit Georges. Il te montre les récents messages du Groupe, rien que routine de tournée, une tonte à avancer, deux à reporter. À ta demande, Georges répond pour toi, confirme les changements de date, que tu notes sur ton agenda à spirales, et puis Georges t'en montre un dernier, un message venant de Julie. Il contient une simple photo, prise à la volée, à bout de bras comme on tend un miroir pour soi. Il les encadre en diagonale toutes les trois – Françoise, Julie et Adèle – avec le jardin de la Coop en arrière-plan. Tu resteras un moment bête, avoue-le, devant ce cliché de téléphone. L'aspect incongru de ce rapprochement, de cette réunion baroque, ces trois femmes côte à côte, serrées, souriantes, unanimes face à l'objectif, l'image parvient à te tenir sidérée. Une complicité affleure de leurs corps rapprochés, de leurs visages ouverts. Quiconque la devinerait sans peine, et la jugerait naturelle, cette communion entre trois générations de femmes liées par ces regards convergents, ces bras entrelacés, ces sourires relâchés. À y regarder de plus près, on croirait même y déceler des ressemblances de traits, d'attitudes. Un air de famille. Georges va s'y tromper, en se risquant à conjecturer sur qui est qui. Pas si étonnant, car en vieillissant, Julie finit par ressembler à Françoise, sa presque-mère, et c'est amusant, ça. Plus dérangeant : l'expression d'Adèle. Agathe. Même feu. Même péril passé ou à venir. Un mot de Julie fait légende : « Adèle va beaucoup mieux. Elle est de passage à la Coop. On t'embrasse toutes les trois. Adèle repart demain. »

Tu serais tentée de répondre, mais il est des proximités qu'il serait sage d'éviter. L'eau et le feu ne font pas bon ménage, paraît-il. Forte de ce principe, tu en resteras là, d'autant que la fin du message de Julie ne livre rien de bon. « Adèle repart demain. » Elle repart.

Où repart-elle ? Une phrase évasive montre plus qu'on le voudrait. Tu parierais ta saison qu'Adèle a replongé dans ses conneries.

Le ronron métronomique de la radio, allumée chez Georges, sonnera comme un écho implicite : compte-rendu des manifs à venir – un tour de France des mégabassines et des ZAD – faits divers – frictions entre usagers de l'eau, coupures intempestives, incivilités – déclarations militantes : « On va droit dans le mur », « Rien n'est fait ». Les activistes les plus radicaux font l'apologie de la désobéissance civile, et en réplique, écopent de communiqués gouvernementaux – un florilège de paroles moralisatrices et sécuritaires. Dans le flot médiatique, un terme clignote en rouge : écoterrorisme. Écoterrorisme, et non sabotage. Tout comme on dit retenue de substitution pour mégabassine, neige de culture pour neige artificielle, ou migrant pour réfugié. Utiliser ou répéter tel ou tel vocable n'est pas neutre ; le choix du mot engage, qu'on en ait conscience ou non. Les médias dominants ne cautionnent pas l'amalgame, mais tous le relaient, et à les écouter docilement, on se retrouverait comme devant l'écuelle qu'ils nous tendent – *La télé, la radio, c'est du mou d'veau pour les chiens.*

Tu prends congé de Georges. Cap sur le golf pour un service à rendre à Jean, confrère tondeur débordé. Il t'a appelée à la rescousse pour le remplacer : une tonte au milieu des greens taillés au millimètre et des bunkers de sable fin. Le rapprochement pourrait surprendre s'il ne devenait pas l'ordinaire de ces lieux de haute sociabilité. Pour redorer une image écornée, les golfs ont besoin de se verdir. Un comble ? Pas tant que cela. Employer troupeau et pasteur, pour entretenir des parcelles de fairways et des zones boisées, est un excellent levier de propagande douce. Le grand public retiendra la photo d'une jolie compagnie de moutons bêlant, sur fond de *practice* impeccable, et oubliera, par là même, les griefs les plus tenaces. Usages immodérés de fongicides ? Arrosages diluviens en pleine canicule ? Tout s'efface devant l'icône vertueuse. Et quoi de plus vertueux et iconique qu'une pâture laissée à des moutons ? Tout comme le reste de la société, la nation golfeuse met en scène sa fiction de transition écologique.

« Ça paie bien, tu verras », avait appuyé Jean, pour motiver ta future compromission –, mais que ne ferait-on pas par simple amitié ?

En remontant vers le plateau, le vent se lève et souffle un relent carbonique, soufré. Le feu qui a sévi il y a trois jours, Georges t'en avait touché un mot sans prendre le temps d'en dire plus, mais au détour du grand virage surplombant la combe escarpée, du détail il s'en trouve, avec l'obscène exposition d'un maquis calciné, jusque dans sa peau pelée. Dessous, une maigre chair de terre sèche et grisâtre, accrochée à des os de cailloux noircis. Des arbres, ne restent que moignons charbonneux, squelettes figés dans leur récent supplice. Quelques touffes de graminées sauvages ont échappé. Rien plus. Rien ne subsiste de la toison verte des chênes, genêts, châtaigniers, noisetiers, de cette farouche multitude qui s'étendait du bas des combes jusqu'au plateau.

Sur ta route, de la forêt brûle depuis un bon mois. Le feu prend toute latitude, pleins pouvoirs. Ici, on le laisse faire. Il faut agir ailleurs, dans les plaines habitées, pour préserver les constructions humaines. Priorité aux densités. Ici, le feu décide. Les quelques habitants du causse en sont rendus à son unique discernement, à sa justice manichéenne. Et le roi prendra tout – bois, bergeries, jusqu'aux fermes, s'il veut – ou rien, selon la fortune. Ici, les secours arrivent trop tard. Occupés ailleurs, à l'orée des lotissements peuplés des basses terres, des centres commerciaux, guettant la marche des flammes, combattant pied à pied pour contenir les assauts. Ici, les canadairs ne font qu'un passage, pour voir, cracher une gorgée, se rendre compte de l'étendue, déplorer puis renoncer, et s'en retourner vers les missions utiles, les manœuvres urgentes. Oubliés les Caussenards. Peuvent bien se débrouiller, ceux-là, peuvent bien s'en sortir seuls ; eux qui ont décidé de tenir un monde de pierre, d'épines et de vent, des terres tout juste bonnes pour leurs chèvres et leurs moutons.

En quelques endroits, ses cendres fument, et tu le croises, lui, le noceur.

Comme clôturant, d'un cigare, un repas de fête.
Il a dansé toute une nuit,
Deux.
Sauvage,
Riant de ses cousins civilisés,
Généreux foyers, joyeux brasiers, gentils feux de camp.
On le redoute autant qu'on les recherche.

Si tu ne pratiquais pas ces pierres et ces chemins depuis si longtemps, tu ne reconnaîtrais rien. Il a tout rasé, tondu à ras ; il a couvert la terre d'un voile de poussière, cette mort qu'il sème. Lui, il dira, la faute à cette eau qui ne tombe plus, ne coule plus, n'irrigue plus. Il dira, la faute à cette eau qui renonce et qui vous abandonne. Mais chassée du ciel et de la surface, comprenons qu'elle préfère se soustraire, battre en retraite et se terrer, se réfugier aux profondeurs fraîches et aveugles. Il est une guerre entre eux deux, avec le climat de son côté à lui. Elle, n'a plus qu'à fuir, se retrancher, concentrer ses forces et porter des coups d'éclat, guérilla de pluies diluviennes et de grêles, assauts de flots sauvages et ravageurs, mais rien n'y fera, car le feu règne et régnera, tant que l'homme le choisira, lui – *Le choix du Feu.* Et que tout brûle et consume, pétrole, charbon, forêts, bonheur matériel, avide et sinistre vanité, que tout brûle et souille à jamais, uranium, plastique, lithium, plomb, gaz de schiste, et que règne la vile bêtise crasse.

Le ru qui t'accueille au creux de cette combe te fait face comme il va chancelant, de son allure spectrale.

Il murmure. T'invite-t-il ? Quoi qu'il puisse envisager, tu passeras ton chemin. Qu'il entende : où donc poser ton attelage ? Sur ce sol lunaire planté de cadavres et de suppliciés ? Horko, dans sa sagesse *cynique*, s'est lové au fond de sa caisse, et l'œil las, Horko te confirme qu'il serait farfelu de s'appesantir, pour quoi d'ailleurs ? Ruminer ? Regretter l'ombre des chênes ? L'intimité des genévriers. Non. Vous pousserez plus loin, mettant à profit cette ultime liberté nomade de ne faire que passer.

Pousser plus loin, même si tu sais qu'il s'y trouvera une autre détresse. Pas mort franche comme là-bas, mais lente agonie. La plaine de la rivière et ses immenses champs ouverts sont une zone d'exclusion, une terre exsangue, exploitée jusqu'à son épuisement, perfusée d'engrais chimiques, rincée de tout humus. Protolatérite. Pas de quoi se réjouir, mais c'est un passage obligé puisque ta destination, le golf, est en voisinage.

Cheminant, tu te souviens d'un havre, derrière ce bosquet de peupliers sauvages, en bordure du cours. Simple poste de repli pour la nuit, et avec peu d'agrément : tu ne te baigneras pas, tant ici l'eau se porte mal. Vois ce vert opaque à l'épaisseur d'une huile, immobile. Les grandes algues invasives finissent de l'étouffer, et avec, ses habitants d'eau vive. Les plus avisés ont fui. Les plus fragiles se sont éteints. Ne persistent et survivent que le silure et de vieilles carpes. Dans les creux renfoncés ne se croisent plus que ces quelques grenouilles, tritons, tous mus d'une petite vie, triste et précautionneuse, et en silence. Des nuées de moucherons les nourrissent.

Rivière malade, on restera à ton chevet, sans entrain, devant tes berges mangées par les ronces. Celles-ci se distinguent à peine de ton étendue plane, presque un étang mais tout en longueur, se perdant en ces deux horizons latéraux, au mitan de tes premiers méandres visibles.

L'entrée du golf est de l'autre côté du grand pont à treillis de fer et à passage unique. En dépliant le store de la Baillou, tu aperçois des pratiquants, alignés, postés sur leurs emplacements dédiés. Ils fouettent rageusement l'herbe de leurs cannes chromées. Ils regardent s'élever leur balle dont certaines traversent le *practice* – douce joie ? D'autres retombent trop tôt et roulent tout près – instant de honte ? Petit désespoir ? Leurs gestes déliés, imbus de manières à distinction, feraient presque oublier les racines rustiques de leur discipline. Ces bergers de l'Écosse du XVIIe siècle qui trompaient l'ennui en s'inventant un jeu aux règles simples : sur leur lande, munis de leur seul bâton, frapper une pierre roulée, et tenter de la loger dans un terrier de lapin. En parlant de bergers… Aucune vue sur le troupeau de moutons que tu dois tondre demain. Parqués plus loin, ou attablés à la terrasse du *pool house*, qui sait ?

Au soir, une clameur s'installe, qui perdure jusqu'à l'heure avancée. La nuit t'en apporte un mélange de musique commerciale et de bruits d'eau de piscine. Les voix s'additionnent pour former un ronronnement ponctué de percussions aiguës, heurts de couverts, d'assiettes et de verres résonnant des cuisines, du bar et de la grande terrasse autour du bassin bleu carrelage. Flottant dans l'obscurité, le *pool house* et les bâtiments attenants dessinent une île bordée de lumière. Pleins feux sur les façades et sur le ciel. Un halo tel qu'au-dessus, les étoiles disparaissent.

Au matin pâteux, tu déjeuneras d'un simple thé, debout devant la Baillou. Le soleil se devine derrière l'horizon barré des collines. De quoi te rappeler que tu n'es pas en avance sur l'horaire prévu avec le gérant du golf, alors démarrons et saluons la rivière comme on quitte une vieille connaissance alitée – promis, on prendra de ses nouvelles, en espérant de meilleurs jours. Sortir de cette pauvre clairière à herbes hautes, longer les rampes géantes qui font pleuvoir sur l'immense champ de maïs. Brave Massey, qui trempe à regret ses roues dans les rigoles d'eau boueuses creusant le chemin, et puis voici la route, pour traverser par le pont de fer et redescendre le long de l'autre rive. Entrer dans la patrie des golfeurs. « Mais… vous êtes en retard, jette le gérant, affolé, sans répondre à ton bonjour.

— Ne vous inquiétez pas, à seize heures, ce sera plié. »

On peut bien rester courtoise. Le gars ne paraît pas méchant, on le devine juste un peu sournois, avec ses coups d'œil furtifs sur ton décolleté, mais pour l'heure, il s'attarde sur ton attelage et son air de dégoût t'enchante. « Je vais vous indiquer une place où vous pourrez vous garer. » Curieux : il y avait tant de place sur le grand parking face à l'accueil… Sans plus t'adresser un seul regard, il s'embarque dans l'une de ces voiturettes typiques et te devance à travers le parc, pour te mener bien à l'écart des greens et des fairways et, pour plus de sûreté, derrière le long bâtiment bardé de clins de bois – une rénovation récente et soignée – où les bêtes attendent. « Jean ne m'avait pas dit que vous veniez avec votre…

— Mon attelage ? »

Cet agacement de ce type est plutôt satisfaisant car, plus que tout, tu détestes qu'on reste indifférent à ta Baillou et ton Massey.

Avec les brebis qui bêlent dans la bergerie de luxe patientent deux hommes piétinant, mal réveillés et fumant clope, que le gérant te présente – tu ne retiendras pas les prénoms. L'un des deux, celui qui se croit le plus malin, te toise d'un œil bovin. Leur manager précise qu'ils sont employés aux espaces verts – c'est dire si la tonte, ils connaissent… Bref, on a compris : voici des attrapeurs d'occasion qui n'auront que des gestes lents, peu assurés, et qu'il faudra encourager avec bienveillance. Tu prends sur toi, te répétant que tu rends service à un collègue. Il y a plus chagrinant dans cette affaire : les brebis.

Font peine à voir.

Jaugeant à la volée, tu en comptes un bon quart qui ne portent pas bon poids. Côtes saillantes, encolures décharnées. Retour à l'extérieur, qui conforte ton intuition : l'enclos temporaire dans lequel elles semblent piétiner à longueur de journée n'est qu'une pauvre aire pelée, jonchée de crottin. Laissées là sans alternative et sans surveillance, les brebis continuent à tondre dru ; elles en sont sans doute venues à brouter leurs propres excréments contenant des parasites. Bienvenue au pays du mouton-machine et de la brebis-tondeuse. Un ovin n'est pas fait pour stabuler jour et nuit dans une bergerie, pas fait non plus pour rester enfermé, sans présence humaine, sur un pré épuisé ; un berger doit veiller et orienter. Mais ici, point de berger.

Avant de vous quitter pour d'autres obligations, le gérant va revenir sur son obsession horaire. « À seize heures, c'est terminé, pas de blagues », insiste-t-il. Les deux attrapeurs de fortune sont attendus ailleurs, deux greens à revoir, du travail bâclé hier, c'est pas la première fois qu'on en parle pourtant, etc. Les deux employés fautifs encaissent les reproches en baissant la tête.

Tu ne sais si tout cela va te plaire. Ou que trop.

Tu te dis qu'un coup de fil à Jean pourrait t'aider. Oui : emprunter le téléphone de l'un des deux zouaves et t'isoler au milieu des brebis qui continuent, bêlantes. « Jean ? » Attelons-nous au plus pénible : l'état du troupeau. « Putain… Je l'avais pourtant mis en garde, explose Jean. Depuis l'année dernière, il était prévenu ! Il le savait : s'il continuait à maltraiter ses bêtes, ce serait sans moi.

— Bien beau, Jean, mais je fais quoi ?

— Tu fais comme tu veux, Sarah.

— Vraiment ?

— Oui, vraiment. Je n'ai pas de contrat avec lui. Que des mots. Ce type est dépassé, tant pis pour lui. Je ne peux pas saquer qu'on maltraite des brebis. »

Toi non plus, tu ne peux pas saquer qu'on maltraite des brebis, mais en raccrochant tu vas te retrouver seule et perplexe. Que faire ? Un silence se fait en toi, qu'ignorent tes attrapeurs d'occasion tout occupés à rassembler les bêtes.

Tu finis par te retourner vers eux pour leur dire, pas besoin de vous, libérés, disponibles pour les gazons et le reste, étant donné que, finalement, tu n'utiliseras pas de tondeuse électrique – une idée qui te vient en parlant. Sans tondeuse tu vas opérer car tout se fera aux forces : « Comprenez-bien : aux forces je m'arrange toute seule, de bout en bout, c'est l'avantage. » Leurs mines décomposées font plaisir à voir. « Aux ciseaux ? À la main ? Vous voulez tout tondre à la main ? s'affole le plus prompt.

— Oui, pourquoi ?

— Deux cent cinquante bêtes à la main ? Vous en aurez pour trois jours !

— Plutôt quatre, à vrai dire. »

Pour clore le débat, tu vas faire quelques pas vers la porte, rejoindre l'attelage pour ouvrir la petite caisse de métal, sur le côté, à l'arrière du Massey. Tu en sors une paire de forces. Des Rosa. Ces larges ciseaux de tonte te viennent d'un confrère, Gilles, revenu d'Afrique du Sud, plein d'usage et raison. Cette même paire, tu l'avais utilisée chez Dorian, l'été dernier, avec Adèle.

La gamine s'en était très bien sortie.

En faisant jouer les poignées, les deux lames, grands triangles aigus d'acier léger, se frottent en chuintant comme des cisailles. Ne brillent que les marges et les zones de prise. Ce faisant, on évalue l'état des fils de coupe. À l'œil, ils demandent un simple rafraîchissement, simple aiguisage à la pierre à huile.

Les deux spécialistes des espaces verts sont plantés là, désorientés par la liberté soudaine que tu as tracée pour eux. Tu leur répètes qu'ils peuvent disposer d'eux-mêmes, comme bon leur semblera. Timidement, ils t'indiquent le carré de plancher qu'ils avaient préparé pour que tu puisses installer le poste de tonte ; tu les remercies d'un sourire. Se voyant inutiles, ils finissent par te saluer d'un air penaud, montent dans leur pick-up et démarrent.

Tu vas pouvoir empoigner la première candidate, pour montrer l'exemple aux autres. Te voici plutôt chanceuse puisque cette brebis s'avère douce, soumise à tes gestes et ton vouloir – en cette phase inaugurale, c'est l'idéal pour te roder et échauffer tes petits muscles. Dans ta main droite, les Rosa répondent à tes pressions régulières et leurs lames tracent un sillon tranquille, à travers la toison de ta cliente. Celle-ci a collé sa tête contre ta jambe ; confiante, elle ferme les yeux – d'aise, peut-être. Tu avais oublié la qualité de cette communion que seul le silence de la tonte manuelle rend possible. Pourtant, ce n'est pas un vrai silence, mais une routine, ce rythme hypnotisant produit par le frottement des lames, un chuchotement ami à vos quatre oreilles, les siennes et les tiennes. « On aura tout notre temps, ma belle » ; pour celle-ci oui, et idem pour deux de ses consœurs, mais pas plus, car la séance tourne court : derrière toi, au-dehors, on entend le bruit d'un dérapage, d'un véhicule qui stoppe. Le gérant apparaît dans l'encadrement de la porte coulissante, troublé, tremblant, les yeux injectés, son visage est livide. « Mais… Mais qu'est-ce que vous faites ? bafouille-t-il.

— Cela ne se voit pas ?

— Thierry et Pierre me disent que vous avez décidé de tout faire seule ? C'est bien vrai ? Et sans outil ?

— Sans outil ? Bien sûr que non, voyons… Et ça, c'est quoi ?

— C'est n'importe quoi ! Sans tondeuse électrique, vous en avez pour la semaine, lance le gérant, désespéré.

— Un peu moins.

— Pardon ?

— Un peu moins d'une semaine.

— Écoutez, ça suffit. Ce n'est pas… Pas possible…

— Pas possible ? Pourquoi ?

— Mais parce que… parce que ce n'est pas ce qu'on avait prévu avec Jean.

— Je ne suis pas Jean, ça se voit, non ?

— Je vous dis qu'il est hors de question que vous procédiez aux ciseaux…

— Aux forces.

— Pardon ?

— Aux forces. Ce ne sont pas des ciseaux à proprement parler, mais des forces.

— Écoutez… Je vous demande d'être raisonnable. Une semaine de tonte, c'est impossible. D'ailleurs nous ne pouvons pas vous héberger ici.

— M'héberger ? Pourquoi m'héberger ? J'ai tout ce qu'il me faut, vous l'avez vu. Et je suis chez moi, ici.

— Comment ça : chez vous ?

— Ma Baillou est garée derrière, n'est-ce pas ?

— …

— Je suis donc chez moi.

— Mais… pas question ! Pas question que vous restiez une semaine ici, et avec votre…

— Mon attelage ?

— Pas question.

— Vous avez une autre solution ?

— Ne faites pas l'idiote. Vous la connaissez, la solution.

— J'ai besoin de calme en ce moment. La tondeuse, son bruit de moteur, ça m'est devenu insupportable. »

Tout en devisant, tu continues de faire son affaire à

une brebis patiente, si patiente qu'elle l'aura, sa coupe en escalier, avec des sillons réguliers en relief, comme les copines. « Maintenant, ça suffit. Dégagez. » Le ton est devenu ferme, presque martial et ce disant, le type qui piétinait en limite de plancher fait un pas vers toi, alors quoi faire d'autre que de lâcher ta cliente avant la fin ? Une petite tape sur l'arrière-train, pour l'encourager, et la voici qui patine frénétiquement sur le plancher. Avec ses coups de patte désordonnés, elle pourrait bien faucher Monsieur, ce serait bête, mais lui aussi ! Avec ses appuis bâtards, ses godasses de ville, cirées, et ses semelles extralisses ! Fatalement, un tel appareil glisse sur un beau parquet suintant de lanoline, et ça vous colle son homme au sol, quand une brebis lui déboule entre les jambes.

Pantalon, chemise : tout bon pour le pressing.

Le type se relève, ulcéré, il hurle, signe qu'il est temps d'abréger les échanges. Inutile d'en venir à des mots qui pourraient blesser et se regretter. D'un pas léger, tu lui tournes le dos, ranges forces et pierre dans leur caisse. La voix du type vient de réveiller Horko, brave chien assoupi devant la porte ouverte de la Baillou. Te paraît de mauvaise humeur, Horko. Commence à grogner à l'encontre du gérant qui te suit de trop près, en vocalisant sans grâce. Il ne faudrait pas que l'homme fasse un geste ambigu ou déplacé à ton encontre, car les babines du chien se soulèvent nerveusement. Pourtant tu te dis qu'il n'est pas indispensable de l'en dissuader. C'est un fait, Horko n'aime pas qu'on s'adresse à toi de la sorte, c'est son droit. Tu ne stopperas ton chien qu'au moment où sa gueule entrouverte se fera toute proche de la main du manager.

Et Horko s'y connaît en main qui menace : poing fermé, avec ce seul index tendu vers toi. Sans ton intervention, Horko la déchiquetait, cette main. Ton ordre bref aplanit tout. De quoi faire qu'un manager excédé se ravise. Plus un mot, et la main coupable qui s'ouvre et se fourre dans la poche du pantalon, bien rangée, comme l'autre. Et les yeux ? Rivés sur le chien. À ta demande, Horko s'est assis, collé à ta jambe gauche. Immobile. Très pro. Vigilant. Alpha face à dominé. Les deux mâles resteront là à se détailler, alors que tu vas monter dans la Baillou. « Mais… que faites-vous ? lâche le gérant, d'une voix éteinte – manifestement, ce tête-à-tête avec Horko ne l'emballe pas.

— Je vais prendre une douche. Ensuite je m'en vais. »

Ainsi se closent l'échange et la porte de ta caravane. On entend l'homme monter dans sa voiturette électrique. Sans doute rassuré par l'attitude du chien qui n'a pas bougé d'un poil – un être raisonnable, finalement. L'homme déverse ses dernières ordures, et de vaines menaces : « Vous aurez de mes nouvelles. Je vais m'arranger pour vous compliquer la vie. » Compliquer la vie ? C'est vrai qu'il se pose comme un type compliqué, on voyait ça, dès l'abord, vingt premiers pas, vingt premiers gestes, vingt premières paroles. Tu l'écoutes négligemment, à travers la cloison de la douche, et l'eau coule aussi, le long de ton dos ; une eau fraîche qui dissout d'un rien les restes de suint sur tes bras pour te rendre tout à toi.

En traversant le domaine dans l'autre sens, au volant du fier Massey, tu salues haut l'un de tes attrapeurs (tondeur à sa manière, lui qui chevauche un tracteurtondeuse et s'applique). Il porte le beau sourire du gars qui vient de retrouver la place qu'il connaît et qu'il affectionne. Son collègue s'occupe au pied d'une buse d'arrosage. De ces jets circulaires, ils en font tourner sur toute une plaine ondoyante et chlorophyllée, bordée de bosquets d'arbres. Du bon boulot, les gars. Pluie régulière et inlassable. Que le soleil soit déjà fort ne perturbera pas la belle entreprise ; de l'eau, il en faut pour livrer des parcours irréprochables en toutes saisons et, quoi qu'il en coûte, on réquisitionne. On saisit mieux l'intérêt essentiel de la mégabassine de la Bragnie. Pas question de se restreindre en flotte, n'est-ce pas ? Ce golf doit demeurer *une référence régionale* – lu sur l'affiche, à l'entrée. Malgré la sécheresse, ici on ouvre les vannes en grand. Déconcertant mais, qu'on y songe, ce golf bénéficie d'un traitement de faveur, dérogation préfectorale, dans le jargon administratif.

En bord de route, une pancarte te hèle : « Mas de Coutil – élevage de sangliers ». Un rapprochement idiot te déclenche la vision hallucinée d'une troupe de porcs sauvages lâchée dans un parc *golfier*. De telles bêtes sont capables de labourer toute une nuit pour débusquer glands ou truffes, selon les goûts de chacun. Songeons que ces mêmes pattes et groins, exploités à bon escient sur des gazons réservés, pourraient parvenir à un résultat spectaculaire. Rien à voir avec ces gesticulations de faibles humains munis de pelles et de pioches pour un sport extrême – saccage de greens en virées nocturnes. Rien à voir avec les amis d'Adèle, ce groupe d'activistes au nom si ridicule – Sangliers du Causse, non mais ! De vrais militants, certes, mais de piètres faiseurs. Et puis, ça se disperse : occupation de ZAD, de mégabassine, blocages de sites pollueurs ou nuisibles, manifestations non autorisées. De telles organisations gagneraient à nouer des accords de partenariats *interspécistes*. Pensons aux synergies possibles entre sabotage et labourage, entre militantisme humain et force du peuple porcin. Manière de rallier la nature à sa propre cause… N'est-ce pas, Adèle ?

Sûr qu'elle trouverait l'idée intéressante.

Que fait-elle, cette morveuse ? Où est-elle ? Ça t'obsède. Elle a sans doute replongé dans ses conneries, avec ses Sangliers, ou avec d'autres. « Adèle va beaucoup mieux » ; « Adèle repart demain. » Peu loquace, ce message de Julie. Invitation à se poser tout un tas de questions. Tu ne t'inquiètes pas, tu cherches à savoir, c'est tout. Adèle est à surveiller. Rien qu'une gamine qui se croit immortelle, comme toutes les gamines. Et cette photo. Cette brochette des trois, Françoise, Julie, Adèle, serrées, tout sourire.

Décidément, on se fiche de toi. On te provoque.

Avec toutes ces divagations de route, ces digressions mentales, tu ne vois pas ton attelage remonter sur le plateau karstique. Horko et toi avez quitté la vallée, et vous êtes de plain-pied au beau milieu des murets de pierre sèche et des landes, et des bois de chênes rabougris, et assez longtemps pour y prendre goût, pour regretter de devoir redescendre par la combe suivante.

Mais cette fois, rien à voir avec les terres basses de la rivière. Pas de champs ouverts – trop peu de place – et point de golf : le canyon est calcaire, adouci de tous ses millénaires, longé de falaises polies où se perchent des terrasses de pelouses primaires, et assez large pour que le soleil éclaire copieusement le torrent. Chanceux torrent. Enfant gâté.

Et par les bords, face au sud, on les connaît ces quelques maraîchers, une demi-douzaine, et que paysans. Point d'agriculture intensive, ici. Trop de cailloux, et sur des parcelles trop modestes pour les engins contemporains, monstres qui dépassent jusqu'à deux-trois fois le garrot d'un baudet et revendiquent des deux cents chevaux-vapeur. Trop d'obstacles pour eux, alors ne règnent là que les piétons et les coquets tracteurs de vieille mode, sans cabines. Ces machines à tonnage ridicule, à roues manuportables et marchepied unique, on y monte dessus comme pour chevaucher, et d'en haut, pas si haut, la terre se flaire et se donne encore, elle se garde au nez et à l'œil, bref, on ne la quitte pas, on conserve le loisir de stopper comme on veut, quand on veut, pour descendre d'un pas, se baisser et la caresser du dos de la main.

Tu vas pousser jusqu'à La Borie, chez Claire et Thomas, parce que les uns auront peut-être quelques nouvelles d'une autre (et de sa position, et de ce qu'elle peut fomenter de neuf). Gamine. Parce que, là, se loge ta faiblesse.

Tu croises Claire sortant d'un chemin, à bord de son immuable C15 rouge. Toujours en forme, le vieux. Son un-litre-six-diesel tourne rond. L'embrayage, remplacé par un autre glané chez Cyril, tient bon et tu t'en félicites avec elle. Une chose et l'autre, puis Claire saisit son téléphone. Deux messages pour toi, reçus tantôt. « Ah oui ? » Ne t'emballe pas. Un de Claude, qui reporte sa tonte à mardi prochain, un de José, qui t'informe d'une soirée sur sa base nautique. Rien de plus, et rien de neuf pour le reste.

Claire t'invite pour le dîner. Tu ouvriras l'une de ces bouteilles de Faugères adjointe à tes rétributions, la semaine dernière au hameau Farreau – récompense d'une tonte épuisante, avec troupeau apaisé et éleveur heureux. Claire et Thomas te parlent du temps qui va, des incendies ici et là, et de cette pluie qui ne tombe pas. Quand le causse attend, les vallées souffrent ; lui sait prendre patience, elles non. Trop d'espoirs rassemblés sur ces terres du bas. Des terres qui dépendent. Effet domino. Si lui, là-haut, sur son plateau, ne reçoit rien, les combes et autres vallées crèvent de semaines et de semaines de bruine dérisoire et d'averses furtives. Deux forts orages, mais de grêle n'ont semé que casse, désillusion et déboires. Tout subit. Jusqu'aux dolines qui peinent et ces lavoirs qui grimacent, se rident de vase sèche.

« Et que sera juin ? » dit Thomas. Tes maraîchers ne sont que sourde angoisse face à un pays qu'ils ne reconnaissent plus dans ses manières. Cette sécheresse, abrupte, après un hiver de déluge et d'inondations ? Montagnes russes et plus grand-chose à comprendre à tout ce foutoir, « sinon le Drac ? lâche Claire en riant.

— Le Drac ? relève Thomas. Manquerait plus que lui… »

Maître des eaux et des sécheresses,
Génie malin drôle,
Moins que demi-dieu,
À peine mi-diable,
Le Drac, dragon, bouffon veille et fomente.

À peu qu'il ne se dérange.

Des profondeurs de sa caverne,
Des entrailles de la Terre,
Des tréfonds de son repaire,
Au près de l'onde secrète,
Le Drac, dragon, bouffon veille et fomente,

À peu qu'il ne se dérange.

Les jours de juin s'enchaînent, et tiennent promesse. Promesse que certains voudront peut-être un jour attribuer au Drac, tout comme la somme de leurs défauts, manies et désirs. Les jours de juin s'enchaînent, avec une parcimonie d'eau qui les désole tous. Partout, tu passes. Eux restent.

Avant de rejoindre le village de José et sa halte nautique, tu choisis le chemin escarpé et ombragé, raccourci notoire, mais voie profonde d'ornières et rude, de cailloux saillants. Et ton Massey que tu prends à toussoter… Coup d'œil sur la jauge, qui te donne ce regret facile d'avoir décidé, ce matin, de faire l'impasse sur le plein de gasoil. Tu tablais sur cette huile de friture à récupérer à *la Belle Auberge*, sauf qu'entre-temps, tout s'est rallongé, pour aller saluer l'Igue de Mège. Un caprice, diraient certains, mais comment s'y refuser ? Résurgence notoire, aven enfeuillagé, pour bain à douze degrés Celsius, plein fer. Autant dire qu'on est faible. Et autant dire qu'on cède.

Mais ce bonheur d'ultrafrais t'a vrillé la tête, à tel point que ce Massey qui toussote, c'est une panne sèche qui va te cueillir sans gloire. Plus qu'à se ranger sans délai sur le plat qui borde, laisser venir la petite amertume et songer qu'à une heure des moins raisonnables, heure solaire balisée par l'implacable chœur des cigales, à cette heure saoule de torpeur tu vas devoir prendre un bidon, déplier et enfourcher ton vélo pour redescendre au bourg. Sauf si d'un sursaut on se dit, point d'urgence, car tout pousse à rester là tranquille, au moins jusqu'au virage du soir, car l'expérience montre que la résolution des tracas mineurs émerge, souvent, d'une providence de dernière minute. Autrement dit, personne ne s'étonnera qu'Horko s'en aille fureter alentour et que tu choisisses de déjeuner sans hâte ; fatalement tu finiras par verser dans la sieste.

Longue sieste.

Un clopin de bout de chemin te réveille, qui déroule sans sourciller son rythme syncopé. On sent la peine d'un quadrupède à sabots, pente à vaincre, comme ses cailloux et ses ornières. Tu ne vois plus Horko qui somnolait devant la porte ; il a dû se déranger pour regarder passer. La curiosité l'emporte aussi chez toi ; par le coin du rideau tiré depuis la couchette s'encadre une roulotte, modèle léger, tout en rondeur. Elle s'approche, entraînée par un mulet qui souffle. Un couple de bipèdes suit en marchant. Erreur : pas deux, mais trois, car l'homme porte un enfant, tout petit dans une écharpe. La femme s'occupe d'encourager le mulet. Pour l'exemple solidaire, elle tracte avec lui le chariot commun, en poussant sur le palonnier d'aide. Implications conjuguées d'humaine et d'équidé. Comme tu sors au bon moment – et comme on entre en scène – on te salue, et ça stoppe au-devant de ta place, bon prétexte peut-être, pour ménager un temps de répit dans l'effort, n'est-ce pas ? Le mulet, un costaud à l'œil noir, ne se fait pas prier ; il marque un pas de recul pour bloquer sa roulotte sur ses cales arrière. Horko fait connaissance. Entre humains, une discussion s'engage aussi, des plus naturelles entre gens de qualité. Présentations menées, il se fabrique très vite une familiarité entre Clara, Paul et toi, et puis tu en viens à parler de ton souci du moment. « Panne sèche ? » s'esclaffe l'homme kangourou – l'enfant remue une main dépassant de l'écharpe de portage. « Panne sèche ? C'est bien un problème de motorisé ! » ironise-t-il, mais comme tu montres ton vélo, avec le bidon accroché à l'arrière, Clara intervient : « Non, pas la peine. Paul et Frodo pourraient s'en charger pour toi. » Paul confirme, s'engageant, par là même, pour son partenaire à crinière. Tu refuses. Faire rebrousser chemin à son attelage pour aller chercher quelques litres de gasoil ? Pas raisonnable ! À ce point, l'équipage a gravi les trois quarts du col. « Qui te parle de redescendre avec la roulotte ? » répond Clara, et comme tu restes perplexe, Paul dénoue son écharpe, en extrait son fils qu'il te tend à bout de bras. « Voici Jules, dit-il d'un ton rieur – cet homme doit rire souvent. Sans façon, l'enfant s'accroche à ton épaule, te regarde de ses yeux ronds comme est sa bouille, et son front ? *Étoilé de sueur.* Il sent bon, et pèse moins que trois fois rien, bref, vous allez vous entendre. Clara te pose un clin d'œil qui engage.

Paul s'affaire autour de son engin hippomobile, actionnant un levier, desserrant une attache… Tu es longue (c'est vrai) mais tu vas enfin comprendre : roulotte d'un côté, attelage de l'autre. Comme sur un semi-remorque miniature, l'essieu avant de la roulotte se détache de l'arrière pour suivre le mulet resté dans ses brancards. Délesté, l'animal ne tire plus qu'une sorte de sulky, à bord duquel Paul embarque. Pierrot t'avait parlé de ces engins conçus sur mesure en atelier.

« Passe-moi ton bidon », dit Paul.

D'un court mouvement circulaire, sans heurt, le mulet tracte dans le sens de la descente ; Paul n'esquisse qu'un signe bref en s'éloignant. « L'affaire d'une petite heure aller-retour », précise Clara. Accroché à toi, Jules s'agite de quelques gestes d'impatience. À regret, tu vas devoir rétrocéder le paquet à sa mère.

Paul et son attelage reviendront au soir et vous trouveront sirotant un chaï brûlant et devisant, à l'ombre des chênes – jusqu'à nuit tombée.

Et ce sera plus simple, au matin, la pointe des pieds, pour laisser une petite famille qui t'inspire plus qu'il ne faut. Agathe rêvait de roulottes. Combien de fois, à son père et toi, vous l'avait-elle réclamée, cette révolution ? Christophe donnait raison à sa fille : « le cheval est, tout à la fois, l'histoire et l'avenir du nomade », disait-il, avec un côté ridicule et sentencieux. Et pendant que tu te peuples de tels souvenirs et paroles, le Massey vous déroule cette route de descente, dans le frais matin, qui vous annonce la vallée, les falaises, le village de José. Comme chaque année au même point de la saison, vous passez là. Rassurante pérennité des cycles qui s'enchaînent. Pas de début, pas de fin. Une éternité de chemin.

Mais avant de rejoindre l'ami José et sa halte nautique, pensons à ce crochet par le cimetière du village, pour son eau toujours fraîche.

Grille fermée.

Et une affiche collée sur le plat du portail : « En raison des mesures préfectorales relatives à la restriction des usages en eau courante, etc. » En clair, la clé pour accéder au cimetière est à retirer en mairie. Suit un paragraphe alambiqué précisant que l'accès est strictement réservé aux habitants de la commune, leurs familles et proches. Pour s'assurer que la démarche portera, prière est faite à tous les usagers de refermer en partant, et de rapporter la clé sans délai. Te voilà finaude, plantée devant ce portail, avec ton tuyau. Plus qu'à redescendre, et ce faisant, qui croiseras-tu ? D'autres, que la mairie sait tenir à distance. Quatre fringants attelages de voitures, camions et caravanes. Tous Lafleur, famille manouche de la grande vallée située plus au nord, celle du fleuve. Bien longtemps qu'on ne les avait pas croisés, n'est-ce pas, Horko ? En tête du convoi, Sébastien, au volant d'un break Volvo gris, s'arrête, content de te revoir, comme toujours. Après l'accident, il aurait volontiers joué les remplaçants. Remplaçant de Christophe, quelle blague, mais Sébastien blague beaucoup. Et son air heureux quand il te regarde ? Quand il te regarde, ça se devine, il lui reste une vague idée, une idée pas précise et pas résolue mais bien là qui flotte. Ça continue d'amuser alentour. Sauf Lydie, qui croit y repérer un péril ; elle veille à distance, collée à l'attelage de tête, de derrière le volant de son camion. Lydie. Il faudra que tu lui parles un de ces jours, pour lui dire ce qui est et ce qui n'est pas, bref, lui dire ce qu'il faut, pour qu'elle soit rassurée, et pour de bon, parce que c'est bête, la jalousie, surtout quand on risque moins que rien. Plus loin, derrière elle et son camion, d'autres attendent, dont certains figuraient à la sortie du crématoire.

Christophe t'avait déclaré : « Le jour venu, pas d'enterrement, je veux le feu et les cendres. » Quelle ironie ! Et le jour venu, ce fou rire, c'est de cette ironie à deux balles qu'il s'est échappé. « Beaucoup de flammes en peu de temps », avais-tu glissé à Rachèle, qui avait eu la mauvaise idée de croiser ton regard car, cette phrase absurde, les yeux de Rachèle plantés dans les tiens, c'était suffisant pour que ce fichu rire dévale malgré vous, vous qui pointiez au premier rang devant la porte vitrée du four. Le four, et tes deux cercueils. Christophe. Agathe. Ce rire qui dévale, et puis toi qui t'effondres.

Tu y penses encore, et plus souvent qu'il ne faut, ces derniers temps, à ce fou rire et à tout ce qui l'a précédé : Françoise retrouvée inanimée dans une chambre d'hôtel, à Cabourg. À deux pas du casino. Laisser Christophe et Agathe bien vivants, voyager en train pour rejoindre l'hôpital. Huit cents kilomètres de rails pour qu'on te dise : alcool et médicaments. Tentative de suicide. Aux soins intensifs, il a fallu attendre, veiller avec Julie. Françoise s'en sortira. Pas Christophe. Pas Agathe. Dans la même nuit, accident, incendie. Huit cents kilomètres de rails dans l'autre sens, pour retrouver deux sacs à fermeture Éclair.

Ensuite, tu as refusé les bras ouverts, les mains tendues et puis tu as fui, ont-ils dit. Tu ne fuyais pas. Tu voulais seulement ne plus voir, leurs yeux pleins de regards pour commencer, et ne plus entendre leurs silences qui ne remonteraient rien, ou tout ce vide. Alors : seule. Quoi d'autre, sinon ?

« La grille est fermée. »

Sébastien te répond d'une voix enjouée, mais le bras s'agite mollement au-dehors, contre la portière de la Volvo, et ce mouvement trahit une lassitude : « C'est pareil partout, Sarah. » Depuis la fin du printemps – et vous vous l'avouez –, l'eau devient aussi un problème pour les gens comme vous. Les portes se ferment les unes à la suite des autres. Fin de l'abondance ? À vrai dire, l'affaire s'est toujours avérée aléatoire. S'approvisionner en eau est une constante de la vie nomade, avec ses obstacles et ses imprévus.

Comme ce serait presque son cap, tu suggères à Sébastien de se détourner sur la Fount de l'Espère ; ajoutant que tu en viens. Une eau des plus saines. Il sourit d'un air distrait. « Excellente idée », répond-il d'un ton neutre, et puis ça se craquelle, et il se roule dans un rire éclatant. Quand il s'arrête, il te dit que le détour vers l'Espère figurait dans son programme (il ne pouvait pas en être autrement), mais il continue de se moquer, de toi et de ta mémoire boiteuse : « Voyons, Sarah ! » Cette source, c'est son père lui-même qui vous l'avait enseignée, à Christophe et toi. Sébastien assène ce rappel d'un hochement satisfait. Et que dire de son sourire ? Toujours égal, jamais narquois, jamais acide. Sourire de sale gosse intelligent, quoi qu'il se passe, quoi qu'il se trame, face à n'importe quoi et n'importe qui, car tout prête à sourire, rire, et le reste, ça se jette au milieu des braises, et on n'en parle plus. « Et toi ? demande-t-il.

— Encore une cinquantaine de litres dans la cuve. Et demain, je me pose chez des amis. »

Ça le rassure, un futur de ce genre. Les autres, de même, qui étaient sortis des voitures ou des camions pour écouter, plaisanter, te revoir. Puisque vous y êtes, tu les embrasseras tous en te réjouissant de ce hasard de route, mais tu ne proposeras rien d'autre. Point de raison de s'attarder. Vos visages, vos voix, vos corps charrient trop de fantômes et de saisons révolues.

Tu fais mine, en enfourchant le Massey, et chacun procède à l'identique en ralliant son attelage. « Salut, l'amie ! » lance Sébastien. Démarrer, lever le bras au-devant du défilé du convoi, rendre en passant les au revoir envoyés par les vitres ouvertes. Les enfants ont grandi – les plus vieux répondent à tes clins d'œil, mais les plus jeunes, c'est sûr, ne voient en toi qu'une curiosité en tracteur vieillot et caravane bizarre.

Deux gendarmes sont en discussion avec José. Un accident, ce matin, à quinze kilomètres en amont. Un gamin s'est blessé en sautant d'un pont. Pont comparable à celui qui fait face à la halte nautique de José, précise l'un des agents, entre prévention et menace. « Il fallait bien qu'un jour ça se produise », commente l'autre, recevant sans délai l'approbation de son collègue : « Ces gamins ? Des petits cons sans cervelle. L'accident ? Fracture de la cheville. Mais bon, ça lui apprendra. » Sans saluer, tu dis : « Vous êtes sérieux ? » José se trouve gêné. Les deux képis se sont retournés. Inutile de faire les présentations.

Le plus jeune, visage long, air volontaire, a débarqué dans le secteur, l'année passée, et on s'en souvient : en guise de prise de poste, jour de grand beau, à l'ombre d'un platane de carrefour, il entreprend de te verbaliser pour usage de carburant illicite. L'huile de friture recyclée dont tu abreuves ton Massey incommode ses narines. Tu protestes sereinement. L'huile usagée ? Rien de répréhensible, une pratique très répandue outre-France, « usage autorisé par une jurisprudence européenne », « et c'est moins polluant que le gasoil », le tout dûment étayé, mais la bleusaille n'en a cure. Le frais gendarme se lance dans les préliminaires procéduraux, jusqu'à ce que son coéquipier, plus arrondi – trois ans de causse, pour Gilles, et trois ans, ça forge – te glisse un haussement de sourcil. Prestement, il prend à part son jeune collègue. Conciliabule derrière le fourgon. Que se sont-ils dit ? Mystère, mais l'on sait, au moins, pourquoi les gendarmes sont régulièrement changés d'affectation, de poste et de secteur : un contact prolongé et des accointances avec la population émousseraient la rigueur répressive. Ce jour-là, tu échappes au procès-verbal.

« Si on est sérieux ? Oui, on est sérieux. Ce gosse s'en sort bien, et vous le savez », te répond le grand échalas, avant de revenir sur José : « Vous, ce qui vous pend au nez, c'est le même type d'accident, ou pire, qui sait ; vous êtes là tous les jours et vous laissez faire.

— Et qu'est-ce que je peux faire d'autre ? Ces gamins s'amusent. Et leurs grands frères, et leurs parents faisaient de même, bien avant que vous soyez muté ici.

— Oui, on sait, on sait : sport local. La bêtise aussi, apparemment…

— Pas plus qu'ailleurs, la bêtise.

— Foutaises. Vos enfants n'écoutent rien, voilà tout.

— Si ! Détrompez-vous : nos enfants écoutent, répond José. Et ils suivent les conseils des adultes qui signalent les limites. Mais les temps changent, et les limites avec. Je connais l'endroit où Juju s'est blessé. Il y a moins de cinq ans, on y trouvait quatre mètres de fond jusqu'à la mi-août.

— Oui, et aujourd'hui à peine la moitié. On a déjà entendu ce laïus sur l'assèchement de la rivière... Alors, la faute au climat, c'est ça ?

— La faute au climat ? En un sens, oui, réplique José. Mais surtout la faute à qui l'on sait. Tous ceux qui continuent de se servir comme si rien ne changeait.

— Ah ! Je vous vois venir. Les arguments écolos-bobo. La responsabilité sur les autres, et les autres, ce sont les gens qui ne font que leur travail, les agriculteurs qui nous nourrissent, les entreprises qui créent la richesse. Ce sont eux vos coupables ?

— Non, dis-tu pour épauler José, ceux-là, pour une majorité, ne sont que des victimes. Avec un peu de bonne volonté et de jugeote, ils se ressaisiront. Peut-être. En revanche, vous oubliez nos usagers de gîtes et hôtels de luxe... Eux, pas question de les raisonner. Eau chaude sanitaire sans limites, des jacuzzis comme des piscines, des piscines comme des lacs, du gazon anglais, frais, humide, en plein causse pelé, pour jouer à la baballe entre soi. »

Les deux képis te regardent, bouche bée. Et José avec.
« Mais, dites-moi, vous : sans le tourisme, sans le golf, que deviendrait votre coin paumé ? Vous y avez pensé ? lance la bleusaille.

— Oh oui, j'y pense justement...

— Bon, bon, interrompt Gilles. On n'est pas là pour ça. »

Et c'est dommage, cette interruption de Gilles, car à défaut, tu aurais pu lui caler le fond de ta pensée, à son collègue bleu-bite. Le tourisme n'est qu'une gangrène, même pour le causse. Solide, pourtant, ce causse. Lui qui a su résister, contenir les cultures agro-industrielles dans ses marges. Le reste, il l'a tenu, par ses pierres. Ici : calcaire affleurant, roche de surface, étendues saupoudrées de terre rouge, et blanche de fin gravier, ici, plateaux karstiques qui préservent de toute velléité productiviste. N'y poussent qu'herbe maigre, lichen, mousse, courts genévriers, chênes secs, châtaigniers et noisetiers économes. Rien de mirobolant, et impossible d'envisager une table rase, ou même l'idée d'un partiel remembrement. Dès les années soixante, pelles mécaniques, charrues modernes et autres concasseurs s'y sont brisé les dents. Le causse a tenu. Et le causse tient. Et ne tient que par son caillou. Malgré leur progrès et leur croissance, malgré les ambitions personnelles et les politiques agricoles, physique ingrat et indigence épargnent de l'avidité et de la barbarie, mais c'était sans compter sur le tourisme. Le tourisme aime les physiques ingrats. Le tourisme flaire l'indigence des terres qu'il colonise et la candeur des hommes qu'il pourra corrompre. Méthode immuable : au goutte-à-goutte ou à grandes lampées, la tache d'huile s'étend sur le territoire cible, pénètre en profondeur. Tout devient alors marchandise, spectacle. On prend la pose pour la cause – carte postale. Oui, tu aurais pu exposer la chose, mais de tout cela rien, car : « Bon, bon, on n'est pas là pour ça, répète Gilles.

— Oui, reprend son collègue, en se tournant vers José : à partir de maintenant, plus aucune souplesse sur les pratiques aquatiques non autorisées – je parle des zones de saut non aménagées – alors si vous revoyez des gosses traîner sur le pont, merci de nous prévenir. Bonne journée.

— J'ai assez de boulot comme ça. Je ne vais pas, en plus, me coller le vôtre. »

Déjà sur le départ, les deux gendarmes se retournent sec. Le blanc-bec amorce un pas vers José, à coup sûr, pour une réponse raide, mais Gilles l'interrompt en lui prenant le bras, il se chargera de la riposte, plus neutre : « José, je te conseille de considérer les choses autrement. En tant que responsable de l'espace nautique de la commune, tu es tenu à certaines obligations. Et n'oublie pas que ta concession est soumise à renouvellement en commission de sécurité.

— Je vois, rétorque le concessionnaire en sursis. Mais j'insiste : fliquer les gamins, ce n'est pas mon boulot.

— On t'aura prévenu », lâche le collègue de Gilles.

Tu réponds, seule, au salut relancé par les deux agents montant dans leur fourgon ; José demeure dans sa posture têtue et dans un silence pas agréable. Pour alléger, tu vas lui faire la conversation, parler des Lafleur que tu viens de croiser en descendant du cimetière, mais José ne trouvera là qu'une autre raison de s'irriter : ce portail fermé, cet accès à l'eau réservé aux habitants du village. « On était plus généreux, ici, avant. » Avant. Avant ces canicules d'été, avant ces inondations d'hiver. Avant cette crise climatique qui bascule les communautés vers le repli, la méfiance, la peur, peur de manquer, peur de ces coupures dont on entend parler.

Dans plusieurs communes, pas si loin d'ici, le réseau est hors service ; là-bas, l'eau courante ne court plus. Des citernes installées dans les rues commerçantes servent à alimenter les restaurants et les boulangeries… « On était tous informés. Et personne ne peut ignorer les risques à venir, peste José.

— Beaucoup n'écoutent pas. Et de moins en moins, malgré les postures et les apparences. Plus on se rapprochera de l'abîme, et moins ça écoutera. Les plus forts, les plus riches s'en fichent car ils s'en sortiront, quoi qu'il en coûte ; les plus faibles, les plus pauvres se résignent. Entre les deux, les classes moyennes font le gros dos, parent au plus urgent, échafaudent des tactiques pour sauver les meubles, s'adaptent ou lèvent les yeux vers le ciel. Mais jusqu'au bout, ça continuera comme si tout allait demeurer, tu le sais.

— Je le sais, oui.

— Allez, va, laisse ça… je t'invite. »

À ta table, derrière deux verres et devant la Baillou.

Bouteille de pouilly-fumé gardée fraîche dans ton petit réfrigérateur en douze volts solaires, c'est le luxe du navigant. Ça s'accompagne de ce fromage sec de brebis, celui d'Igor, éleveur dans le creux du Boulou-Vieux. Ce fromage plat, moelleux, tu le coupes en petits quartiers, et y rajoutes ces olives noires que tu sèches toi-même chaque année, moitié sel, moitié soleil.

José ne sait pas s'il demandera le renouvellement de sa concession. Elle arrive au terme de ses cinq ans, en septembre. De moins en moins d'eau sur la portion qu'il exploite avec ses canoës, une saison qui se raccourcit, année après année, et se grêle d'interdictions préfectorales. « Attends, José, attends de voir », lui dis-tu, et pour illustrer, tu rallonges d'une rasade de pouilly. La bouteille est certainement percée ; sans trop de délais, il faudra en ouvrir une autre pour ne pas manquer, car tu ressens la soif. Soif venant de cette fatigue accumulée dans ta chair et dans tes nerfs, de cette lassitude que tu repousses depuis des semaines. Voir ce pays se tarir, ça te crève, et puis, disons-le, il y a cet agacement, ce peu de nouvelles de la gamine, et les questions bêtes mais lancinantes qui vont avec. Où est-elle ? Que fait-elle ? Pas moyen de le savoir, à moins de l'appeler, et pas question de l'appeler, ou bien si, pourquoi pas ?

Cette idée te traverse de demander à José si tu peux utiliser son téléphone, posé là sur la table. Une petite idée fixe, avouons-le. Et avec José qui radote, qui ressasse à voix haute, ça n'arrange rien, ce ronron des lamentations. Englué, José. Alors toi aussi, tu te sens glisser, dérailler, c'est logique. Adèle, où est-elle à cette heure ? Pas d'imprudence, Adèle. Il n'est jamais bon de jouer avec le feu. Mais tu ne prendras pas le portable de José, tu ne l'appelleras pas, sinon tu ne pourrais pas t'en empêcher, tu lui dirais que tu regrettes, tout, et puis tu aimerais être celle qui la tire du pas de trop, mais pourquoi le ferais-tu ? Elle est bien assez grande, après tout. Qu'elle se débrouille !

José radote toujours.

Pour rompre, tu lui racontes cette petite famille d'hier, en roulotte, tirée par son cheval. Agathe en rêvait tant. Toi, en l'écoutant, tu te disais, rien de sérieux, une lubie, comme toutes les lubies de gamines. Christophe, lui, n'aurait pas dit non. Il t'en parlait parfois, à part, mais tu répondais : « Trop loin de moi, trop peu de mécanique, tu comprends ? » Rassurant, la mécanique. Prévisible. Alors qu'un cheval ? Trop complexe. « Complexe ? » Christophe riait, et Agathe boudait. Tu ne voulais pas t'y mettre. Tu aurais dû. La lenteur d'une roulotte. « Avec une roulotte ? On aurait bazardé ce camion et ils seraient encore là.

— Allons, Sarah ! jette José. Comment prévoir ?

— La lenteur d'une roulotte, José ! La lenteur. On peut tous choisir.

— C'est vrai.

— ...

— Mais sais-tu à quelle vitesse moyenne circule un automobiliste ? ajoute José, animé, tout à coup.

— Pourquoi cette question ? »

On pourrait croire à une blague, mais il insiste : « Ne t'occupe pas du pourquoi, réponds-moi.

— Je ne sais pas... Soixante ? Quatre-vingts kilomètres-heure ?

— Beaucoup moins que ça, Sarah.

— Ah oui ? Eh bien, dis-moi !

— Six kilomètres-heure.

— Quoi ?

— Oui, Sarah. Six kilomètres-heure. »

José te regarde, satisfait, l'œil injecté – le vin blanc fait son œuvre – et avec ce sourire béat qui t'agace. Croit-il en l'énormité de sa bêtise ? « Pas une bêtise, Sarah, une vraie vérité. Une vérité économique.

— Six kilomètres-heure ? Six kilomètres-heure en moyenne ? Voyons, José... Même pour une voiture ne circulant qu'en ville, c'est impossible.

— Crois-moi ! C'est la stricte réalité.

— ...

— Mais bon, il faut que je précise certaines choses...

Il ne s'agit pas de la vitesse du véhicule. Il s'agit de la vitesse du conducteur.

— Quoi ? Quelle différence entre la vitesse d'une bagnole et celle de son conducteur ?

— Une énorme différence.

— J'ai de plus en plus de mal à te suivre...

— Écoute : le temps, c'est de l'argent, n'est-ce pas ?

— ...

— Et l'argent, c'est du temps. Tu commences à comprendre ?

— Toujours pas. Tu m'inquiètes, José. Tout va bien ?

— Sarah ! Prends le coût d'un véhicule. Crédit, assurance, entretien, réparations, carburant, etc. Convertis ce coût en temps de travail. Tu me suis ?

— Oui, oui... J'essaie.

— Ce temps de travail correspond au temps nécessaire pour disposer d'une bagnole. Il est obligatoire pour tout automobiliste. Un préalable. Tu es d'accord avec ça ?

— Oui, mais abrège, veux-tu ?

— Alors il est logique de rajouter ce temps à la durée des trajets. Tu obtiens un temps global, lié à l'usage d'une bagnole. Il s'agit du temps réel consacré par l'automobiliste à sa bagnole chérie...

— ...

— Et maintenant, les kilomètres parcourus en un an, divise-les par cette durée globale, et tu obtiendras six kilomètres-heure. C'est pas moi qui le dis, c'est Ivan Illich. »

Le calcul date de 1975. Aux dernières nouvelles, de six on est passé à vingt. Moins rapide qu'une bicyclette. Raisonnement tortueux, mais brillant, on en convient.

Je travaille, pour payer ma voiture, je paie ma voiture pour aller travailler, je travaille... – José reprend cette boucle de chanson punk pendant que tu débouches une seconde bouteille de blanc. Du viognier, cette fois, qui ira jusqu'à sa dernière goutte au fond de vos verres.

Échauffé par ce refrain têtu de *La Bolchevita*, José voudrait chanter encore.

Tu saisis la guitare, et ta fatigue se mue en lâcher-prise ; avec ça, te prend cette ivresse familière, qui sait ce qu'elle veut et où te mener. Vers cette voix chaude de José, cette fois, voix que tu enrobes d'accords mollement plaqués. La voix de José, et ce qu'elle peut t'inspirer... Et ses trente ans. On l'a dit ? Physique archétypique du moniteur de sports d'eau vive. Peau de sable chaud, chevelure en vagues, muscles longs, mains nerveuses. Ses mains fébriles s'envisagent caressantes, sur tes hanches, ton dos, tes seins. Et puis quoi d'autre ? Ce sera fatal, on en viendra à d'autres enjeux, son petit cul, ferme sous tes doigts, terrain connu, tu t'en rappelles, et à ce stade il t'en faudra plus – tout – alors, sans le prier, il voudra donner sa bouche à ton ventre, et plus bas, et là, sa langue tu veux, oui, là aussi ; et quand il suffira, quand vous n'y tiendrez plus, ni lui ni toi, tu le saisiras, le guideras pour qu'en toi, tout en toi, il serve, car ce soir, tu t'offres le tout, tout José. Et lui ? Il n'y pense même pas, puisqu'il chante, insouciant, troublant. Il ne le sait pas mais, sans tarder, à la fin de cette chanson, il se trouvera bienheureux, veinard, car c'est tout vu, il passe par ta couchette, ta fièvre, ta soif, dessous la fenêtre de toit grand ouverte, et les étoiles.

Rivière.

Je l'avais oubliée.
Elle m'attendait.
Elle me pardonne.
Elle me comprend.
Sa chaussée bruisse et nous berce l'après.

Qu'elle m'attende,
Puisque sous peu je viendrai la rejoindre
Et plonger nue du bout de son ponton,
Qu'elle m'attende encore.

Tu ne tarderas pas à la rejoindre et vous aurez ce moment à vous, car José, le beau José, va bientôt devoir s'esquiver. Ne protestera que pour la forme, se lèvera et partira. Pas question de dormir avec quiconque, ou qu'avec elle, à la rigueur, bruissante derrière ton oreiller.

Réveil tardif, poussif. Gueule de bois. Et dans la lourdeur d'un ciel désespérément chauffé à blanc, dès les premières heures de la journée, tu restes. Canicule, rabâchent les bulletins météo. Le monde se délite. Tu refuses de voir, mais le monde se délite. Et les vies avec. Le monde se délite et nous emporte dans sa déliquescence. Réactions en chaîne. Forces qui nous portent en trajectoires excentriques. Big bang humain. Solitudes en expansion. Destins centrifuges. Les isolats s'additionnent, se soustraient, les individus forment une multitude de solitudes, et plus assez de volontaires pour jouer le jeu collectif. Chacun va, par son cours fuyant, et espère. Égocentriques espoirs. Oui, tu en es là. Et Adèle ? C'est à elle que tu aimerais parler de tout cela. Tu en es à regarder, seule. Et à regarder seulement. Adèle ne regarde pas. Elle agit, et se bat. Elle se bat pour que tout tienne, agglutiné, dense, solidaire. Concentré.

Concentrique. Mais à quoi bon ? Se battre ? Contre qui ? Contre quoi ?

Tu passeras par la vallée de l'apollon. Ton grand torrent. Comme chaque année, il te courtisera – il t'attend. Comme chaque année à la même période, ta saison de tonte se termine et l'issue te mène aux mêmes bornes, immuables. Saison des cigales. Pourtant, cette fois, tu vas sans la légèreté, et sans la joie coutumière. Faute à ce coin, fiché, qui fissure le reste, angoisse se nourrissant de ce quelque chose à venir, ou qui revient. Angoisse, sœur de ces silences entre bruit de l'explosion et onde de choc. Souviens-toi de ce répit dérisoire avant la déflagration…

Pour parfaire et corroborer – la pensée crée, dit-on – le beau gosse t'impose une grise mine. Décharné, ton apollon. Recroquevillé au mitan d'un lit devenu trop grand, il se dessèche. Il souffre. Il souffre donc tu souffres – *Je suis la rivière et la rivière est moi*, dit un adage maori. Longeant l'alité, sur les deux marges, règnent deux autres torrents, inondés de soleil. Ils sont rivières sèches : galets recouverts de mousse cramoisie, poussière de limon, sables noirâtres. Stigmates. L'eau s'est retirée, repliée en un canal méridien, et ce cours qui hésite, serpente en silence. Torrent. Qui roulait si fort, presque trop pour goûter une vraie sieste à ses côtés… Ne reste de lui que ce chuchotement, un écho perdu au fond d'une étendue moribonde. L'eau s'est retirée pour un chaos minéral, pierres roulées, immobiles, pétrifiées, et par endroits, ces flaques tiédies, cette vase affleurante qui sèche ou pourrit. La boue. Puante. Des moucherons en grappes tournoyantes s'y complaisent. Des libellules hésitent.

Je suis la rivière et la rivière est moi
Comme l'eau, je vais,
Et l'eau comme moi.

Et toi,
Nul ne te tient, ne te contient, ne te lie.
Où bon te sembleras,
Tu resteras,
Puis t'en iras.
Mais jamais où l'on te croit,
Ou pour un temps, et
Ni précisément ni vraiment.

Je suis la rivière et la rivière est moi
Comme l'eau, je vais,
Et l'eau comme moi.

Ton attelage garé à la va-vite, tu files, suivie d'Horko, vers la bergerie. Tu en ouvres la haute porte coulissante, et entres dans cette vaste salle vidée de ses moutons, pour l'occasion. Malgré toi, tu arrives en retard ; tu as raté l'assemblée générale. Qu'importe, puisqu'ils sont tous attablés pour la suite. Banquet d'Astérix, où les agneaux remplacent les sangliers et grillent, dans le large espace en creux du grand « U » des tables, sur leurs broches. Les officiants volontaires sont à la découpe. Horko trottine, comme toi tu arpentes, au-devant du fumet enjôleur. « Hé, Sarah ! On ne t'attendait plus ! lance l'un des attablés.

— Je ne sais pas comment j'ai pu me débrouiller…

— Nous, on sait ! répond un autre, comme tu passes derrière lui.

— Ah ! Sarah. Tu ne changes pas ! » ajoute un dernier que tu croises, revenant du buffet, encombré de deux assiettes débordantes.

Sur les tables roule un joyeux chaos : bouteilles de blanc sec, pichets de rouge, et avec, ça se régale de côtelettes, cabécous de chèvre, tomme de brebis, flageolets confits et fondants, cuits en marmite de fonte. « Prends-toi un demi », te glisse Jeanne, en désignant la tireuse à bière sur le comptoir. Au fond, tu repères Soline et Alfred, et puis Gilles, et d'autres. Gilles, d'un geste vif, t'invite à venir rejoindre son coin de tablée – on va te faire une place sur le banc.

À peine assise, tu vois cet oiseau atterrir et s'accrocher sur le rebord d'une barrière en métal, face à toi, derrière ton commensal direct. Son œil. Arsule. Mais pas le temps d'y réfléchir, car une main se pose sur ton épaule pour que tu te retournes : Adèle. Oui, Adèle. Tout sourire. Alors c'était bien Arsule, là, et Adèle, ici, alors c'est plus fort que tout, parce que ça te ramasse et te soulève d'une joie dense. « Tu es là, toi ? » dis-tu simplement, et tes gaillards, fin affûtés, s'agglutinent. Gilles joue des coudes. Alfred se tient plus droit, bombe le torse, bref, tous tes voisins, tondeurs mâles, demandent à être présentés. Soline te jette un œil agacé mais rieur – vous connaissez ça, toutes les deux. Adèle ne se démonte pas, bien au contraire, reste bien campée, tête haute, voix solide, et elle inscrit son prénom comme sur un tableau, afin que chacun retienne. Une fierté toute de circonstance. Mais qui est la plus fière ? Cette gamine est belle. Belle et forte. Une beauté et une force qui balaient tout et qui, sans discussion, instaurent l'évidence. « Tu n'as pas de verre ? » On réclame pour elle un demi pression à Alfred, vissé à la tireuse. « Tu es là, toi, diras-tu de nouveau à Adèle, car quoi dire d'autre ?

— Eh bien, oui, tu le vois bien… »

Une gêne, tout d'un coup, traverse furtivement son regard, mais tu l'as vue, cette gêne. « J'avais un chantier, pas loin… J'ai eu vent de l'AG des Tondeurs… Je me disais que tu devais en être…

— Comme chaque année. »

Cette gêne qui revient, elle persiste cette fois, chez elle, pendant qu'Alfred lui tend son verre de bière. Les autres, Gilles en tête, confirment opportunément : « Oui, chaque année ! » Ils vont faire tout bien, se faire remarquer, et le reste, tout pour se placer sur la liste d'Adèle, au cas où elle aurait une liste, sait-on jamais ? Cette gamine brille, un peu comme toi à son âge (nulle vantardise, puisque c'est vrai) et c'est ainsi qu'on pourrait croire, tirer des conclusions hâtives, comme Alfred qui ira tout droit dans le décor : « C'est ta fille ? » Tu ris, tu réponds non avec un grand sourire, et elle sourit aussi, Adèle, mais maintenant qu'on a bien joué, tu vas te la prendre à part. Aucune raison de la partager avec ces soiffards ; tu les congédies en même temps que tu te l'attires vers une table libre – car il s'en trouve une et c'est une veine. « Tu as bonne mine.

— Tu trouves ? réplique-t-elle. J'ai encore quelques séquelles.

— La tête ?

— Oui. Avec des pertes de mémoire.

— Fallait pas se mettre sous les matraques.

— Ah, je savais !

— Quoi ?

— Je savais ce que tu allais me dire. »

Et alors ? C'est plus fort que toi, voilà tout, car ce soir, tu vas enfin pouvoir lui balancer le fond de ta pensée. « Les matraques, je ne les ai pas cherchées, répond-elle.

— Tu ne les as pas cherchées, mais tu ne les as pas évitées non plus.

— Est-ce de ma faute, si on vit dans un État policier ?

— Les voilà, les grands mots. Ceux de tes potes ultras. État policier…

— Parfaitement. Tu n'es pas d'accord avec ça ?

— Le problème n'est pas que je sois d'accord ou pas.

— Ne me dis pas que tu préfères te résigner ! Comme tous ces veaux avachis devant leur télé.

— Toujours pas de demi-mesure, à ce que je vois…

— On n'a plus les moyens des demi-mesures, Sarah. L'heure est à l'action.

— L'action ? Vos indignations, vos révoltes, vos jacqueries ? Rien qui me concerne.

— Pardon ? Réchauffement climatique, effondrement de la biodiversité, extinction de masse, accaparement des ressources ? Rien qui te concerne, vraiment ?

— Ne détourne pas le sujet. Je ne conteste pas le bien-fondé de vos motivations.

— Tu voudrais quoi, alors ? Qu'on se joigne au troupeau ? Qu'on se contente de pisser sous la douche, rouler électrique et piétiner ? Jouer aux gentils écolos en transition ? Manif, le samedi matin, après les courses au marché des producteurs, et avant le verre de kéfir, au café associatif ?

— Tes camarades Faucheurs ou Sangliers ne font pas mieux.

— Pas mieux ? Mais dans quel monde tu vis, Sarah ?

— Tu ne devines pas ? Je n'ai pas de jardin à défendre, pas de clôture à tenir, pas de récolte à préserver. Et je n'ai pas à me mêler de problèmes créés par eux seuls. Problèmes d'indigènes.

— D'un côté, les méchants indigènes – comme tu dis – de l'autre, les gentils nomades…

— Ni méchants ni gentils, Adèle. Un simple constat :

toute la folie destructrice de ce monde est sédentaire. Exclusivement sédentaire.

— Tu oublies Gengis Khan, Attila et quelques autres… Et puis, quand bien même : est-ce une raison suffisante pour laisser faire ?

— Pas exactement laisser faire.

— …

— Donner l'exemple.

— Donner l'exemple ? Toi ? Moi, je donne l'exemple ! Pas toi ! répond Adèle.

— Ton exemple contient le mal qu'il combat. La violence face à la violence.

— Seule manière de gagner une guerre.

— Une guerre ? Mais contre qui ? Et pour quoi ? Vous pensez devoir défendre la nature ?

— Tu te trompes. *Nous ne défendons pas la nature. Nous sommes la nature qui se défend.*

— Oui, Adèle, je connais le slogan zadiste, mais la nature ne vous a rien demandé. Elle se débrouillera seule et fera son ménage.

— Le ménage par le vide.

— Peut-être. Mais quoi que vous fassiez, tes amis et toi, vous ne faites qu'agir contre. Et agir contre ne fait que renforcer la domination.

— Renforcer la domination ? Tu plaisantes ! La renverser, oui !

— Vous ne renverserez rien. Seule *l'extériorité nomade est subversion…*

— Et *le reste n'est que gesticulation*, oui, oui, Sarah, à chacun ses slogans, mais tu radotes.

— Je ne fais que rappeler une vérité. Le nomade, seul, échappe à l'*appareil de capture*, car lui seul se trouve extérieur à la domination. Son territoire est un espace lisse, détaché des contraintes, des clôtures, des limites de l'espace strié du sédentaire. Sa vie est une *machine de guerre* pacifique et sereine.

— Machine de guerre pacifique et sereine... Non mais arrête de délirer, Sarah ! Grande théoricienne de la condition nomade... Tes concepts, Deleuze, Guattari, ta nomadologie ? Arrête ! Tout rangé des bagnoles. De belles théories, et rien qui tienne la route face à la vraie vie.

— Bien au contraire. Et le constat est quotidien.

— Quel constat ? Tu crois vraiment pouvoir t'en tirer comme ça ? Te retirer du jeu ? Mais voyons ! Nous sommes tous sur la même planète !

— Bien sûr, oui. Sur la même planète, mais en des mondes distincts. Les territoires nomades sont des archipels.

— Mais nos territoires aussi sont des archipels ! Les ZAD ne sont rien d'autre que des îles.

— Les ZAD ? Des îles ? Non, Adèle : les ZAD sont des enclaves. Cernées de toutes parts.

— Des îles, organisées en archipels.

— Des enclaves, vouées à la capture. Tôt ou tard.

— Comme les nomades. Que l'on sédentarise. Par rafles, ou un par un. Jusqu'au dernier, qui sait.

— Il en restera toujours au moins une », dis-tu avec emphase.

Adèle éclate de rire, et toi donc qui vas suivre : un rien ridicule, ta conclusion bravache... Autour de vous, les rangs se sont éclaircis et marquent comme un indice de descente, de fin de soirée en pente douce. On pourrait l'oublier parfois, mais les tondeurs aussi ont besoin de repos et de sommeil. Seules quelques grappes subsistent, faites de ces inséparables d'un soir. Pour vous, il en ira de même que pour ces oiseaux-là. La décrue devant la buvette ne va pas vous dissuader d'empiler tournées de bière et sujets de conversation bigarrés. Tu avais oublié combien tu aimes intensément discuter avec cette gamine, et ne l'avoir que pour toi. Tu avais oublié combien elle t'avait manqué, bête que tu as été. On ne devrait pas fuir devant les petites joies, sous le seul prétexte qu'on leur trouve du déjà-vu qui fait mal. Pas sa faute, mince, si elle te rappelle Agathe. Finalement, Françoise avait raison dans ses élucubrations. Adèle ou Agathe, quelle importance ? L'une ne remplace pas l'autre. Les deux sont là, chacune à sa manière, et cela ne gêne personne.

Tu aurais tort de bouder, alors que l'intéressée, elle, ne retient aucune rancune. « Inutile, dit-elle, de revenir sur quelques mots blessants bazardés à l'emporte-pièce devant une forêt de sapins et un établi de métallo. Les mots ne disent pas forcément les pensées », ajoute-t-elle, si sage. Alors soit. Cela vous laisse du champ, à elle et toi, depuis toutes ces semaines sans se pratiquer. Alors soit, et que tout se présente dans la triviale bonne humeur, en passant en revue les faits et gestes des uns et des autres, les anecdotes de route et le reste, en priorité les futilités, et puis ça se referme, quand Adèle te jette un regard fixe et ce service à te demander. La suite, tu vas l'attendre, mais on la dirait coincée dans son gosier, et qui s'accroche, comme si la gamine regrettait de la laisser sortir, cette suite. « Ça ne va pas forcément te plaire, mais je n'ai pas le choix : je ne vois que toi.

— Pour ?

— Rien d'important… Rien de compliqué…
— Rien de compliqué ? Mais encore ?
— … J'ai besoin que tu me montres…
— Que je te montre ?
— Que tu m'expliques…
— Mais quoi, Adèle ?
— …
— Quoi ? »

Machine de guerre.
Exemplaire, pacifique, sereine.
Sans déclaration, mobilisation, conscription
Sans victoire, défaite, traité, armistice,
Sans front, stratégie.
Tactique. Par-delà les espaces striés, tu passes,
Machine de guerre.
Exemplaire, pacifique, sereine.
Convoi sans canons, munitions, troufions
Dans l'ignorance logique, tu passes.
Implacable loi de l'État glisse sur toi,
Et de seule guerre, ta vie, ta loi.
L'État aboie, mais tu passes.
L'État veut mordre ; toi, tu passes.
L'État ne peut rien : tu passes, passeras.
Exemplaire, pacifique et sereine.
Machine de guerre :
Deux roues, quatre,
Un toit,
Et va.

« Tu vois de qui je parle ? » Oui, et tu vois même très bien. Tu connais ce gars. Brice travaille au BRGM. Bureau des recherches géologiques et minières. Il est géologue de métier, et dans ses loisirs, il traîne dans toutes les cavités du coin, pour son plaisir, pour explorer, et pour topographier. Un grand passionné, membre du bureau de la fédé (de spéléo, s'entend). Bref, ce gars sait de quoi il parle si on dit résurgences, infiltrations, écoulements, ou karstique en général. L'idée qu'il a fourrée dans la tête d'Adèle est brillante. Très honnêtement, brillante. Jubilatoire. « La mise en œuvre ne poserait aucun problème majeur », assène Adèle.

Et l'exutoire est là sous vos yeux : cette rivière souterraine qui s'ébat à vos pieds, avec sa joie juvénile qui résonne bien au-delà de la grande salle, au long d'un canyon voûté, ce tunnel tortueux qu'elle s'est taillé à l'usure de millénaires.

« Aucun problème », répète Adèle, et pour s'en convaincre, pour se rassurer et ne voir que faisabilité facile, il suffit de lever la tête vers cette cheminée. Des concrétions, d'épaisses draperies la cernent, à travers lesquelles une voie a été tracée, ligne de vie qui s'accroche jusqu'au sommet, huit mètres de hauteur, promettant une ascension sportive, certes, mais sûre. Rien d'autre qu'un puits évasé, inversé, puits à l'envers plongeant vers la surface que l'on devine là-haut derrière, par-delà le plafond calcaire.

Comme un puits sous un lac. Comme un puits sous la mégabassine de la Bragnie. Invitation. Faire sauter ce bouchon de roche, et siphonner. Occasion sidérante, proprement sidérante. « Inespérée, Sarah ! » Tu en conviens. Mais de là à passer à l'acte : tout un monde.

Adèle insiste. Elle te montre cette voie d'escalade fraîchement tracée, pitons scellés tous les deux mètres, mousquetons, jusqu'aux cordages installés. En fin de parcours, pour rallier le haut de la voûte, une échelle souple a été accrochée et déroulée, un palan fixé par côté servira à hisser le matériel. Tout un travail de préparation mitonné par les grimpeurs de l'équipe. « Des Sangliers grimpeurs ? » Adèle sourit, mais s'inquiète surtout des perçages réalisés au plus haut, elle veut être sûre. « Les espacements, les diamètres, qu'en penses-tu ? Quelles profondeurs, selon toi ? » Que veut-elle savoir ? Si leur idée est de tout dégager en bourrant ces forages de ce que tu vois stocké là, dynamite et penthrite rangées dans ces sacs, alors oui, ces perçages devraient convenir. Adèle hoche la tête, affiche sa satisfaction, même si elle attendait plus d'allant de ta part – de quoi se plaint-elle ? Tu es là ! Et puis tout d'un coup, ça te démange et tu désignes ce tas de matériel, près des équipements de grimpe – « tout vient de chez Cyril, n'est-ce pas ? » – alors la gamine bredouille de gêne, et toi ? Sans raison valable, tu laisses, tu ne voudrais pas la mettre plus mal à l'aise. Pourquoi ? Mystère.

Elle parvient à enchaîner sur la seule chose qui la préoccupe : cette explosion hors normes à mettre en œuvre, avec des contraintes qui dépassent largement le champ de compétences d'un spéléologue, même chevronné. La puissance nécessaire n'aura rien de commun avec ces charges habituelles, utilisées pour dégager quelques blocs ou élargir une voie. Ici, il faudra un spécialiste. Une spécialiste ? Car voici bien le rôle qu'on voudrait t'assigner. « Non, Adèle.

— Non ? Mais pourquoi ? De quoi tu as peur ? C'est nous qui allons prendre les risques. Tu n'as qu'à me montrer…

— Non, Adèle. Ne compte pas sur moi.

— Mais pourquoi ?

— Pourquoi ? renvoies-tu, étonnée.

— Oui, pourquoi, Sarah ?

— Cela ne t'a pas suffi, tu en redemandes… Ils sont au courant, tes potes Sangliers, de tes jours de coma ?

— Là n'est pas la question.

— Si, la question est bien là.

— Le risque, c'est mon problème. Montre-moi seulement.

— Pas question.

— Mais, Sarah ! Pourquoi ? »

Ton refus ne tient pas debout. Ta réaction ne tient pas debout. Et te voici dans ce rôle, à tenir cette position absurde, face à une gamine qui n'existait pas avant cette dernière poignée de mois écoulés. À peine plus d'une année. Tout prend des proportions démesurées, et sans raison, car rien n'est jamais comparable, et pourtant, tu vas le dire : « Pas deux fois. » C'est tout ce que tu auras trouvé à répondre, on croit rêver, c'est sûr. Flanc offert à tous les pourquoi, à toutes les perplexités, et Adèle y plonge : « Quoi ? Pas deux fois ? Mais qu'est-ce que tu racontes ? Pas deux fois. Mais ça veut dire quoi, pas deux fois ? » La mine déconfite d'Adèle, tu n'y peux rien, comment pourrait-elle comprendre ? Pas deux fois, et c'est tout.

Est-ce bien tout ?

Tu te prends à douter. Et si tu déraillais ? Adèle n'est pas Agathe. Rien qu'un sale truc dans ta tête, un sale truc qui te vrille, alors quoi ?

Alors plus qu'une issue, la fuite, et sans te retourner. Tu t'engouffres dans le goulot, seule voie de sortie de ce trou. La lumière de la lampe frontale accrochée à ton casque te dessine une trajectoire au milieu des ténèbres. Au loin derrière, la voix d'Adèle t'appelle : « Sarah ! Attends ! Sarah ! On ne pourra rien faire sans toi. » Adèle qui t'appelle, puis se tait. Le silence. Une simple panne de batterie et tu basculerais dans le noir absolu. Cette seule idée t'incite à hausser le rythme, sachant ce que te réserve le boyau. Sinistre. À l'aller, tu n'étais pas seule, vous étiez ensemble. Te souvenant de l'interminable à venir, tu serres les dents. Et cette odeur minérale, et ce contact froid de la roche calcaire saturée d'eau… Que dédales oppressants, sauf les quelques repères pris ; ils ponctuent ta progression. Serre les dents. Bientôt tu atteindras ce passage où tu pourras te tenir debout. Pliée en deux, mais debout, d'un pas presque libre jusqu'au dernier tronçon étroit, ce tube courbe où tu devras de nouveau te ramasser. Ramper. Ton casque se cogne aux parois trop basses ; rugueuses, elles s'accrochent par endroits à ta combinaison détrempée, te retiennent. Dans la solitude, on pourrait s'y épuiser, mais le chemin est plus court, puisque tu retournes. Oui, et ce n'est pas si terrible, car tout va se terminer et tu vas retrouver la lumière du jour, l'air de surface.

Il est bon, ce ciel.

Mais tu l'attendais, un poids remplace l'angoisse. Il te prend, lui, maintenant qu'il peut te garder court. Oui, tu l'attendais. Sans t'y préparer. De lui, tes pensées se prennent comme au bout d'un lest qui te maintient, pour te garder en bas car, oui, dehors tu es, mais sans cette part qui reste au fond, dans cette galerie, avec Adèle, laissée seule.

Tu retrouves Horko devant l'attelage. Horko et son œil débonnaire. Il sent. Cette tension qui irradie s'exhale par tous les pores de ta peau, à coup sûr, il la sent. Ce pas qu'il fait vers toi le trahit. « Tu t'inquiètes, mais tout va bien, Horko. » Rien à craindre. Seulement pour elle. L'unique crainte est pour elle.

Tu n'aurais pas dû partir. Et tu aurais dû accepter. Faire ce qu'elle attendait de toi. Accepter de lui montrer. Lui donner tous les conseils, la guider. Être là. Au lieu de cela, tu la laisses. Qu'elle se débrouille ? Tu pars et tu la laisses, bon, mais quoi, Horko ?

En direction du bourg, ce trajet machinal en Massey te fait reprendre pied dans le routinier. La route et son théâtre défilant gomment un peu de ce que tu viens de voir. Ici, tout est normal, insouciant. Camionnettes, garées à cheval sur les trottoirs, annoncent toute une agitation familière : piétons avec paniers d'osier, mémés tirant leurs cabas à roulettes. Jour de foire. Tu vas repiquer vers le *Bon Cœur* où tu sais trouver Ève et Jérôme ; à cette heure, on pourrait y compter. Tu n'auras rien besoin de leur dire, et il sera bon de discuter du temps, des moutons ou des abeilles.

En virant pour stationner sur la place des ormes (tous morts depuis longtemps, les ormes, et remplacés par des érables élagués court), tu croises un képi que tu aurais pu laisser traverser. Dans ton rétroviseur, glissant derrière ton attelage, il remonte l'avenue à pied, d'un pas pépère.

Le bourg a sa gendarmerie. Il suffirait de peu. D'un mot de corbeau. D'un mot déposé dans leur boîte par la main innocente du facteur – ça ne se voit pas que dans les films. Dedans, il n'y aurait pas grand-chose. Situer le lieu. Préciser le type d'explosif. Sa quantité présumée. Et puis le principal : un mobile. Faux mobile. Fausse piste. Dans tous les bons polars se loge au moins une fausse piste, dans les films de Tarentino aussi. Ici, ce serait : matériel volé pour recel, revente, simple histoire de commerce illicite d'explosifs détournés. Fausse piste ! Qui songerait ainsi à autre chose ? Et d'ailleurs, qui pourrait songer à une idée aussi foutraque que celle d'Adèle et de ses ultras ? Personne. Alors oui, une lettre anonyme. L'affaire d'un bout de papier, de quelques mots frappés, imprimés. Certes, l'idée est séduisante. Mais, attention cependant : dans tout bon polar traîne toujours le foutu indice ; le grain de sable ; l'indice sournois qui, contre toute attente, nous aide à balayer la piste foireuse pour remettre les limiers sur les rails de la vérité et du vrai coupable. Le corbeau s'en voudrait.

Au *Bon Cœur*, salle et terrasse bondées, mais point d'Ève, point de Jérôme, néanmoins il se trouve une bonne âme pour t'inviter à sa table. Le jour est radieux, midi se pointe en prenant son temps, novembre vous gâte, et Mathieu, désœuvré de circonstance, est satisfait de sa matinée de marché : il ne reste rien, ou tout comme, de son étal de maraîcher. « J'ai tout vendu, sauf ma pomme ! » Son humeur enjouée ne parvient pourtant pas à te gagner en entier. Demeure en retrait cette part raccrochée au bout de cette galerie, tout au bout, avec Adèle. Adèle, sa dynamite et les conjectures de son géologue, et cette question usante, que feront-ils sans ton aide ? Rien, et *on s'en fiche*, te dis-tu, sans t'en convaincre.

Mathieu veut trinquer. Son verre de blanc cogne sur ton ballon de galopin. Et de cela, par la suite, plusieurs fois (on ne comptera pas). Autour de vous, sur le large trottoir-terrasse, se mêlent les retardataires de la pause café et les contemporains de l'apéro primeur. En salle, en terrasse, pas une seule place pour poser ses fesses, le *Bon Cœur* bat son plein, et toi tu dérives, de galopin gentillet à Picon bière roublard.

Un couple sort, qui devait être assis jusque-là en fond de salle. Tu les reconnais. L'homme aussi. Il s'arrête devant votre table : « Bonjour ! » D'un geste à son épouse, il te désigne : « Tu te souviens ? La mécanicienne. » Il fallait s'y attendre. Un jour ou l'autre, on les croise à nouveau, les disqualifiés de son genre, ça fait partie du jeu, mais pourquoi est-ce toujours au mauvais moment ? « Nous sommes dans l'attente de votre devis...

— Mille excuses, réponds-tu (ça sonne faux, et tu t'en fiches).

— Vous nous avez oubliés ! déplore l'entrepreneur lyonnais, amateur de textile indien. Notre tracteur vous attend. »

Et il attendra jusqu'à la fin des temps. Mais ça ne se dit pas tel quel, paraît-il. La bienséance veut du petit mensonge, entre gens sociables. Alors : « Je sais bien... Mais si vous étiez les seuls... Si vous saviez... Du travail par-dessus la tête.

— Je comprends... Mais que faudrait-il que je fasse pour que vous pensiez à nous ? »

Rien. Rien de rien, cher Monsieur, puisque vous figurez sur ma liste noire, pourrais-tu dire, mais comme tu es civilisée et que Monsieur s'avère être un client régulier de Mathieu, tu vas t'abstenir et promettre en l'air, même si ça t'écorche. « Encore une promesse, répond très avisé, l'entrepreneur sans frontières.

— Que puis-je faire de plus ?

— Ce n'est pas sérieux, c'est tout.

— ...

— Notez bien : je n'ai rien contre vous. Vous n'êtes pas la seule, loin de là. Tous les artisans font de même, par ici.

— Je ne saisis pas.

— Bien sûr que si, vous saisissez : vous promettez tous, et aucun ne tient. C'est malhonnête.

— Malhonnête ?

— Parfaitement : malhonnête.

— Je ne crois pas que vous soyez bien placé pour juger en la matière.

— Comment ça ? »

Sa surprise est à la hauteur du sous-entendu. Pas forcément une bonne idée, d'ailleurs, ce sous-entendu, mais il est trop tard pour un repentir. Le gars te fixe, debout devant votre table ; son épouse, restée en retrait derrière lui, dissimule comme elle peut un visage fermé.

Tous deux pressentent qu'un grain menace. « Qu'est-ce que vous insinuez ? insiste Monsieur.

— Rien… Je n'insinue rien… J'affirme. Qu'en matière d'honnêteté, on a vu mieux. »

Grand froid. Tu croises le regard de Mathieu. Livide, il baisse la tête et tu mesures le poids du coup porté, tout en souplesse pourtant, et presque pour le bien de tous. Un mot au service de la vérité. Ah, vérité ! Sacrée garce de vérité… Elle n'attend que ça ! Que quelques Picon bière lui lâchent la bride – cette bride qui la retient si court d'habitude – et alors quoi ? La garce sort du puits. Nue, elle s'exhale, s'épanouit, s'émancipe jusqu'à ce qu'il ne reste plus d'obstacle à son empire, car sa mécanique, quand elle s'emballe, n'a que faire de la paradoxale lucidité, elle trace droit et elle écrase tout : « Vous croyez peut-être qu'on n'a pas compris ? relances-tu.

— Pardon ? Compris quoi ? répond l'homme, perplexe.

— Voyons ! Vos petites affaires…

— Mais de quoi me parlez-vous ?

— De vos combines à l'autre bout de la Terre, bien à l'abri de toute loi.

— …

— …

— Je… Mes combines, dites-vous ? Je ne vois pas. Je crois que je vais vous laisser, avec vos amis. Bonne soirée.

— Oui, c'est ça, bonne idée de nous laisser, cher Monsieur… Initiative salutaire. Dans l'air planait comme une odeur de pourri. »

Le gars qui s'éloignait déjà, guidant dignement son

épouse vers la sortie du café, stoppe net, harponné par ce mot, « pourri » – et tu te dis que l'homme se connaît bien. La situation sera d'autant plus gênante que tu as prononcé le tout avec l'emphase suffisante. Tables voisines, groupes accoudés au comptoir, tout un monde s'est mis en alerte. Les gestes se sont interrompus, suspendus. On attend la riposte, elle viendra c'est sûr. La provocation est flagrante ; elle ne peut qu'être relevée. « Vous avez de la chance, lâche l'offensé.

— De la chance ?

— D'être une femme. »

De ces mots – une invitation – tu bondis de ta chaise pour te coller face au gentleman. Facile : il était debout devant toi. Tout près comme vous êtes là, tu constates qu'il est pile à ta taille. Mathieu s'est levé lui aussi. Il te connaît. Un cran de plus s'incrémente avec tes poings qui se serrent. À vue de nez, on a un poids léger, comme toi.

Poids léger, mais tremblant.

À ce stade, tu serais allée jusqu'au bout. À ce stade, tu aurais assumé ta bêtise, ta provocation idiote, avec cette envie morbide, ce soir, de détruire, broyer, faire mal et te faire mal, cette pulsion vers un point de non-retour. Seulement pour que ce soit clair. Clair et pas ambigu, comme au fond de ce trou avec elle. À ce stade, tu aurais cherché à gâcher ce qu'on peut gâcher, pour voir, et en finir.

Ta résolution semblait faite, mais cet homme tremble.

Quelque chose d'invisible pour les autres, mais pas pour toi, non, et tu connais cette peur. Ce n'est pas celle du ring. L'homme tremble d'une peur animale. Il se demande ce qu'il fait là, ne sait pas ce qu'il fera, ne sait pas ce qu'il pourra faire de lui. Toi, tu ne feras rien. Tu regrettes même d'être allée si loin. Personne ne le sait, personne ne le voit, mais ta décision est prise, tu ne feras rien. L'homme tremble toujours. Jeu de dupes. Ce soir, le public n'en aura pas pour son argent.

Et les deux poids légers, trop longtemps collés serrés, Serge va s'empresser de les séparer. L'honneur sera sauf et notre homme va pouvoir se détendre. Arrêter de trembler. Pourtant, il y aura encore la mine effarée de son épouse, la main qu'elle lui tend et qu'il rejette, puis cette voix blanche de l'homme : « Mais, Madame…

— Mais, Monsieur, coupes-tu, je crois que vous avez de la chance.

— …

— Mais oui, voyez vous-même, cher Monsieur… Je ne suis qu'une femme ! »

Le mot lâché d'un air faussement fataliste, à la cantonade, déclenche quelques rires sous cape. Serge lui-même réfrène un rictus. Le type restera figé, mais sa femme va s'empresser de lui tendre une main qu'il acceptera, cette fois, ainsi l'on ne saura qui escorte l'autre, pour rejoindre la voiture, au fond du parking.

« Mais qu'est-ce qui t'a pris ? lance Mathieu.

— Tu ne la connais pas encore ? répond Serge, à ta place.

— Je n'étais pas d'humeur, voilà tout.

— Mais tu sais qui est ce type ?

— Oui, pourquoi ?

— Il a le bras long, crois-moi.

— Et alors ? »

Et alors Mathieu s'inquiète, Serge s'inquiète, et c'est

plaisant, autant d'alliés inconditionnels autour de toi, à tes petits soins. « Ne vous bilez pas, les gars…

— Sarah, je te jure qu'il a le bras long.

— Pas si long que ça, sinon il aurait pu tenter un direct du droit. »

Devant tant de saine mauvaise foi, Serge et Mathieu restent secs. Et puis : « Allez, va ! J'ai perdu deux clients, mais je vous offre une tournée », annonce Serge, comme pour jeter l'éponge.

Dans la salle du *Bon Cœur* et sur sa terrasse, il est des visages interdits et des conversations suspendues, mais l'on sent que tout veut reprendre un cours paisible. Pour toi, malgré tout, elle met un temps certain à retomber à plat, l'excitation. Elle t'a plu parce qu'elle te faisait oublier l'essentiel, cette ivresse du conflit, et quand tout finit par disparaître, c'est retour à la case départ au fond de ce trou, avec Adèle et son stock d'explosifs dont personne ne sait que faire. Encore une chose qui ne s'improvise pas. Le sens de la charge. Son placement. Les petits gestes importants et ceux qu'on évite pour ne pas sauter avec. Des choses qui demandent plus de pratique que de conseils. Pas réaliste de vouloir s'improviser là-dedans, au pire, on laisse à quelqu'un du métier ! Ça et toutes les autres choses que tu aurais pu dire à Adèle, au lieu de dérailler.

Dans l'intervalle, Ève et Jérôme débarquent, et tu constates que Mathieu s'est volatilisé. Quand ? Peu importe, car sur ce coin de terrasse, tes deux amis te trouvent en compagnie d'autres, chacun vissé à l'une de ces chaises de bar, chaises que l'on ne voit plus qu'au *Bon Cœur* ou dans ces bistrots polyvalents de contrées reculées, des chaises tout en tubes métalliques, tressées de plastiques élastiques couleurs bonbec – celles de Jacques Higelin de *Poil dans la main*. Et ils font bien de débarquer, Ève et Jérôme, car à ce point de l'après-midi, tu commences à virer beurrée, copieusement beurrée et en pourparlers vains ou vagues compagnonnages avec la clientèle des piliers de comptoir. Redoutable Picon qui devait à la longue te procurer le coup de grâce, nonobstant cette impromptue irruption fraternelle. « Viens, Sarah, on te raccompagne à la Baillou », dit Ève, d'un air sombre, celui des mauvais jours, pourtant qu'y a-t-il de si grave ? Un peu de laisser-aller, peut-être. « Où est garé ton attelage ? » demande Jérôme.

Ton attelage ? Ton attelage.

Le temps de flou qui sépare la question de Jérôme de ta réponse hésitante, mesure ton alcoolémie, mais qu'importe, et de quoi se mêle-t-on, les amis ? Commencent de ces palabres stériles, entre gens de soif – toi – et personnes raisonnables et sobres – Ève et Jérôme –, mais il n'en a pas toujours été ainsi, n'est-ce pas ? Et les rôles ont varié dans l'histoire de votre amitié, ils se sont échangés, les rôles, n'est-ce pas ? Et tu le fais remarquer, même si tout le monde s'en fiche : on ne t'écoute plus.

Selon Jérôme, il serait temps de rentrer. Serge s'est rapproché, il abonde dans cette veine, et Ève en rajoute une. « Allons, Sarah », disent-ils en chœur, et ça résonne dans ta tête, comme en canon. « On te ramène, tu ne rentres pas seule, pas dans ton état, glisse Jérôme.

— Quel état ?

— Allons, Sarah, intervient Ève, sois raisonnable.

— Mais je suis raisonnable et j'ai plein de choses à dire ! Une révélation…

— Sarah, voyons…

— Je ne plaisante pas ! Un scoop explosif. Une vraie bombe. »

Tu vas insister, mais pourquoi ? Puisqu'on te prendra de haut. L'ennui, dans l'ivresse, c'est que personne ne vous prend au sérieux. C'est parfaitement injuste et infondé puisqu'une vérité vitale sur deux se cache sous des paroles éthyliques. Bref, personne ne t'écoute et voilà qu'on vous voit partir, Ève, Jérôme et toi, bras dessus bras dessous, et ce n'est pas du luxe, ce soutien mutuel (parlant pour toi).

Horko vous accueille en accourant. Il renifle tes mains d'un air inquisiteur. Jérôme te demande la clé du Massey. Tu les lui cèdes sans discussion, car que faire d'autre ? Soyons réalistes : des bêtises. Ou bien non, tu aurais tout laissé là, pour passer la nuit sur le parking ; il y a pire mais il y a mieux. Jérôme enfourche ton tracteur. Ève t'attend dans sa voiture ; tu la rejoins avec Horko pendant que Jérôme démarre ; il brutalise, Jérôme, la boîte à vitesse de ton Massey, et à grands coups de manette de gaz, comme ça, à froid. « Fais gaffe. J'ai toute ma vie dans cet attelage. » Ridicule et superflue, cette mise en garde, d'autant qu'assise aux côtés d'Ève, dans le rôle douillet de la passagère, tu te sens sombrer dans un sommeil ; il te tire vers lui dès les premiers virages.

Les nids de poule du chemin de terre qui mène à leur ferme. Ils te réveillent. La fin de journée s'est avancée, sans prévenir. Son soleil à ras d'horizon t'éblouit.

Tu vas te rendormir, pourtant.

Le froid te tire du sommeil lourd. Minuit passé. Affalée sur le siège passager de la voiture d'Ève, te vient une soif terrible ; ta tête est habitée par un petit marteau qui tambourine. Ton attelage est à bon port, au fond de la cour. Il semble t'attendre sous les étoiles. Tu comprends qu'ils t'ont laissée là en se disant que tu finirais par émerger toute seule. Cette main qui tâtonne, elle repère, puis actionne la poignée de la portière. Qui s'ouvre ! Un pied dehors. Deux. Tu es debout. Tu tiens debout et tu marches, même si tout tangue encore. Plus qu'à rejoindre ton attelage. Horko dort devant la Baillou. Rentrer, te servir un grand verre d'eau fraîche, et comme tu y es, faire suivre d'un thé. On peut allumer le chauffage à gaz, le temps qu'il faudra pour se sentir bien, puis l'éteindre sans délai. Mais malgré le thé, tout reste embrumé. Le Picon résiste. Plus qu'une chose à faire : couchette, couette, et dormir, même si rien ne devrait demeurer en suspens, dormir, même si cette gamine, gamine têtue, ne reculera pas. Folie furieuse. Cette gamine ne reculera pas, quitte à faire sans toi, quitte à improviser de rien, mais la chose ne s'improvise pas ! Sans aide, Adèle ne peut pas et ne doit pas, pourtant têtue comme elle est, cette gamine ne reculera pas, quitte à sauter avec. Folie furieuse (tu tournes en rond). Il faudra y trouver une parade, à cette folie furieuse, alors quoi ? Tu déraillles, et tu tournes en rond. Trop de Picon. Trouver de quoi doubler la gamine. L'empêcher, d'une manière, d'une autre, l'empêcher, et c'est tout, sauf que tu tournes en rond, tu déraillles. Trop de Picon.

Calcaires.
Roches suintantes, miroitantes.
Tout contre elles, je descends, puis m'enfonce.
Seule.
Avec le bruit de mon casque se cognant contre les parois trop basses.
Les ténèbres se referment derrière moi – ma lampe retranche les autres, celles qui m'attendent. Goulot. Unique voie. Au bas, tapie dans son lit, la rivière aveugle, petite rivière, résonne. Son murmure s'engouffre par ce conduit cabossé, comme jouerait un filet de fumée ; il se déforme, ricoche en échos contre les parois humides. Rivière, petite rivière, ce cours chaotique nous torture tant, toi et moi.

Ton beau lac. Ton lac qui t'attend en riant de soleil. Immobile. Et si sûr de lui. Et glacé. Il te veut tant de bien. Tant de raisons de le rejoindre. En allant, toute ta peau fume, tes épaules, bras, seins, ventre, comme sortant d'un four. Cette chaleur de sauna ne persistera guère plus que le temps de ta marche, dix ou quinze pas, pieds nus dans la neige. Cette chaleur qui déborde, elle s'éteindra, toute, dans l'immersion à venir. Et toi : entière livrée à ton lac. Ton corps s'éteint contre lui. Tu ressortiras, pourtant, et te sècheras.

Enfiler tes vêtements, te trouver un perchoir de rocher et te rouler une cigarette. Tu resteras là, pour le plaisir de le regarder dormir, en fumant. Après, tu fumes toujours pendant que ton beau lac dort si bien.

La tête vide, tu remontes vers le campement. La lumière de janvier perce par en dessous les sapins. Elle ricoche sur les troncs nus et te caresse les joues, le front, mais cela ne dure pas, l'humeur morose te reprend, tenace.

Te voici sur le grand pré du Lavoir, recouvert d'une neige tassée, opaque de blanc gelé, à reflets bleus par endroits. Guillaume et Romane discutent, debout devant l'un des braseros. Îlot de résistance à l'hiver. Tu te dis qu'il y aura de quoi dissoudre les idées noires et se distraire, mais Guillaume en vient à un sujet que tu souhaites éviter. Adèle. Tu lui rends deux mots, pas plus, en sondant les possibilités de t'esquiver, et puis, tu profites de l'appel de Fred qui te fait signe, de loin, pour un café dans sa Carabane.

Marilou sera là aussi, assise dans le coin le plus douillet du carré, d'un côté du poêle. Tu prends l'autre, presque aussi douillet. « Encore assez de bois, au sauna ? demande Fred.

— Il faudra penser à recharger. Il reste de quoi faire une flambée, peut-être deux. »

Ensuite, ça fait silence tous les trois. Le confort de la Carabane vous suffit. Le café de Fred est un miracle. Rond, caramélisé léger, ni trop fort ni trop amer ni trop clair, rond, toujours égal. Une éternité dans l'hiver des cigales.

La radio est allumée.

Si on l'écoute, on l'entend cracher ses informations France Bleu. Marilou te parle de sa semaine à venir. Une mission d'intérim qui commence dans une boîte de mécanique de précision. Remplacement du gestionnaire de facturation clients-fournisseurs. Boulot bien payé et dont elle connaît les menues subtilités. De quoi se réjouir. Tu souris avec elle. Fred abonde.

Tu en viens à évoquer ta propre routine, mais sans entrain, à cause de ce poids qui persiste, avec cette attente floue, depuis des jours. À tel point que tu laisses Fred s'engager dans ses sillons favoris, radotages sur les uns, les autres. Radotages de presque-sédentaire. Oui, Fred. Pas bon de rester si longtemps immobile en un lieu, on s'y enterre. Et pour s'y enterrer, on gratte, fatalement, on gratte, et on devient regardant sur les détails, sur les choses, les gens ; on voit tout en défauts et mesquineries. Alors, bien à part pour toi, tu te dis : mieux vaut rester en surface et voguer sur l'espace lisse, et vivement mars, avec la nouvelle saison, mars et le nouveau départ. Mais demeure ce malaise, depuis ton lever, ce matin. Tu finis par demander à Fred, mais « non, pas de message d'Adèle sur le groupe, aujourd'hui. » Cinquième jour sans. « Tu l'as eue à l'usure, commente Marilou. Plusieurs semaines qu'Adèle tentait de te joindre, et puis plus rien, logique !

— On dirait que ça te déçoit, s'amuse Fred.

— Oui, c'est vrai, Sarah. La tête que tu fais ! ajoute Marilou.

— Je trouve ça louche, c'est tout.

— Tu devais t'y attendre. Combien de messages postés sur le groupe, depuis deux mois ? Et pas une réponse de ta part.

— Bizarre qu'on ne l'ait pas vue débarquer ici, renchérit Fred.

— Elle est passée, réponds-tu.

— Ah oui ?

— Une fois. Vous n'étiez pas là. Et moi non plus. En bord de route, elle a croisé Guillaume et lui a parlé.

— Vrai ?

— Vrai de vrai. Comme demandé, il lui a dit que j'étais partie pour de bon, vers le sud. Elle ne l'a pas cru, elle est entrée, n'a croisé personne d'autre, elle a pu voir que mon attelage n'y était pas, alors elle est repartie. Il y a deux semaines de ça. »

Tu ne révéleras pas que Guillaume te reproche d'avoir dû mentir face à Adèle.

À travers le grand hublot de la Carabane ne s'offre que cet horizon passé au gris. À la radio, les prévisions météo vous annoncent pourtant le grand beau. L'épisode de neige, le seul de la saison, ne tiendra pas. Faux hiver. Fred fanfaronne. Ses réserves de bois sont à peine écornées. « Tu ne devrais pas te réjouir.

— Je sais », répond-il, penaud.

Plus haut, la Sambolle, première station de la vallée, va fermer. Décision actée par le conseil municipal. Dix années de recettes amputées par le manque de neige. Le déficit devient abyssal. Guillaume, Romane et d'autres au Lavoir y étaient saisonniers. C'en est fini. « Pour Guillaume, ce sera pire cet été, relève Marilou.

— Cet été ? Pourquoi ?

— Les parapentes, lâche Fred.

— Quoi, les parapentes ?

— En fermant la station, ils démontent les télésièges, dit Marilou.

— Et pas de télésièges, pas de remontée pour les clients de Guillaume, complète Fred. Plus aucune navette pour ses baptêmes de vol, ses cours d'initiation, ses stages... »

Est-ce à cause de ton humeur maussade ? Peut-être. Tu réponds que tous ces saisonniers n'ont qu'à s'en aller, quitter le Lavoir, monter vers le nord, avec ou sans plan de vol, mais tenus par une intention primordiale ou une autre. Qu'ils aillent voir *du côté nervuré des feuilles*, comme on irait voir ailleurs. Marilou te coupe net (elle n'a jamais aimé tes envolées loufoques, surtout quand elles provoquent) : « Facile pour toi, Sarah.

— Quoi, facile ?

— Facile pour toi : tu n'as aucune attache.

— Facile pour tous. Il suffit de choisir et de vouloir.

— Je ne crois pas. Pour la plupart d'entre nous, les choses ne sont pas si simples.

— Elles sont compliquées parce que vous les compliquez. Rien ne vous oblige à rester sur place à longueur de temps. »

Ne les retient que cette habitude à s'entourer de choses encombrantes et lourdes, que cette manie de s'attacher à des pierres, de se lier à des terres qui finiront par les ensevelir – c'est peut-être leur souhait ultime, au fond. Une certaine quête de sécurité les condamne à demeurer. Une vanité parfois. Et pour quelques-uns, de l'avidité, car à rester, on accumule. « Tu nous fatigues, Sarah, avec tes poncifs nomades », coupe Marilou.

Fred ne dit mot. Debout devant la plaque à gaz, il saisit la cafetière italienne qui crachote – seconde tournée. Tu y es allée un peu fort avec Marilou, alors tu te fends de quelques mots apaisants.

La discussion s'engage sur des sujets plus consensuels pendant qu'à la radio, le journaliste présente son flash d'information, énumère les tracas et faits du jour : « Une réunion à Matignon… projet de loi sur la transition énergétique… sommet du G20… inflation et taux d'intérêt directeurs. » Rien de neuf. T'accroche pourtant une bribe d'actualité locale : « … par les Sangliers du Causse » Cette fin de phrase-titre t'incite à tendre l'oreille. Tu te lèves pour hausser le volume. Fred et Marilou s'interrompent pour écouter avec toi :

« Depuis deux mois, polices et gendarmeries étaient à l'affût du moindre indice pouvant les mettre sur la voie des écoterroristes, responsables de l'attentat de la retenue de substitution de la Bragnie. Pour rappel, une explosion dans une cavité naturelle, située en dessous de la retenue, avait alors causé d'importants dégâts. La quasi-intégralité du stockage d'eau s'est vidée, aspirée, à travers le puits provoqué par l'explosion, jusqu'à cette résurgence, près de la rivière. Pour les promoteurs de la mégabassine – consortium de grands céréaliers, société gestionnaire du golf du Mas Garzin – il s'agit, je cite, *d'un attentat avec de lourdes conséquences pour les activités agricoles et touristiques.* À l'heure actuelle, la préfecture nous indique que la retenue est mise hors d'usage ; nul ne peut affirmer, à ce jour, si – et dans quelles conditions – elle peut être remise en service. Hier soir, une brigade spécialisée a perquisitionné au domicile de plusieurs membres présumés d'un groupe d'ultragauche, les Sangliers du Causse. Quatre personnes sont actuellement en garde à vue dans les locaux du SRPJ. Leur identité n'a pas encore été révélée, mais selon les autorités, il s'agirait de personnes fichées S, et déjà condamnées pour des faits de violence ou de désobéissance civile lors de manifestations, d'occupations de ZAD ou d'actions climat. »

Le journaliste enchaîne sur les matchs de la dix-neuvième journée du championnat de football. Tu demandes à Marilou son téléphone.

Il serait tentant de prendre contact avec Adèle, mais très imprudent. Plutôt Jérôme. Qui te répond. Mais ne sait rien. Il va se renseigner. Adèle, son camion et sa remorque étaient près de chez eux, il y a trois jours. Peut-être que Julie en sait plus ; Ève la verra cet après-midi à la Coop. À Jérôme, tu dis « Laisse, je vais appeler

Julie. » Boîte vocale. Tant pis, tu vas te risquer à laisser un message : qu'elle te rappelle sur le portable de Marilou. « Ça ne te dérange pas ? dis-tu en raccrochant.

— Pas de souci, Sarah, répond Marilou, troublée comme Fred – il te regarde sans comprendre.

— Adèle est de ce groupe.

— Quel groupe ? demande Fred.

— Ce groupe d'activistes dont ils parlent tous.

— Tu penses qu'elle fait partie des quatre personnes en garde à vue ? s'enquiert Marilou.

— Peut-être. »

Tu ne tiens plus en place. Besoin de prendre l'air. Laisser Fred et Marilou pour sortir te rouler une clope, et en marchant, rallier l'un des braseros, brillant de braise, mais sans plus personne dans son giron. Horko te repère, il quitte sa place abritée près de la Baillou et te rejoint pour se coller contre toi. « Quatre personnes sont actuellement en garde à vue. » Quatre. Dont Adèle, parions-le. « Avec sa poisse légendaire… » La poisse, tout court.

Tu rumines. Et avec dans l'idée que les flics ont fini par retrouver la trace. Coup de théâtre, depuis deux mois qu'ils pataugent et perdent leur temps en cul-de-sac et fausses pistes. Les médias s'en délectaient, de leurs errements. Toi aussi. Mais fini la blague, c'est sûr. Ils tiennent le fil et ne le lâcheront pas.

Plus tu cogites, et plus tu t'enfonces dans un dédale de suppositions aussi déprimantes, les unes que les autres, et ta conviction s'affirme, de la garde à vue d'Adèle, si bien que Marilou t'appelant, courant vers toi pour te tendre son téléphone, cet appel qu'elle te passe ne fait que confirmer : « Sarah ? C'est moi : Julie. Ils ont arrêté Adèle. »

La nuit dernière. Elle dormait. Ils ont encerclé son camion garé dans un pré, à côté de la ferme de Julien. Ils l'ont arrêté lui aussi, avec deux autres membres des Sangliers du Causse. Moment de gloire militante et début d'un parcours jonché de violence légale. « Bientôt dix-huit heures de garde à vue, ajoute Julie. Sarah ? Tu es là ?

— Oui.

— Tu ne dis rien ? »

Calcaires.
Roches suintantes, miroitantes.
Tout contre elles je suis descendue, et me suis enfoncée.
Seule.
Les ténèbres se refermaient derrière moi.
Et plus que le bruit de mon casque se cognant contre les parois trop basses.
Rivière, petite rivière, ce cours chaotique nous torturait tant.
Quand j'ai stoppé, ma frontale a montré les quelques *excentriques*. Joueuses concrétions obliques. Cylindres, gros comme crayons de bois, droits, puis déroutés en équerres. Trajectoires anguleuses, perpendiculaires qui intriguent.
Au bout m'attendait la grande salle. Sa cheminée cernée de concrétions. Sa voie de cordages, de mousquetons, à gravir, pas à pas. Au palan, hisser le matériel. À moi, maintenant. Vérifier l'équipement. Entamer l'ascension. Chercher les appuis sûrs. Passage suspendu, en opposition – des appuis sûrs et tout ira bien. En haut, l'échelle. Monter jusqu'à la voûte, me saisir du matériel suspendu, et à mon baudrier, vérifier encore, vérifier que je suis assurée. Dans ces forages d'Adèle, tout placer.
Charges, bourrages, amorçages.
Relier. En série. Soigner les épissures. Isoler. Fixer les bobineaux. Puis redescendre, oui, redescendre mais dérouler en faisant. Éviter les tractions, les torsions des câbles. Soigner les courbures du cordon de penthrite, au long de tout ce trajet retour, avec les ténèbres, et cet interminable défilé de roches, roches griffues qui s'accrochent à moi, m'entravent, me retiennent.
Mais le jour m'a retrouvée. La surface.
Le détonateur.
Mes mains engourdies de froid pour l'actionner.

Tu ne diras rien à Julie. Trop à dire, et avec tout qui se bouscule.

S'ils interrogent Adèle, ils n'obtiendront qu'un silence pour te protéger, alors ils s'arrêteront à elle. Elle niera bien sûr, mais ils ne la croiront pas. Ils ont peut-être quelques preuves à charge, qui sait. Les explosifs : plusieurs savent qui les a volés, chez Cyril. Adèle a pu laisser des indices. Cyril, lui, n'a sûrement pas déclaré le cambriolage de son stock illicite, mais les flics auront pu remonter jusqu'à lui, malgré tout. Si Adèle ne parle pas, d'autres ont pu parler ou peuvent le faire, mais Adèle est au bout de la piste. Elle sait (ou se doute) mais ne dira rien, ou pire : elle endossera. Tout. Pire que tout : sans tri, elle avouera à ta place.

Sans sourciller, Fred accepte de te prêter sa Clio. Seul se pointe cet étonnement sur son visage quand il réalise que tu vas conduire. Une voiture. « Fais-gaffe, Sarah, dit-il.

— Gaffe à quoi ?

— Tu le sais très bien. Tu n'as plus l'habitude, alors fais gaffe, c'est tout. »

Des années sans conduire un tel engin. Les premiers

kilomètres sont terrifiants. Terrifiants et grisants. Sans effort, l'horizon s'enfonce à raison de soixante à l'heure, quatre-vingts, quatre-vingt-dix. Une allure irréelle. Les mains se crispent sur ce volant souple, et les yeux restent rivés à cette route avalée sans entrave par une machine, mais tu ne sais plus conduire ! Ces virages, comme ils se tordent ! Tu avais oublié ; celui-là te surprend, tu paniques à l'entrée de la courbe, écrases la pédale de frein, l'arrière de la Clio dérape, et surgit de toi ce réflexe : contre-braquage. Zigzags, toupie et tout se termine en crabe sur la voie opposée. Une voiture te suivait qui t'évite de justesse par la droite. Elle ne s'arrête pas, mais le gars klaxonne ; klaxon comme un lourd reproche qui s'éloigne. Horko, alors couché dans le coffre, vient de se relever pour passer sa tête au-dessus des sièges passagers.

On tiendra compte de l'avertissement.

Tu vas redémarrer, mais en t'imposant de ne pas dépasser la troisième, jusqu'à ce que ces questions de virages ne se posent plus, pour toi, comme des motifs de sortie de route. Quarante bornes à couvrir. Le chauffage ne fonctionne pas. Tes mains sur ce volant sont engourdies de froid, un peu comme elles le furent, en suivant ce câble, et pour finir, sur le détonateur. Le détonateur. À la sortie de la galerie, avant de le déclencher. Quarante bornes. Vue et gestes, qui n'avaient pas oublié, s'accoutument à l'ultra-vitesse automobile.

Tu te gares devant l'entrée principale de la casse, sans voir Cyril. Personne dans l'atelier. Tu appelles, appelles encore, et tu l'entends te répondre depuis l'étage ; sa voix provient de son bureau, aménagé au-dessus des stocks de pneus d'occasion. Il t'invite à monter. Tu gravis, quatre à quatre, l'escalier étroit en métal, tu le salues ; Cyril est entouré d'une paperasse et d'un désordre sans nom, comme d'habitude. Un peu surpris de te voir, mais il ne bouge pas, revient très vite, tandis que vous parlez de tout et rien, revient à son occupation administrative, assis derrière son bureau-comptoir gris poussière. Sans détour, tu lui dis : « Est-ce qu'il te reste des explosifs ?

— Quoi ?

— De ceux qu'on t'a volés il y a trois ou quatre mois.

— Quoi ? répète-t-il, estomaqué.

— ...

— C'était toi, Sarah ?

— Non.

— Non ? Mais alors comment tu sais ?

— Je sais, c'est tout.

— J'hallucine ! Dis-moi que ce n'était pas toi !

— Écoute, Cyril, je n'ai pas de temps à perdre. Dis-moi seulement s'il t'en reste.

— Sarah, il va falloir que tu t'expliques. Où sont mes explosifs ? Je me pose plein de questions depuis quatre mois. Dis-moi ce que tu sais.

— Je ne sais rien, Cyril, mais j'ai entendu parler du cambriolage.

— Impossible. Personne n'est au courant.

— La preuve que si.

— Ne me prends pas pour un abruti, Sarah. Je n'ai rien déclaré. Et rien dit à personne. »

De l'utilité, parfois, de réfléchir deux secondes avant de parler. Braqué comme il est, Cyril va s'entêter dans le vain débat qui s'engage. Tu risques de t'enliser et tu n'as pas le temps pour ça. Non, pas le temps, Cyril.

La clé du bureau est dans la serrure. Une bonne habitude, Cyril, merci. Deux pas pour sortir, claquer la porte sur toi et verrouiller en suivant. Enfermer le patron de la SARL Cyril Casse-Auto dans son aquarium. L'affaire de rien et impossible qu'il puisse avoir le temps de gicler de derrière sa place, pour repousser la porte. Impossible. N'aura pas le loisir, ni de réaliser ce qu'il se passe, ni de faire.

Mais Cyril s'est levé. Pourquoi s'est-il levé ? Il s'est levé. C'est cuit. Debout, face à toi, tout près, il insiste, veut te tirer les vers du nez, dit-il, que tu lui dises tout ce que tu sais. Une vraie obsession, aussi vive que subite. Plus le choix. Tu le pousses de tes deux bras, il se renverse sur la table encombrée et glisse sur les piles de papiers, et quand tu te retourneras pour claquer la porte, tu le verras furieux, se relevant certes, mais de derrière son siège, tout au fond, alors trop tard pour Cyril : premier, second tour de clé. En passant devant la paroi vitrée, qui donne sur la passerelle métallique, tu croises son regard ulcéré, et tu entends cette poignée de porte qu'il actionne à grands coups. Il hurle.

Si on se souvient, les explosifs étaient stockés dans le local jouxtant l'atelier, près des sanitaires. La clé de ce local est sans doute accrochée au tableau, dans le bureau. Inaccessible. Et peu de temps devant toi. Cyril doit déjà passer des coups de fil. Pas long avant que quelqu'un rapplique. Retourner dans l'atelier, trouver un moyen de défoncer cette porte. Pied-de-biche ? Pas de pied-de-biche. Masse ? La porte du local est en bois aggloméré, comme en carton épais. Alors oui, une masse. Mais pas de masse, nulle part.

Pas de masse, mais ce merlin adossé au mur, près du pont élévateur. Oui. Ce merlin. Tu le saisis et l'emportes, et tu cours avec, à travers l'atelier, tu traverses le magasin avec ce merlin, lourd, pour rejoindre le local, avec le cœur qui bat fort, et cette course à travers ce dédale de rayonnages dégueulant de pièces mécaniques, et ce cardan qui dépassait, tu ne l'avais pas vu, tu t'y heurtes en passant, te blesses c'est sûr, une douleur vive dans ta cuisse, le pantalon déchiré, mais on verra plus tard, te voici devant la porte du local aux explosifs.

De toutes tes forces, bras tendus, le premier coup de merlin s'enfonce, le second traverse de part en part. D'un coup de pied, tu termines : la serrure cède. Dans le local : les stocks, passablement écornés. Adèle avait pris bien plus que nécessaire. Pour aujourd'hui, un lot suffira.

Une vive douleur t'arrête, en montant dans la voiture de Fred. Ton pantalon déchiré montre une plaie longue d'une largeur de main, sur ta cuisse, ça saigne. Une poignée de mouchoirs en papier que tu saisis dans une boîte, rangée dans la portière : tu les plaques contre la plaie, faute de mieux, t'installes et démarres.

En sortant du village, tu croises le camion-plateau de Claude ; l'oncle de Cyril conduit, avec l'un de ses fils assis à côté. Qu'ils t'aient vue ou pas, peu importe, puisqu'ils foncent à la casse pour libérer Cyril. Chacun s'occupe comme il veut.

Ils sont deux gars.

Avec des têtes de comptables. Ou d'agents d'assurance. Mais en aucun cas des têtes de flics, pourtant, il s'agit bien d'eux. Se présentent comme chargés de l'enquête sur l'acte de sabotage perpétré contre la retenue de la Bragnie. Ni l'un ni l'autre ne te croira, mais tu avais envisagé cette éventualité. Plus qu'à sortir les pièces d'explosif de ton sac : « Faites expertiser, vous verrez. » Chique coupée, les deux comptables. Tu en profites pour leur demander quelque chose comme un bandage pour ta jambe, parce que les mouchoirs en papier, voyez-vous, ça ne peut plus faire, et ils le voient bien que ça ne peut plus faire, alors ils s'exécutent, les braves. Et puis on revient à leur affaire. Les yeux rivés sur la dynamite de Cyril, étalée sur un bureau, ils acceptent enfin de t'écouter.

Eux notent ; d'autres instruiront.

Terminé, les ronds et les spirales.

Du rond naît la spirale,
Et je dérivais, nomade
Par le cours excentrique de ma vie.

Rond n'est pas cercle,
N'est pas cercle amarré à un centre,
Rond n'a pas de centre,

Du rond naît la spirale,
Et je dérivais, nomade
Par le cours excentrique de ma vie.

Petite porte blindée, en métal rugueux, engoncée dans la grande, blindée elle aussi ; elle s'ouvre et sans qu'on t'y pousse, tu sors, seule. La route, quelques maisons, des arbres, dedans on oublierait presque tout cela, comme ce qu'on a au loin, au fond de la plaine, très loin vers le nord, cette longue ligne des montagnes. Horizon. Blanc soleil d'hiver. Le soleil, comme nous, en a besoin de cet horizon.

Deux ans sans.

La petite porte blindée s'est refermée derrière toi et tu es dehors. Libre, dit-on. À rester debout, tu tangues. À mettre un pied devant l'autre, tu chaloupes. Où iras-tu ainsi ? *Si tu n'arrives pas à penser, marche ; si tu penses trop, marche ; si tu penses mal, marche encore.*

Une voiture s'engage au bout de l'avenue. Elle stoppe à dix mètres devant toi. Deux personnes à l'intérieur. On se croirait dans un film de gangsters. Viennent-ils chercher celle qui sort ? Tu ne reconnais ni la conductrice ni le passager. En allant, tu te rapproches, et finis par passer devant. Ils attendent quelqu'un d'autre ou n'attendent personne.

Personne ne t'a attendue.

Tu vas marcher. L'avenue mène tout droit au centreville, et à la gare. Dans tes poches, il y a de quoi te payer un billet de car, et un café. Un expresso. Un vrai café de bistrot. Cette envie de café, d'un vrai café de bistrot, n'est pas la seule qui te vient, parce qu'il en roule d'autres, dans ta tête, depuis quelques jours, une petite liste de drôles d'envies.

En arpentant le bitume, ton vertige disparaît. Seuls comptent tes pieds sur la terre ferme, une de ces terres qu'on peut faire rouler sous nos pas, tout droit devant, à l'infini, sans les murs autour, loin des promenades mesurées. Les gens que tu croises ne te voient pas, confirmation que rien n'est inscrit sur ton front. Tu aurais envie de leur parler, comme ça, pour le plaisir d'entendre leur voix et de leur répondre, mais tu ne vas pas commencer à te faire remarquer, n'est-ce pas ?

Personne ne t'a attendue.

Tu aurais cru pourtant. Ève ou Jérôme. Julie. Il est vrai que vous ne parliez pas de ta sortie, quand ils venaient en visite, jusqu'à cette toute dernière fois, avec Julie, il y a quinze jours. Vous parliez d'eux, surtout. De leurs vies. Ils te posaient quelques questions, s'intéressaient, mais, aisément, tu t'arrangeais pour éluder.

Cette gare. Son buffet. Et voici que te reviennent les deux diabolos menthe. Tu aurais dû t'y attendre, avec cette même gare et ce même buffet. Tu patauges dans le passé. Ton présent est trop neuf. Tu vas t'asseoir à la même table (parce qu'on est bête), mais pour attendre le car qui remonte sur le causse, et non le train pour la plaine, qu'Adèle n'avait pas pris.

Le premier expresso glisse trop vite. Tu enchaînes sur un second, puisque ton car ne débarquera pas avant.

Le prix du tabac a augmenté. Dedans, c'est Jérôme qui t'approvisionnait ; on prend vite les habitudes. Au buraliste tu achètes aussi le journal – presse régionale – celui qu'on lit, en diagonale, pour commenter la pluie, le beau temps et le reste, avec un voisin de comptoir ou la serveuse ; tu ne faisais jamais cela, mais aujourd'hui, la petite envie s'invite en sus sur la liste. Et puis, ton car s'annonce et se gare. Une pie se pose sur le dossier de la chaise face à toi – non, tu ne rêves pas. Et cette pie se pose, mais pour un instant et sans plus se soucier de toi, elle quitte ce perchoir pour revenir sur une épaule : « Tu vas rater ton car. » Et comme tu resteras bouche bée, elle en profitera, la garce : « Oui, Sarah, tu vas rater ton car. Et tu vas devoir négocier le remboursement de ton billet.

— Adèle. Où étais-tu ?

— Devant la prison, avec Julien, depuis un bon moment, et j'en ai eu marre alors j'ai demandé, et les gardiens m'ont dit que tu étais sortie plus tôt. Je savais que je te trouverais à la gare.

— Mais, Adèle, non ! Où étais-tu durant tout ce temps ? Deux ans. Personne n'a été capable de me dire où tu étais, ce que tu faisais… »

Ève, Julie, Jérôme, ils ont tous essayé de les joindre, de les retrouver, Julien et elle. « Viens, je t'emmène, dit-elle.

— Toi ? Tu m'emmènes ? »

Et cette invitation, c'est bien assez pour que tu la prennes dans tes bras, à moins que ce ne soit elle qui te prenne dans les siens, et comme c'est fort, tu serres les dents et tu fermes les yeux, et elle aussi. Ton bus vient de partir, vous rejoignez Julien sur le parking – tous t'attendent sur leur causse, paraît-il.

Horko.

Horko est mort. Il y a deux mois. C'est Julie qui te l'apprendra. Personne n'avait osé te le dire. Elle te sourit, Julie, comme avant, comme il y a si longtemps. Comme lorsque vous alliez piquer les bonbecs de la boulangerie, dire si ça date. Françoise est là, elle aussi. L'œil vif des bons jours ? Non. Elle te salue avec déférence, sans te reconnaître. Ève pleure. De joie, « je pleure, oui je pleure, Sarah, mais de joie », répète-t-elle, et toi qui la regardes. Que faire ? Tenter de suivre, mais rien. Pas une larme. Et Jérôme, qui se met à chialer lui aussi, pourtant il n'y a pas de quoi, bien au contraire, mais c'est comme ça. « La chienne des voisins vient de mettre bas. Des border, un peu croisés. Je peux en réserver un pour toi, si tu veux, dit-il, tout penaud.

— Je ne sais pas. On verra. »

Horko.

D'autres, beaucoup d'autres, presque tous les autres, se rallieront au *Bon Cœur*. Aucun n'osera te parler de la mégabassine de la Bragnie. Tu sais déjà le principal, qu'elle a été remise en service quelques mois après ton incarcération. Deux autres sont en projet dans des vallées voisines. Tu le sais, et tu t'en fiches. Adèle est libre, vivante.

Le soir tombe sans attendre car nous sommes en décembre. Ève te propose un lit. Un lit dans une chambre de leur maison. Tu ne trouves rien à répondre alors Jérôme s'y colle : « Voyons, Ève ! Quatre murs ?

Sarah ? Et puis, les murs : tu ne penses pas qu'elle en a eu sa dose ? » Julie éclate de rire ; Ève sourit, gênée : « Ta caravane est sous le hangar.

— Et le Massey ?

— Garé à côté, dit Jérôme.

— Il démarre ?

— Quart de tour. »

Il l'a bichonné.

« Que vas-tu faire ? » demande Ève.

Dériver vers le nord.
Toujours le causse, déjà la montagne.
Nouveaux ronds, nouvelles spirales.
Veiller à cultiver l'espace lisse,
Rétif au striage sédentaire.

Remerciements

Merci à Jean, Katja, Gérard, tondresse et tondeurs émérites, pour ces pépites de gestes et ces trésors de savoirs pratiques récoltés à leur contact. Merci à l'Association des Tondeurs de Moutons, pour son accueil, avec ripailles, bonhomie et chaleur humaine, lors de son assemblée générale. Merci à Daniel, spéléologue pour – entre autres – la découverte de ces si curieuses *Excentriques*. Merci à Sébastien, éleveur et berger, pour ces portes, larges comme l'horizon, ouvertes sur l'estive de ses moutons cornus et bondissants. Merci à Reinhard, pour ce riche échange autour de l'ancien moulin-filature de laine, mû à force de rivière. Merci à Mélodie, François, joyeux paysans-métalliers, Antoine, doux dingue de botanique, pour ces promenades dans le monde farfelu de la mécanique des Massey, McCormick et autres Deutz hors d'âge. Merci à Tonin, fier usager d'une idéale roulotte-sulky, et nomade d'exception. Merci, enfin, à Marie, Jean-Yves, Christophe, Sonia, Anne, Sylvie, Noémie, Pascale, mes *protolecteurs*, indispensables explorateurs du texte en devenir.

Également aux éditions Rue Fromentin (extrait du catalogue)

Kristen Arnett	*À pleines dents*
Aurore Bègue	*Treize*
Denis Cheynet	*Tu crèveras comme les autres*
Elise Costa	*Comment je n'ai pas rencontré Britney Spears*
Sylvia Hansel	*Noël en février*
Janet Hobhouse	*Nos vies consumées*
Kristopher Jansma	*New York Odyssée*
Patrice Jean	*La France de Bernard*
	Les Structures du mal
	Revenir à Lisbonne ou l'Imposture amoureuse
	L'Homme surnuméraire
	Tour d'ivoire
	Rééducation nationale
Lizzy Goodman	*Meet Me In the Bathroom – New York 2001-2011 : une épopée rock*
Dominique Labarrière	*Le Roi a ri*
Olivier Maulin	*Histoire des cocotiers*
Courtney Maum	*Je suis si bien ici sans toi*
Maud Molyneux	*Monsieur Maud. Parcours d'un journaliste esthète*
François Perrin	*Bois sans soif*
Charles Poitevin	*Rotary Club*
Peter Rock	*À l'abri du monde*
	L'Abandon
	Les Indécis
Nicolas Roiret	*La Mécanique du saut*
	L'Été chez Cochise
Ludovic Roubaudi	*Le Diplôme d'octobre*
Benjamin Stock	*Marc* (prix de Flore 2024)
William Seabrook	*Sans répit*
Olivier Scheibling	*Rond-Point*
Rob Sheffield	*Tomber les filles avec Duran Duran*
J. Ryan Stradal	*Les Cuisines du Grand Midwest*

Achevé d'imprimé en XXX 2025
Dépôt légal : XXX 2025
ISBN : 978-2-919-54789-0